小学館文庫

現代の小説2022

短篇ベストコレクション

日本文藝家協会・編

小学館

目次

何ひとつ間違っていない

井上荒野

昨夜は寝落ちしたらしい。ツイッターに「さ」とだけ打ち込んで送信してしまっていた。何をツイートしようとしたのかも覚えていなかった。

柚奈がそのことに気がついたのは出勤する電車の中だった。ドアの横の、後ろから覗き見られる心配がない場所が確保できたので、スマホをいじっているとき。

「さ」って何。なんだか面白かったので、削除せずそのままにしておくことにした。どのみち、ウナウナ（@unauna）は匿名のアカウントで、会社の人はもちろん、友人知人にも知られていない。お菓子作りが趣味なので、おいしそうなお菓子の写真やレシピをアップしている人をフォローするためにアカウントを作った。自分からはほとんど発信しない。フォロワーは、フォロー返しされたり見知らぬ人からなぜか突然フォローされる場合もあって、現在三十二人。その数字を見て、あ、自分の歳だ、と思った。正確にはその歳になるのは明日だったが。

柚奈は、大手出版社の書籍編集部で働いている。今日は編集部勤務としてはいつもより早い十時出勤だった。十一時半から憂鬱な面談がある。デスクで事務仕事を片付けていると、その面談に同行する、文芸誌編集部の小田祥子がやってきた。

「このあとの白川さんの件だけど」

小田はずっと文芸畑にいるベテラン編集者だ。

「あのこと、橋本さんの口から伝えてもらえる？」

「ええと……はい、そのつもりです」

柚奈は答えた。実際のところは、小田が伝えてくれるんじゃないかと考えていたし、そうしてほしいと望んでいたのだが。

「よかった。まあ、単行本だから橋本さんの問題だし、白川さんも付き合いの長いあなたから言われたほうが納得するだろうしね」

じゃあ、あとで、と言って小田は立ち去った。結局、頼みに来たのではなく念を押しに来たのだろう。それまでしていた仕事を続ける気がプッリと失せて、柚奈はなんとなくスマホでツイッターを開いた。「さ」というツイートには、あいかわらず何のリプライもついていない。その文字をしばらく眺めて、スマホを伏せた。

白川沙穂は、柚奈と同い年の小説家だった。十一時半少し前に受付から彼女が来社したという連絡があり、柚奈は下まで迎えに行った。今日はいつもの少年のようなデニム姿ではなく――打ち合わせの後、会食の約束をしているからだろう――さっぱりした紺色のシャツワンピースを着ている沙穂が、「暑いねー」とニコニコしながら手を振った。手を振り返すのは気まずかった。今日は彼女のはじめての単行本刊行にあたっての打ち合わせだと、疑いもせず沙穂はやってきたのだろう。無理もない。刊行を前提にして、雑誌に掲載した原稿に半年かかって改稿を重ねてきたのだから。柚奈にしても、少部数だろうとは予想していたが、まさか刊行できないなんて思っていなかった。

応接室ではすでに小田が待っていた。ふたりで並び、沙穂と向かい合った。事務の人がお茶を運んでくるのを待って、柚奈は話を切り出した。

「……私たちもかなり粘ったんですが、どうしても営業を説得できなかったんです。部数をかなり抑えても利益を出すのはむずかしい、と言われてしまって。白川さんは世間一般的には無名ですし、そういう作家の単行本を出す場合は、収録作の中のひとつでも賞の候補になったとか、書評でたくさん取り上げられて話題になったとか……何かのフックがないと、今は厳しい状況なんです。業界全体の問題で、なんとかしなくちゃいけないんですが」

白川沙穂は黙って聞いていた。この部屋へ来てソファに座った当初は輝いていた表情が、どんどん陰って、今は紙みたいな無表情になっている。

「それって決定ですか？」

柚奈が話し終わると、沙穂は聞いた。柚奈が返事をためらっていると、「はい。申し訳ないんですけど」と小田が言った。

「原稿の内容にかかわらず、私の本は、現状では出版するメリットがないからこちらでは出版できない、ということですか？」

はい、残念ですが、とまた小田が答えた。

「おかしいね、橋本さん」

「え？」

柚奈はびくりと顔を上げた。

「こういうときは敬語になるんだね。あたしたち、ずっとタメ口で喋ってたのに」

会社の近くの、普段のランチで行くには価格設定が高めの和食屋を三名で予約していたのだが、白川沙穂は同行を断った。事前に約束していたのだが、「食事する気分になれなくて」と言われれば、無理に連れて行くことはできなかった。

それで、会社の前で沙穂と別れ、柚奈は小田とふたりでその店へ行った。ところが三名の予約が二名になったことを入口で告げると、通せるテーブルがないと言われた。「表に並んで待っている客もいるので、四人掛けのテーブルをふたりで使っているとクレームが入る」という理由だった。「最近はなんでもすぐネットに書かれちゃうから、こっちもそれなりに対処しないとまずいんですよ」と、店員のあとから出てきた女将さんが、すまなそうではなく説教する口調で説明した。席についている客たちがちらちらとこちらを窺っていた。事前に人数変更の連絡をしなかったそちらに非があるので、どうしてもふたりで食事したいのならば列に並んでくれとまで言われて、「じゃあ、結構です」と小田がキレた。

「最低ね。もう二度と使わない、この店」

外に出るとすぐ小田は悪態をついた。

「どうする？」

「どこに行きましょうか……」

「気分悪いから、ここで解散ってことでもいいかしら」

「あ……もちろん」

柚奈は慌ててそう言った。「どうする？」というのはそういう意味だったのか。ひとりになりたい気分ではあったけれど、相手からはっきり同じ気分を表明されると、それはそれでダメージがある。

「じゃ」

六月のはじめで、雨は降っていなかったが晴れてもおらず、湿度が高くて不快な日だった。さっさと背を向けて歩き出した小田はどこへ向かうつもりなのだろうか。同じ方向へ行くわけにもいかず、とすると会社のほうへ戻るしかなくなった。どのみち人気店はどこも行列ができているだろうし、すぐ入れそうな店を考えるのも探すのも億劫で、結局柚奈はコンビニでサンドイッチと野菜ジュースを買って会社へ戻った。

自分のデスクで、おいしいともまずいとも思わずにぼそぼそと食べた。「食事する気分になれない」のは白川沙穂と同様だった。彼女は今頃どこにいて、何を思っているだろう。「こういうときは敬語になるんだね」と言ったときの顔を思い出した。

沙穂は、柚奈がはじめて担当した作家だった。新卒で出版社に入り女性誌の編集部に二年いた後、念願の文芸誌に配属されて間もなくの頃。白川沙穂はその何年か前に他社の文芸誌の新人賞を取り、受賞作が刊行されていた。さほど話題にはならなかったが、その小説を柚奈は好きだったから、一緒に仕事がしたくて彼女を訪ねたのだった。

柚奈が編集部にいる間に沙穂がその文芸誌に発表した小説は中編一本で、やはりほとんど評価されなかった。その時点で白川沙穂は、作家として世間に認知されぬまま業界内で忘れ去られようとしていた。次作のための打ち合わせを何度か重ねたが、沙穂は自信を失っていたし混乱してもいて、うまくいかなかった。そうするうちに柚奈は書籍の編集部に異動になってしまった。引き継ぎで沙穂の担当になったのが小田だったが、その後、沙穂はその文芸誌に一作も書いていない。担当を離れてしまえば白川沙穂の名前を見ることも聞くこともなくなって、正直なところ、忙しさにかまけて柚奈は彼女を忘れていた。そんなときに彼女のほうから連絡があった。ローカルな同人誌に二作発表していたらしい。それと、柚奈が担当した中編一作とを合わせて、本にしてくれないかと言ってきたのだ。原稿を読んで、本にできる、と柚奈は思った。いや――今考えれば――本にしたい、と思ったのかもしれない。それで、返信した。改稿のやりとりをするようになって、「タメ口」の関係に戻っていた。

紙パックに突き刺したストローを吸うと、ズズッと大きな音がした。まったく味わうこともないまま、いつの間にか飲み干してしまったらしい。喉はまだ渇いている。サンドイッチのパンが胸の途中に張りついている感じだ。

柚奈は給湯室へ行き、水道の水を湯呑みでゴクゴク飲んだ。それからデスクに戻って、スマホでツイッターを開いた。「よ」と打ち込み、送信した。「さ」の次なら、「よ」だろう。誰にも気にされていないけれど。

午後は二時から外出した。電車の中で、毅（たけし）からのラインが届いた。

急な仕事が入ってしまったので、今夜の約束をキャンセルしたい、という連絡だった。豚が土下座しているスタンプが添えられていた。毅は同じ会社の週刊誌編集部にいる。仕事は不規則だから、こういうことはこれまでにもよくあった。柚奈の誕生日である明日は彼の都合が悪いので、今日会うことになっていたのだが、仕方がない。彼にはどうしようもないことだろう。「了解、仕事終わったら電話してね」というメッセージとともに、竹内力が両手でハート形を作っているスタンプを、柚奈は送信した。

毅とは二年前、ちょうど柚奈が書籍編集部へ移った頃に、社内合コン的な場所で知り合った。四歳年上の毅の顔や名前は合コンの前から知っていて、好ましく思っていたから、付き合うようになったときには嬉しかった。関係はうまくいっている。お互いに忙しい中、時間をやりくりして、週に一度か二度はどちらかの部屋で一緒に過ごす。すぐにではないが、たぶん数年後には結婚するのだろうと思っている。どちらかが不慮の死を遂げたり、ほかに好きな相手ができたりしなければ、そうなるだろう。そうなればいい、と思っているし、少なくとも自分は、(不慮の死はともかく)ほかに好きな相手はできないだろうと確信しているから、つまり私は毅を愛しているのだろう、と柚奈は考える。その結論には、何かを見過ごしているような、あるいはどこかを故意に素通りしているような気分がかすかに付帯していたけれど、それでも柚奈はそう考えて、安心する。

表参道駅で降り、青山通りを歩いていく。風がまったくなくて、あいかわらず蒸し暑かった。一本入った路地に建つ細長い五階建てビルの最上階に、装幀家金頭(かながしら)一夫(かずお)のアトリエがある。

「お疲れでーす」

アシスタントの女性に中に通されると、デスクに向かってこちらには背を向けたまま、金頭が片手を上げた。五十代半ばの、装幀家の重鎮だ。いつものように隅のソファに座って柚奈は待った。アシスタントがアイスコーヒーを持ってきてくれる。二十代半ばのきれいな子で、前回の打ち合わせのときにはじめて会った。その前はべつの、やっぱり二十代半ばのきれいな子がアシスタントだった。金頭のアシスタントはいつも女性で、よく替わる（だから名前がなかなか覚えられない）。アイスコーヒーの後しばらくして、クッキーをのせた小皿を持ってきてくれたアシスタントを、柚奈はついまじまじと見て「すみません」と小声で謝られてしまった。金頭が柚奈を長く待たせていることを詫びたのだが、実際のところ柚奈は「大丈夫？」と心の中でその子に聞いていた。

金頭のセクハラは業界内では有名だ。柚奈の場合は、書籍の担当になり金頭に装幀を依頼するようになった当初、飲みに行こうとしつこく誘われた。断りきれず一度だけ付き合ったら、ダイニングバーのカウンターの下で膝を撫でられた。翌日、悩んだ末に、「とても不快だったのであういう行為は二度としないでほしい」という旨のメールを送ったら、誘われることはなくなった。その後、彼は何事もなかったかのように柚奈に接している。とくに無愛想になるということもない。ただ今日のように、約束通りの時間に事務所を訪れても、三、四十分、どうかすると一時間以上待たされることは多くなった。

「悪い、悪い。お待たせしました」

結局、五十分近く経ってから、まったく悪いとは思っていない顔で金頭は柚奈のところへやってきた。今日は中堅作家の単行本の装幀の打ち合わせだった。金頭はすでに小説のゲラを読み終えていて、イメージに沿った装画を依頼するイラストレーターの候補を何名か選んでいた。彼らの作品のカラーコピーをめくりながら、話をする。

できれば金頭との仕事はしたくないのだが、パッと目を惹く装幀が得意で、デザイン賞もいくつかとっており、作家のほうから指名されることも多いので、避けられない。実際、彼の仕事ぶりは的確で、打ち合わせ中の表情は真摯だ。人間は奇妙なものだと柚奈は思う。その一方で、これが白川沙穂の本の打ち合わせだったらよかったのに、などと考えている。沙穂の単行本が出せるのだったら、装幀家が金頭でもよかった。打ち合わせを重ねて、帯コピーもじっくり考えて、素敵な本にして、沙穂に歓声を上げさせたかった。

「そういえば、なんか、面倒なことになってるね」

金頭がそう言ったのは、今日決めるべきことを決め、柚奈が辞そうとしたときだった。

「まだ見てないの？　これ。白川沙穂って作家、橋本さんは知ってる？」

金頭はスマホでツイッターを開き、画面を柚奈に見せた。

白川沙穂は実名でアカウントを作っていた。今日、柚奈や小田と別れたすぐ後で作ったらしい。

白川沙穂＠sahoshirakawa

今日、景星出版に呼び出され、アナタの単行本は出せませんと通告された。雑誌に発表した小説を半年かけてなんども改稿させられた挙句の仕打ち。私の小説では会社に利益が出ないとのこと。それなら半年前にそう言ってほしかった。＃景星出版　＃新人作家残酷物語　＃あなたの残酷物語募集中

白川沙穂＠sahoshirakawa

半年間、改稿に集中したくて、バイトも減らした。もちろん大した部数を出してもらえるとは思っていなかったけど、本の刊行が、新たなチャンスに繋がると信じて。担当の編集者さんは私の小説を好きだと言ってくれて、本が出せないかもしれ

ないなんて半年間一度も言わなかった。 #景星出版 #新人作家残酷物語 #あなたの残酷物語募集中

白川沙穂@sahoshirakawa

営業部を説得できませんでした、の一点張りで、なんの代案もない、フォローもない。会社に呼びつけて一方的に通告。呆然としている私に、美味しいお店予約してるからこれからランチ行きましょうって、どういう神経してるのかわからない。 #景星出版 #新人作家残酷物語 #あなたの残酷物語募集中

白川沙穂@sahoshirakawa

なんかもう、心が折れた。ここから這い上がれる気がしない。 #景星出版 #新人作家残酷物語 #あなたの残酷物語募集中

今日はじめたツイッターなのに、すでにフォロワー数六十八人になっていた。最初のツイートは十三回リツイートされ、「いいね」は百を超えている。リプライも十以上ついている。多くは、ハッシュタグに反応して、自分の体験を書き込んでいる。自分も同じ目に遭ったとか、もっとひどい目に遭ったとか。景星出版という社

名もタグ付きで公表されているので、会社に対する誹謗中傷めいたコメントもある。全体として、まだ「拡散されている」というほどではないけれど、「#景星出版」のハッシュタグをフォローしている人の目には留まるだろう（それで、金頭も知ったのだろう）。見ている間にも「リツイート」と「いいね」の数が増えていくから、さらに盛り上がるかもしれない。

上司に報告するべきだろうかと思いながら帰社すると、小田が待ち構えていたように近づいてきた。すでに白川のツイッターのことを知っていた。担当部署が対応を考えているところだという。

「とりあえず、あなたから白川さんに電話してみてくれない？　私がかけても出ないのよ」

それで、柚奈はそうした。電車の中でもそうしようと思っていたのだが勇気がなかった。小田に凝視されながら白川沙穂の番号にかけた。やはり電話は繋がらなかった。電源を切っているらしい。

「わかった。じゃあメールしてみてくれる？　……あ、やっぱり、いいわ。私がする」

なぜかそういうことになり、柚奈はこの件からさっさと除外された格好になった。電話が繋がらないならもう役には立たないということだろうか。デスクに着いて、自分の仕事を片付けながら、あらためて何度か沙穂にかけてみたけれど、やはりずっと電源を切っている。メールを書こうか。だが、わざわざ小田から「やっぱり、いいわ」と言われたのだから、私からはメールしないほうがむしろいい、ということかもしれない。四つのツイートで沙穂が非難していたのは会社というより柚奈だった。「担当の編集者さんは私の小説を好きだと言ってくれて、本が出せないかもしれないなんて半年間一度も言わなかった」というのは本当だ。最終稿を読み終えたときには「メールじゃなくて直接言いたくて」と沙穂に電話し、すごく良くなったと褒め、そのあとふたりだけでささやかな原稿完成祝いもした。沙穂の家に近い下北沢のスペインバルで、どんな装幀がいいかきゃあきゃあ言い合い、ハイタッチして別れたのだ。その私が、「会社に呼びつけて一方的に通告」し、「呆然としている私に、美味しいお店予約してるからこれからランチ行きましょうって」言ったのだ。

仕事にならず、スマホでツイッターを開いた。沙穂のツイート自体はさっきの四つから増えていなかった。ただリツイートや「いいね」やリプライが増え続けている。沙穂はこれを見ているのだろうか。リプライには反応しないのだろうか。中には「出版社は利益を出さなければならないのだから、売れそうもない本を出さないのはふつうの判断だ。甘えるな」というようなリプライもある。こういうのも沙穂は見たのだろうか。ツイートするだけして、そのあとは見ていないのだろうか。今どこにいるのだろう？

柚奈は自分のツイートも見返した。

ウナウナ@unauna

さ

ウナウナ@unauna

よ

あらたに、「な」と打ち込んで送信した。

ウナウナ@unauna

な

それから身支度をして、席を立った。

白川沙穂の家には一度だけ行ったことがあった。

再会し、単行本刊行に向けて始動した頃、沙穂から誘われたのだ。田舎から羊肉をたくさん送ってきたから、うちでジンギスカンしない？　と。行く行く。遠慮も逡巡（しゅんじゅん）もなく、いそいそ訪ねていったのだった。

東松原にあるそのコーポの前に、柚奈はいた。レトロと言えば聞こえはいいが築五、六十年は経っていそうな四階建ての小型マンションの三階の一室が、沙穂の部屋だった。在宅している根拠はない。だが、ここまで来ずにはいられなかった。「なんかもう、心が折れた。ここから這い上がれる気がしない」という彼女の四つ目のツイートにひどく心が騒いでいる。

エレベーターがないので薄暗い階段を上がっていく。外はまだ明るいのに、新しいマンションに挟まれているせいで外廊下にはもう蛍光灯の青白い明かりが点いていた。その半ばで、中華料理屋の裏口みたいな匂いが漂ってきた。沙穂の部屋の、廊下に面した窓に明かりが灯っていた。柚奈は呼び鈴を押した。

上下スウェットという姿で、片手に缶ビールを持った沙穂がドアを開けた。柚奈を見て驚いた顔になり、それから仏頂面で「入る？」と聞いた。柚奈は頷（うなず）いた。中華料理屋の匂いの元はこの部屋らしかった。ほかの誰かがいる様子はない。

１ＤＫの部屋の中は、以前来たときと変わっていないように見えた。あのときと同じに、奥の部屋にちゃちな座卓が置かれ、その上に卓の面積とほぼ同じくらいの大きさのホットプレートが載っていて、肉がじゅうじゅうと焼けていた。これも同じだ、と柚奈は気づいた。あのとき食べた、タレに漬け込んだ羊肉だ。不意に二の腕につめたいものが触れ、ぎょっとして振り返ると、沙穂が缶ビールを押しつけていた。

「飲むでしょ？」

「いいの？」

と柚奈は聞いた。

「いいよ。っていうか、飲まないなら何しに来たわけ？」

それで、柚奈は座卓のそばに、沙穂と向かい合って座った。部屋が狭いのでベッドと座卓に挟まれる格好になった。そのベッドの上には午前中、沙穂が着ていた紺色のワンピースが丸めて脱ぎ捨ててあった。沙穂はホットプレートの上で焦げついている肉を自分の皿にひょいひょいと取って、新しい肉をのせた。どれくらい前から肉を焼いていたのかはわからないが、少なくとも缶ビールは数本目だということが、散らばっている空き缶でわかった。柚奈が缶ビールのプルタブを開けると、沙穂は自分の飲みかけの缶を突き出して、「乾杯」と言った。

「ごめん」

と柚奈は、缶が合わさる音と同じくらいの声で言った。

「あやまってほしくない」

と沙穂は言って、肉を裏返した。ホットプレートの一面にタレが焦げついていて、すごい匂いになっていた。

「だって怒ってたじゃない」

「ツイッター見たの？　あ、それで来たんだ？　会社から言われて来たんだ？」

「違うよ。心配だったから……」

「自殺でもしてると思った？」

「電話、出てよ」

「肉焼くのに忙しかったんだよ」

「肉、焼いてるとは思わなかったよ」

ははは、と沙穂は笑った。その笑顔にどういう感情を覚えるべきなのか柚奈にはわからなかった。食べてよ、どんどん。そう言われたから、柚奈はホットプレートから自分で皿に取って食べた。焦げつきのせいであまりおいしくなかった。前回、ここで食べたときのほうがずっとおいしかった。

それでもしばらく、無言で食べ続けた。肉を流し込んでいたビールが早々に空いてしまい、それに気づいた沙穂が二缶目のビールを持ってきた。サンキュ、と手を伸ばすと、沙穂はその手からビールを少し遠ざけるような仕草をしてから、「敬語、やめたんだね」と言った。

柚奈は黙った。あらためて缶が差し出されたので、それを取ったが、プルタブを開けずに膝の横に置いた。

「どうしたの？　また敬語に戻る？」

　と沙穂が言った。

「しょうがないじゃん、サラリーマンなんだし」

と柚奈は言った。肉は焼け続けていた。ひどい匂いだ。ホットプレートのスイッチを切るべきだが、それをするのは沙穂の役目だろうと思った。

「言ったでしょう、粘ったって。でもだめだったんだよ。こういう小説は今、まったく売れないって言われたら、反論できなくて。そっちも努力してよ。ずうっと同じような小説ばっかり書いてないでさ」

　沙穂が頬をぶたれたような顔で柚奈を見た。なんでこんなことを言ってしまったのだろう。沙穂のことが心配でここまで来たはずなのに。沙穂の小説が好きだったはずなのに。

　沙穂がすっと手を伸ばして、ホットプレートのスイッチを切った。柚奈は立ち上がった。

外はすっかり暗くなっていた。飲食店の灯のせいでさっきよりも猥雑な感じがする駅までの道を、柚奈は小走りになった。

今にも後ろから沙穂に肩を摑まれそうで。その一方で、まだ戻れる、まだ戻れる、とも思っていた。戻って、謝ることができる、と。さっきのは本心じゃなかった。努力が足りないのは私のせいだった。もっともっと粘って、営業部の考えを変えさせるべきだった、と。でも、そんなのはきれいごとだとも思っていた。きれいごとを言ったって、そのあと今よりどうしようもなくなるに決まっている。

駅のホームで電車を待っているとき、スマホが鳴り出した。きっと沙穂だと、ドキドキしながらたしかめると金頭からだった。あのさあ、ちょっと問題が起きたんで時間作ってくれる？　今、おたくの会社のそばにいるんだけど、このあと無理？と金頭は、ひどく不機嫌そうな口調で言った。金頭が今いるというカフェで、二十分後に会うことになった。今日は直帰のつもりだったが、また会社の最寄り駅まで戻らなければならない。問題とはなんだろう。あんな口調の金頭ははじめてだった。仕事上のことではないような気もした。いずれにしても行くほかない。今日はまだ終わっていない。

比較的新しめの、前はよく通るが入ったことがない店だった。カフェというかカフェ・ダイニングのようで、通りに面した広々したスペースのテーブル席で、何組かの客たちが食事をしていた。見渡しても金頭の姿はなく、ウェイターに彼の名前を言うと、店の奥へ案内された。一室だけ個室があるようで、その部屋のドアは閉まっている。どうぞ、とウェイターが、柚奈にそれを開けるように促した。ドアの向こうにはベッドがあって、その上で金頭が半裸で待ち構えているのではないか。この店の人たちはみんな彼とグルではないのか。ドアを開ける前の一瞬、柚奈の脳裏をよぎったのはそういうことだった。

「誕生日おめでとう！」

歓声と拍手と、クラッカーがはじける音とで出迎えられた。ベッドはなかった。さほど広さのない、ふつうの個室で、中央のテーブルにサラダやピザが並び、壁際に寄せられたソファや椅子の前に、十人ほどの見知った面々が立って拍手していた。会社内で親しくしている人たち。毅もいて、金頭もいる。

すぐに柚奈は状況を理解した。これは毅が企画したサプライズなのだ。今夜、急な仕事が入ったというのは嘘で、金頭にも一役買ってもらったのだろう。

「やだ……びっくりした」

柚奈は言った。全然気がつかなかった、とも言った。そういう言葉を、毅をはじめその場の人たちに期待されているに違いなかったから。そしてパーティがはじまった。サプライズの瞬間が過ぎてしまえば、あとは飲んで食べるだけの気楽な場だった。同じ部署の同僚や、久しぶりに会う同期の人たちと順番に話した。会話の中では白川沙穂の話題も出た。何人かが、ツイッターのことを知っていたのだ。あの四つのツイートはもう削除されているらしい。削除したのは柚奈があの部屋を出てすぐだろうか、しばらくしてからだろうか。そんなことを考えた。毅は金頭と親しげに喋っていた。そう言えばセクハラのことは、毅には話していなかった。恋人なのに、なぜ話さなかったのだろう。過ぎたことだったし、なんだか億劫だったのだ。どんな反応が返ってくるか不安でもあった。金頭が気づいてニコニコしながら手を振った。柚奈も手を振り返した。今夜で、セクハラはなかったことになるのかもしれない。

ふっと部屋の明かりが消えた。それから、お決まりのバースデー・ソングが流れてきてドアが開き、ロウソクを立てたケーキをウェイターが運んできた。柚奈がロウソクを吹き消すとまた電気が点いて、参加者がそれぞれささやかなプレゼントをくれた。毅が最後に柚奈の前に進み出た。

「ごめん、誕生日プレゼントじゃないんだ」

毅は柚奈の前に跪(ひざまず)いた。そして差し出されたのは、ビロード張りの小さなケースで、ケースの中は指輪だった。

「僕と結婚してください」

「はい」

　と柚奈が答えると、歓声と拍手が上がった。誰がどこで操作しているのか、ウェディング・マーチが流れ出した。囃(はや)されて、柚奈は毅と軽く唇を合わせた。これは誕生日を上回るサプライズだった。まさかこんなふうに結婚が決まるとは思っていなかった。断ろうと思ったとしても断れない状況を用意されたと思ったが、毅にしても、柚奈が断るなんて夢にも思っていないからこういう計画を立てたのだろう。もちろん、断りたいなんて思っていない。早晩こうなることを確信していたのだから──毅を愛しているのだから。

　お祝いの言葉を口々に伝えられ、それが終わると、参加者はまた部屋のあちこちに散らばった。いつまでも冷やかされるのは気恥ずかしく、プロポーズ直後の毅に対してどんな態度をとっていいかもわからなかったから、みんながまた思い思いに歓談をはじめてくれて助かったが、同時にそんな成り行きになんだか笑い出したくなった。世界はこういうものなのだ、と柚奈は思った。何ひとつ間違っていない、と。

　この個室を使える時間はそろそろ終わりのようだった。二次会の店も予約してあるらしく、みんながぞろぞろと店を出て行く中、柚奈は毅に断って洗面室へ入った。

用を足して個室を出ると、洗面所には誰もいなかったから、スマホでツイッターを開いてみた。さっき送信した「な」に、フォロワーのひとりが「どうしたの？　大丈夫？」とリプライをつけていた。柚奈はあらたに「ら」と打ち込んだ。

ウナウナ@unauna
さ

ウナウナ@unauna
よ

ウナウナ@unauna
な

ウナウナ@unauna
ら

それから柚奈は、ツイッターのアカウントを削除した。

「柚奈？　あっ、いた」

洗面室のドアが開いて、同期の子が、「毅くんが待ってるよ」と伝えて立ち去った。柚奈はまたひとりになって、いったんしまったスマホを出した。ツイッターを開いて、あらたにユナナ@yunanaというアカウントを作ってから、洗面室を出ていった。

マスク・オブ・モンスターズ

荻原 浩

1

茶色のクレヨンで大きなマル。

桃太（ももた）がお絵かき帳に何か描（か）いている。クレヨンより小さな指でクレヨンを握って、唇の先っちょをひよこみたいに尖（とが）らせて、ぶつぶつと何かつぶやいて。

マルの中の下半分に四角。

四角を残してマルを茶色で塗りつぶす。

マルの上のほうに黒い点をふたつ。目だな。誰かの顔を描いているらしい。

マルの下方にマルより大きな長方形。そこから四本の線。上の二本は短く、下の二本は長い。胴体と手足だね。

少し前まで桃太が描く絵は、人も動物もアニメキャラクターも、何を描いても顔から手足が生える、ニコチャン大王状態だったのだが、五歳になってからは急激に上達した。才能があるかもね、絵の道に進ませたいな、と琴（こと）はしばし親馬鹿にひたってから、冷静になった。そうか、外遊びやお出かけができずに家遊びばっかりしているからか。

「ふー」桃太の口から満足そうなため息が漏れる。完成したらしい。

「それはなあに」最近の桃太のマイブームである怪獣か。

「アンパンマン」

うーむ、それは気づかなかった。のびしろに期待しよう。なんにせよ、加椰を寝かしつけたばかりだったから、おとなしくお絵描きをしてくれるのは、ありがたい。琴が洗濯物を畳みながら、次の絵は何かと見ていると、桃太も目玉を上に向けてこちらを窺っていた。

「てれびみていい？」

ええーっ、お絵描き始めたばかりじゃないの。もう飽きたの？　テレビは困る。加椰が起きちゃう。

「お絵描きは？」

「おわった」

「ねえ、桃、バーバとジージを描いてみてよ。今度会った時に見せよう。きっと喜ぶよ」

琴の両親は隣の県に住んでいる。こんな時期だから、お互いの家には行き来しなくなって、会う機会は減っているが、三か月前には、花見がてら中間地点の公園で会った。

「うー――」桃太がリモコンを握りしめて唸る。

テレビは一日二時間、そう決めているのだけれど、なかなか外に出られないいま、我慢ばかりさせるのもなんだし、と時間制限がなし崩しになりつつある。ただ、ゲームはまだやらせてない。保育園の五歳児クラスのほかの子たちは、あつまれどうぶつの森とかふつうにやっているのだけど。

「バーバ、喜んできっとなにか買ってくれるよ」

「うー」

「キングギドラ、買ってくれるかも」

「やる」

キングギドラはもっかのところ桃太の最大のアイドルだ。キングギドラのソフトビニール人形が欲しいのだが、首が三つあるせいか、羽根も生えているからか、やたら高価（たか）い。桃太がすでに持っているモスラやバルタン星人の倍ぐらいする。

桃太は「つ」の字にした指でうすだいだいのクレヨンを摑んで、またマルを描きはじめた。バーバの顔の輪郭だな。隣に描いた逆三角形は、細面のジージ。

バーバの垂れ目をきちんと再現している。ジージの四角い眼鏡もそれらしい。

うん、やっぱり、私似の絵の才能は隠せないな、なんてまたもや親馬鹿になっていたら、いきなりクレヨンを放り出した。またか。飽きっぽいのは誰に似たんだろう。薫平（くんぺい）か。

「ちょっと、まだ途中じゃないの」

「おわった」

「でも、鼻と口を描かないと」

桃太が口を「あ」のかたちにした。指がクレヨン箱の上をさまよう。黒を取り出した。ジージの顔の下半分を塗りはじめる。ひげ？　琴の父親はひげなんて生やしていないのだけれど。

バーバの鼻と口のところには、白にクレヨンを塗りたくる。顔の色の上からだからうまく塗れないようだが、琴はようやく桃太が何を描こうとしているのかを理解した。

「もしかして、それ、マスク？」

「う」

父親の顔の下半分の黒は、母親の手作りマスク。母親の白は、不織布マスクだ。

「絵だから、マスクをさせなくてもいいんだよ。笑った顔を描くといいよ」

「わらったかお？」

「そう」

「みたことない」

え？

「バーバいつも笑ってるでしょ」ジージだってときどき。

「うー」

桃太が首をかしげてから、ぶるんと横に振った。

三か月前に会った時は、昼だけ開いているレストランで食事をした。中学教師だった琴の父親は、国が決めたルールには素直に従うタイプで、食べる時だけはずして、あとはずっとマスクをしていた。マスク会食だ。母親も慣れっこになっているのか同じようにしていた。義父の手前薫平も。やめようよ、と逆らったのは琴だけだった。

その前に桃太が琴の両親と会ったのは——もう一年半前だ。あの頃は三歳だったものなあ。覚えてないか。一歳十か月の加椰なんか通算四回だ。

遠くに住む薫平の母親とも一年近く会ってない。帰ってくるな。東京ナンバーなんかで来たら、車に火をつけられる、と脅されている。こっちのバーバの顔も忘れちゃっているんだろうな。

「おあよー」

ああ、加椰が起きてしまった。

コロナウイルスは大勢の人の命を奪っただけじゃない。いまのところ生きている私たちにも、いろいろなものを失わせた。目に見えないものも、見えるものも。いろんな空白ができてしまったと思う。世の中に。人の心に。あなぼこみたいに。

加椰を抱き上げてあやしながら琴は思う。

この先、コロナが収まったとして、大人なら「二年間の空白」とか自虐的な思い出として語れば済むかもしれないが、子どもたちはどうだろう。五歳の桃太は人生の半分近くの空白。加椰にとっては、生まれてからほぼずっとの空白だ。

彼らのそのあなぼこは果たして埋まるのだろうか。その穴にヘンなものが詰まったりはしないだろうか。

アンパンマンには見えない桃太の絵をよく見たら、アンパンマンもマスクをしているのだった。

コロナのこんちくしょうめ。

2

「いらっしゃいまぜぇぃ」

マスク越しでただでさえくぐもってしまうのに、声を出すのは何十分ぶりかだったから、語尾がしわがれてしまった。

今日三組目のお客さんが来たのは、午後一時すぎ。琴がランチタイムだけ働いている〝モジャ・ボーノ〟の客足は今日も低空飛行。いや、墜落寸前だ。

新しいお客さんは、若い男女の二人連れ。座席の半分には座れないことをアピールする象のぬいぐるみが置かれているが、どっちにしろがら空きだ。並んで座れる大テーブルへ案内する。テーブルの真ん中には大きなアクリル板。

男の子のほうは横に座って、というふうに隣の椅子を空けたのに、女の子はアクリル板の向かい側にいってしまった。カップルというわけでもなさそうだ。男の子のほうはマスクをはずしたけれど、女の子はかたくなにマスクを取ろうとしない。恥じらう乙女みたいに。相手にマスクを取った顔をまだ見せたことがない、と聞かされても驚かない。この近くの大学の学生さんかもしれない。一年間、オンライン授業でしか会えなくて、ようやく顔を合わせた二年生とか。

コロナが失わせたもののひとつは、出逢いだと思う。人と人とのさまざまな出逢い。とりわけ女と男の出逢い。コロナウイルスは、あったかもしれないたくさんの恋を失わせたのじゃないだろうか。アクリル板越しでは手も握れない。マスク越しのキスではときめかない。

携帯電話の登場が恋愛を変えたとよく言われるけれど、コロナも恋愛を変えてしまったかもしれない。

ナイフとフォークと箸を用意し、飲み物の注文を取る。とりあえず接客はそれだけだ。「ご自由にお取りください」

モジャ・ボーノはカレーとイタリアンの店。個人店には珍しいビュッフェ形式の料理店だ。全部で三十席ほどの店内の片側に、食べ放題のメニューが並ぶ。店長のイタリアンシェフ家永(いえなが)さんが、バングラデシュの料理人ダスさんと意気投合して始めた店だ。

ビュッフェ形式の店は回転率が高くて、客単価が保証され、人件費もかからない、「絶対儲かる商売」だ、と二人で出かけた飲食店開業セミナーの経営コンサルタントから勧められたそうだ。絶対儲かるなら、自分が店をやればいいのに。

確かに、おととしの開店当初は、種類は少ないが、パスタもカレーも食べ放題というのが受けて、行列もちらほらできるほどの人気だったらしい。テレビの取材を受けた時の、家永さんとダスさんがお笑いコンビと一緒に撮った写真は、いまも誇らしげに壁に飾ってある。

開店一周年は、最初の緊急事態宣言の中で迎えた。家永さんとダスさんもコロナの犠牲者だ。手に入れかけていた店の評判とたくさんの売り上げを失った。

琴にも失ったものがある。仕事だ。自分では天職だと思っていた仕事。琴はモジャ・ボーノで働きはじめる前は、舞台美術の会社にいた。美大を出たあと、十年間勤めていた会社だ。

美術とはいえ仕事の大半は、搬送や撤収やトンカチやペンキブラシを手放せない力仕事、大工仕事だけれど、楽しかった。毎日が文化祭みたいで。何年も下っぱだったが、おととしからは、ようやく美術チーフとして仕事を任されるようになった。チーフとしての初仕事は、ネズミが主役の児童劇。期間が短く予算の少ない公演だったが、なにせ初めて自分で舞台をつくれるのだ。琴はこれ以上はむりっていうほど魂をこめた。桃太と生後半年ちょっとの加椰を、薫平や実家の親に任せっきりにして没頭した。

出演者一人一人に合わせたネズミの着ぐるみをつくり、キャッツみたいな特殊メイクも劇団の人と一緒に考え、背景の街並みを描き終え、背丈ほどある巨大なチーズや古テーブルの天板を使ったネズミ捕り器などなどを作り終え、搬入するばかりになったある日、公演の延期が伝えられた。去年の春だ。

延期は結局、中止になった。

夏には会社が希望退職者を募り始めた。応じる人間がいないとわかると、給料遅配が続いた。そして、今年の初め、結局、会社そのものがなくなった。

悔しい。返して欲しい、私のチャンスを。私の人生を。まだ若いからこれからいくらでもがんばれる？　これからはいらないから、あの時を返して欲しい。

コロナ、こんちくしょう。

一時半。イタリアンステンドグラスを嵌(は)めた木製ドアが開き、吊るしてあるバングラデシュのガラス細工のウインドチャイムがしゃらりと鳴った。新しいお客さんだ。

もともとモジャ・ボーノのランチ営業は午後二時までだったそうだけど、夜の営業時間が短くなったぶん、三時まで延ばして新しいバイト——琴を雇った。男の人一人だが、お客さんが来てくれるだけありがたい。バイトの琴ですらそう思う。

「いらっしゃいませ」

今度はちゃんと声が出た。席へ案内するためにソーシャルディスタンスを保ちつつ客に近づく。あ、この人、マスクつけ忘れてる。

「お客さん」琴はささやき声で呼びかけ、指で口のまわりに四角を描いた。

グレーとも緑色ともつかないポロシャツに大きな体を窮屈そうに包んだ中年男だ。半白の坊主頭をこちらに向けて、ぎょろりとした目玉で睨(にら)んできた。他のお客さんの手前、穏便にボディランゲージですまそうと思ったけど、通じないか。

「忘れてます」

琴を無視してのしのしと店の奥に歩いていく。その背中にあわてて声をかけた。

「マスク、マスク忘れてます」

こういうこわもてタイプは案外根は優しい人が多いから、「おっと、ごめんよ、気づかなかったぜ、てやんでぇ」なあんておでこを叩いてポケットからマスクを取り出してくれる、などと勝手に想像していたのだが、
ちっ。

え？

返ってきたのは、舌打ちだけだった。男は勝手に店の奥の四人席に、こちらに顔を向けて座った。

「あのー、もしお持ちでなければ、お貸しできますが」

琴の言葉は大きな手でぶんと振り払われた。

「要らねえ」

「でも、うちはこういう形式の店ですから」ビュッフェコーナーには手が入るすき間だけ残して飛沫防止のビニールシートを下げ、トングは一回使うごとに回収して消毒し、使い捨て手袋も用意している。コロナが流行し始めた当初の、バイキングの店からクラスターが発生するという風評が、モジャ・ボーノの経営危機の最初の引き金だった。

　男がたらこみたいなひとさし指をちっちっと振る。そして見かけどおりの獣が吠えるような声をあげた。

「マスクなんてしねえのよ、俺は」

「なんで？」

　つい敬語を忘れて問い返してしまった。

「するかしないかは、俺が決める」

　は？　誰を相手に何を威張っているのだろうか、この人は。そうか、マスク拒否男か。噂には聞いていたが、遭遇するのは初めてだ。

　琴は両足を広げ、腰に手をあてる。古い絵本によく出てくる怒ったママのポーズだ。

「じゃあ、出ていってください」

「あん」

　拒否男の太い眉の間に深い溝が刻まれた。のっそりと立ち上がる。出ていくために立ち上がったわけじゃなかった。見下ろして威嚇するためだった。琴も女にしては背が高い方だが、彼奴(きゃつ)の顔は頭ひとつ上にあった。だからどうした。琴は首を上向けて睨み返す。他人とこんなに接近するのはひさしぶりだ。

「入り口に貼り紙がしてあったはずです。店内では必ずマスクを着用してください、って」

「なんだお前、一介の店員フゼーが、生意気な。俺に言いたいことがあるなら、店長を出せ」

出しましょう。「店長〜」

厨房から家永さんが顔を出す。

「あんたが店長?」

「ええ」家永さんがコック帽を取ってお辞儀をした。帽子の下はスキンヘッドだ。スキンヘッドは単に薄毛隠しで、性格的には温厚というか気弱なタイプなのだが、ジョギング焼けした肌とジョギングしすぎの削れた頰は迫力がある。男が格闘技の対戦相手を値踏みするように視線で家永さんをなで斬りにした。

「あんた、従業員にどういう教育してる」

「はあ?」

「言葉遣いがなってないよ。『お貸しできます』っていうのはなんだ、えらそーに」

論点ずれてるぞ。私の敬語がへなちょこなのは確かだが。

「あいすいません。マスクをお貸しさせていただきますので」家永さんの敬語もへんちょこりんだった。

「マスク、マスクってさあ、それはそちらの決めたルールでしょ。俺にマスクを強制する法律的根拠はあるの？」

私の時とは喋(しゃべ)りのトーンを変えているのが腹立たしい。

「いや別にそういうわけでは」

「民法？　刑法？　何条？　何項？」

難しいことを言いたがっている、ただのガキだな。桃太と変わんない。おやついっ？　なんじなんぷんなんびょう？

「おたくの店じゃ客に法的根拠がないことを強制するの？　草っ、草不可避だ。根拠なし、でいいんだな、はい、終了っ」

「あ、いえ」

「話はおしまいデス」

男が立ち上がり、料理を取りに行く。ローストポークを皿にてんこもりにしながら、ゲホゲホと咳きこんでいた。まったくもう。せめて手袋だけでも使わせようと琴がビニール手袋をつかむと、家永さんが首を横に振った。

なんで？

横に振った首を、今度はわかってくれ、というふうに頷(うなず)かせる。なんていう弱腰。スキンヘッドが泣くよ。

ダスさんがいてくれたら。ダスさんは金策のために国へ帰ったが、変異株の流行のおかげで再入国できなくなった。だからいまモジャ・ボーノのベンガル料理はお休み。家永さんの欧風カレーだけを出している。

3

モジャ・ボーノの仕事は午後三時半に終わる。夜の営業は五時から。時短営業だし、ワインもインドビールも出せないから、昼同様にお客さんが少なく、家永さんの奥さんが無給でフロアをきりもりしている。

同じ町内の保育園に桃太と加椰を迎えに行っても、午後四時すぎ。いまの季節なら、まだまだ明るいし、巣ごもりのいまだからこそ、外で遊ばせるようにしていた。

「桃太、加椰、どこ行きたい」

「きようりゆうこうえん」

「きよーゆー」

「パンダ公園にしない？」

「きようりゆうこうえん」「きよーゆー」恐竜公園。広くはないが恐竜を模した滑り台がある。この界隈の幼児園児のいちばん人気だ。だがなあ。

あまり行きたくはない。このあいだのことがあるからだ。

一週間前のことだった。その日もいまぐらいの公園が少しすく時刻。琴たち三人が着いた時の先客は、ベンチで座っている男の人だけだったが、滑り台へ直行するとすぐ、ベビーカーを押した若いママさん二人が入ってきた。

公園の真ん中の花壇の脇で、ママさんたちがベビーカーを並べておしゃべりを始めると、ベンチに座っていた男が、二人をじろじろ眺めはじめた。小柄で小太り、もう六月なのに赤茶色のカーディガンと似たような色のスラックスを身につけている。変質者じゃなければいいけれどと、一人では滑り台に登れない加椰のお尻を押しながら見ていると、男がいきなり立ち上がった。短い杖を手にしていた。杖をつきながらママさんたちに近づいていく。独り言をつぶやいてマスクがもごもご動いているのがここからでもわかる。琴はリュックを下ろした。スマホを抜き取っていつでも通報できるように。

男がいきなり叫んだ。

「ウレタン」

ママさんたちが悲鳴をあげる。男がいきなり杖を振りまわしはじめたからだ。

「ウレタン、ウレタン」

甲高い声だった。いや、男じゃない。大きなマスクに隠れて人相ははっきりわからないけれど、よく見るとパンチパーマみたいな短い大仏パーマの女の人だった。杖はついているが、まだお婆さんという歳でもなさそう。琴はスマホを引き出そうとした手を止めた。

「な、な、なんですか」

ママさんの一人が抗議の声をあげる。

「マスクだよ、マスク」

二人ともウレタンマスクだ。一人は服とのコーディネイトを考えたんだろう黒。もうひとりは可愛らしさで選んだらしい花柄。

「ウレタンは犯罪だよ」

「は？ なに言ってるの」「頭おかしいんじゃないの」

「テレビのニュースも見ないのか、馬鹿女どもが。こっから出てけ。感染するじゃないかっ」

「出てけって、何の権利があんのさ」

気の強そうな黒マスクのママが詰めよると、いきなり声を張りあげた。

「あーっ、汚いっ。飛沫が飛んできた。ひっひっ飛沫～、ひっひっ人殺し～」

公園前の道を歩く人が振り返るほどの耳に突き刺さる高音の大声。まるで殺人超音波だ。

「誰かぁ、人殺しだよ～　コロナの感染者がいるよ～」

滑り台の途中でつっかえていた加椰が手を伸ばしてきた。

「こあい」

「こわい」桃太も腰にしがみついてくる。

若ママさんたちが、ウレタンマスクの上の眉を蛾の触角みたいにつり上げ、頭の上に『プンプン』という描き文字が浮かんでいるような足どりで公園を出ていく。琴の口はぽかりと開いてしばらく閉じなかった。あれはあれか、ウレタンマスク警察ってやつか。ナマで見るのは初めてだ。

とぼんやり考えていたら、ウレタンマスク警察がこっちを睨んでいた。琴がつけているのはウレタンマスクじゃないんだけど。

体をゆらゆら揺らし、杖を三本目の足のように使いながら、ゆっくりこっちへ近づいてくる。え？　なんで。

いきなり杖を顔の前に突きつけられた。フェンシングの構えみたいに腰が入っている。杖、いらないいんじゃないの。

「布っ」

「へ？」

「布はだめ。布マスク禁止っ、母親失かぁーく」

「え？」

琴がしていたのは、母親が送りつけてきた手作りのマスクだ。間近で見る女は、なんと三枚もマスクを重ねていた。なんだか恐ろしい。そこまでしようとするその心が。

「でも、布マスクは不織布マスクとそんなに効果は変わらないって聞き——」

琴の言葉が終わらないうちに、杖で空中に×を描いた。

「失かーく。人間失かぁーく」

「使い捨てのマスクは環境にも良くないって」ちゃんとしたやつはけっこう高いし。

「テレビばっかり見てないで、新聞を読みな」

「えーっ」さっきと話が違う。

「出ていけ」

公園はみんなのものです、と反論しようと思ったら、三枚マスクの真ん中が大きくたわんだ。「すーっ」という不吉な音。息を吸っているのだ。殺人超音波を出すために。

「いきましょ」琴は加椰を滑り台から抱き上げ、桃太の手を取った。「帰ろう」

「どしたのかあちゃん」

「どーたかー」

間に合わなかった。

「誰かぁ～　コロナの感染者がいるよぉぉぉ～っ」

悔しいけど、一週間前のあの時は走って逃げてしまった。

ちっちゃな恐竜が門番をしている入り口で中を窺う。マスク警察女の姿はなかった。

「よしオッケー」

桃太が滑り台に走っていく。琴は加椰の手を引いて、緑色の首長恐竜のしっぽのほうの短いすべり台に乗せた。

なんで気を使わなくちゃならないんだ。昼間のマスク拒否男も困ったもんだけど、マスク警察も別の意味で腹立たしい。言いたいことは間違っていないのかもしれないけど、正しいわけでもない。専門家だって「マスクは使い分ければいい」って言ってるのだ。それなのに、自分だけが正しいって思い込んで、他人にそれを押しつけて。ああ、思い出したら、腹が立ってきた。

滑り台のてっぺん、恐竜の背中で桃太が手を振っている。加椰は滑り台の途中でひっくり返ってVの字にした足を振っている。

琴も気を取り直して手を振り返した。

耳もとで誰かが囁(ささや)いた。

「マスク」

え？

ぎくぎくと首を振る。誰もいない。幻聴？

背が低いから気づかなかった。琴の肩下に顔があった。出たな。妖怪。三枚マスクのその下の口が耳まで裂けていたとしても驚きはしない。

「マスクはどうした〜〜」

「なんでしょう」

額が狭いからマスクから上の部分が少なくて、顔の情報が乏しいけれど、太い眉毛とぎろりとした丸い目に見覚えがあった。スーパーの食品売り場で見かける人だ。特売コーナーの前やタイムセールの時に、よくうろうろしている人。琴もよくうろうろしているから、何度も見かけてる。

とはいえ今日は怖くない。そんなには。ちゃんと不織布マスクで武装しているからだ。

「なんでしょうか」

「マスクはどうした」

見せつけるように顎を突き出してやった。

「あんたじゃないよ、子どもだよ」

「子ども用不織布を使ってますよ、ちゃあんと」

「あっちじゃない、ちっこいほう」

「あの子はまだ一歳十か月です。二歳未満の子どもにマスクさせるのは危険なので」

「聞いたことないね、そんな話」

そりゃあ、あなたが知らないだけでしょう。

「保育園でも誰もしてませんよ」

「証拠は？　いますぐ出しなよ」

「出しますとも」スマホを取り出した。『二歳未満』『マスク』で検索すれば、琴の主張を裏づける記事やニュースがたっぷり出てくるはずだ。

「そんなものに頼ってるから、だめなんだよ。ニュースを見なくちゃ。羽鳥さん」

マスク警察女は首ひもをかけてガラケーをぶら下げていた。

「ほら、これ見て。これも」

スマホの画面を突き出したが、マスク警察は見ちゃあいなかった。滑り台のほうに歩きだして、杖を振り回した。

「マスクをしね子はいねが〜」

加椰が泣きだした。桃太も涙目になっている。

「ちょっとやめてください」

「コロナだぁ〜、ここにコロナウイルスがいるよぉ〜」

「かあちゃんかえろう」

「かーかーろー」

「いま来たばかりじゃない。ほっときなさい」

「でもこわい」

「こあい」

4

くそクソ糞っ。

ああ、私としたことが、心の中とはいえ、下品な言葉を口走ってしまった。もとい。うんこウンコ、大便、便！

どいつもこいつも、まったくもう。

今週もまた、モジャ・ボーノにマスク拒否男がやってきた。三週連続、決まって水曜日。席もいちばん奥の四人がけと決めているようで、そこに店内に顔を向けて座る。だから他のお客さんにも最初からマスクをしていないのが丸見えだ。今日は入ったのを見はからって、男が指定席にしているテーブルにマスクの袋を置いてみた。素直に包装を開けたから、しめしめと思ったら、きゃつめ、お手拭きにしおった。

家永さんに逆らうなと言われているから黙って食器と水をテーブルに置くと、唐突に琴に語りだした。

「知ってるか、コロナは陰謀なんだよ。ただの風邪なんだ。世界を牛耳る資本家と先進国の政府が手を組んで仕組んだんだ」

無視したら、男は宙に向かって一人で喋り続けた。

「ワクチンもそうさ。あれは世界中の人間にマイクロチップを埋め込む計画なんだよ」

気味悪がって、先に来ていたお客さんが店を出て行ってしまった。常連さんの三人連れだったのに。

拒否男が帰ったあとに、家永さんに詰めよった。

「どうして追い出さないんです？　何か弱みでも握られてるんですか」

「彼はこの界隈では有名でね。ああ見えて――」

「本当はいい奴とか言わないでくださいね」

モジャ・ボーノの向かい側は大きなお寺だ。店の入り口の真ん前は墓地（おかげでこの店の賃料は安くすんでいると家永さんは自慢する。自慢することではないと思う）。先週の水曜日、午後一時過ぎにテイクアウトメニューの看板を表に出しに行った時、あの男が墓地から出てくるのを見てしまった。誰の墓参りだろう。親か、それとも妻か。そういえば、男のいつも不潔な服には、女の影がない。

「いや、そうじゃなくて、ああ見えて、ブロガーらしいんだ。気に入らない店があると、ブログに手ひどい悪口を書くらしい。それより困るのは、いろんなグルメレビューサイトに手当たりしだい投稿して、コメントでぼろくそに言って、星ゼロの評価にしたりすること。町内の何軒もこれをやられてる。書き込みの内容や日付けから見て、あの男しかいないってみんな言う。うちなんか食べログに一回でも星ゼロなんかつけられたら、採点ポイントががくんと下がっちゃうからねえ」

「なんて奴なの」傲慢なのに卑劣。いや、傲慢だから卑劣なのか。

「だから、こらえて。古いお皿あげるから」

ベランダにビニールシートを敷く。ビニールシートの上にレンガ。そこに家永さんからもらった皿を叩きつけた。くそっ。

ぐわしゃ。

ビュッフェだからモジャ・ボーノでは大量の皿が使われる。そしてしょっちゅう割れたり、欠けたりする。家永さんはそれをときどき琴にくれる。いつもは端っこがちょこっと欠けたぐらいの家で使えそうなものだけもらうのだが、今回は派手に欠けたものも全部もらってきた。

もう一枚。これは、マスク警察女のぶん。もう二週間以上恐竜公園には行っていない。琴は次こそ返り討ちにしようと考えて理論武装をしているのだが、桃太も加椰も怖がってパンダ公園のほうにばかり行きたがるのだ。犬のウンチがよく落ちてる公園だ。

家永さんとダスさんこだわりの、それなりの値段の皿が、まっ二つになる。破片が飛び散らないように皿は厚手のビニール袋で包んでいるし、割れた皿は指定のゴミの日に危険がないようにして出すつもりだけれど、マスク警察たちみたいな「正義派」には「資源の無駄遣い」とか「ゴミ収集の人のことを考えてない」とか言われるんだろうな。正義ってなんなんだ。正義ってひとつじゃなくて、人の都合の数だけあるんじゃないだろうか。

もう一枚あった。六分割のプレート皿。今度は逆にしてみた。皿を床に置き、レンガを両手で振り上げ、たたき落とす。

「うおーっ、コロナ、こんちくしょう」

子どもたちにはこんな姿は見せられない。加椰と一緒に桃太も昼寝をさせて正解だった。

「かあちゃんなにしてるの。おさらわり？」

「おさるわる？」

5

「問題はマスクじゃないんだよ」

ミートボールで頬をふくらませながら薫平が言う。

「マスクの裏側に、その人間の事情が隠れている」

「罪を憎んで人を憎まずみたいな話はやめてよ」聞きたくない。本当に悪い人間なんかいないなんて話は、子どもへの読み聞かせのおとぎ話だけでじゅうぶん。子どもたちにはまだ教えたくないけれど、世の中には一定の割合でどうしようもないやつがいるのだ。

「うん、そういうことではなく。マスクの問題の裏側には、その人間の不満や怒りや怯え（おび）やコンプレックス、いろんなものが隠れていると思うんだ」

あんたは何様？　と思うような言葉がすらすら出てくるところを見ると、いまの仕事は『コロナの時代の心理学』とかなんとかそんなやつだな、きっと。

薫平は編集プロダクション勤務。専門は自己啓発本だ。『ポジティブシンキングのすすめ』とか『貴女が幸せになるための五十の法則』とかそういうやつ。年収四百万円弱で『年収一千万に必ずなれる二十ヵ条』なんて本をつくっている。このあいだまでは『デキる男の時間有効活用術』という本を毎日遅くまで残業してつくっていた。

「マスク警察も、マスクを拒否する人間も、根っこは同じだと思うんだ。どっちも『他責思考』の持ち主だ。自分は悪くない、いまの状況は他人のせい、世の中のせい。そういう思考の人を見分けるのは簡単。何があっても謝らない」

ミートボールにケチャップをかけ、そのケチャップをほっぺたにつけてる男のせりふとは思えない。自分がこれまでにつくった本の受け売りだと思う。

「まあ、日本人には、なにかあるとすぐ自分が悪かったんじゃないかって思い込む『自責思考』の人が多いから、世の中のバランス的に貴重な人材とも言えるけど」

そういうのはいいから。

「彼らのもうひとつの特徴は、強い承認欲求。こっちを見て、もっとかまって、っていう志向」

「加椰や桃太と同じじゃか」

「うん、これはまあ、誰にも多かれ少なかれあてはまるけれど。あ、このミートボール、おいしいよ」

「そう、嬉しい。冷凍ものとはいえ、チンする時間のチョイスが適切だったのかも」

「ほら、僕らだって同じさ。人からけなされるより、誉められたほうが嬉しい。認められたいから仕事してるわけで。承認欲求は人間の本能かもしれない。でも、それが満たされない場合、過激な言葉や行動で、人をむりやり振り返らせようとする人間もいる」

「どうすればいい？」いくら解説されても、マスク拒否男はマスクをしない。あの男のせいで、モジャ・ボーノのお客さんが減っちゃうかもしれない。マスク警察女のために、桃太も加椰も大好きな恐竜公園へ行けないのだ。

「うーん、どうもこうも。そういう人たちって、コロナがなくても他のことで似たようなことをするんだろうしな」

「理屈はいいから、実践的なやつをひとつ」

「えーっ実践的は苦手だなぁ」つくってるの、実用書じゃなかったっけ？　薫平が最後のミートボールをちびちび齧りながら天井を見上げた。「あ、そうだ。キングコング対ゴジラって知ってる？」

「ああ、小栗旬が出る映画だね。公開延期になってなかったっけ」

「いや、ハリウッド版じゃなくて、東宝映画のほう。1962年公開」

西暦がすらすら出てくるところが、オタク丸出し。桃太が怪獣にはまったのも、この人が四歳の誕生日にモスラ（幼虫）の700分の1フィギュアをプレゼントしたのが始まりだ。薫平が「本当につくりたかった本」だという『世界未確認生物図鑑』が出版されたのは去年の五月。初めての緊急事態宣言で本屋さんが軒並み休業してしまった時だ。売れ行きはさんざんだったらしい。コロナがなくても同じだった気もするけれど、「続編はもうつくらせてもらえないな」と嘆く薫平もコロナの犠牲者。

「こんなストーリーだ。北極海からゴジラ、南の島からはキングコングが日本にやってきて、二匹の怪獣が別々の場所で暴れまわる」

「はいはい」

「その時、対策本部はどうしたか——」

「とおちゃんおふろはいろう」

「とーおろろあいろー」

「ちょっと待っててね。えーと、どこまで話したっけ」

「対策委員会がどうしたこうした」

「そうそう対策本部は、二匹を戦わせるんだよ。毒を以って毒を制す」

二匹を、戦わせる。その言葉が琴の琴線をスリーフィンガーピッキングした。なるほど、その手があったか。いつのまにか前のめりになっていた。のめったついでに薫平の頬のケチャップをぬぐってやった。

「どうやって戦わせたの」メモを取りたいぐらいだ。

「キングコングを眠らせて、気球で吊り上げてゴジラの元へ運んだんだよ」

どっちがゴジラでどっちがキングコングだ？

マスク拒否男を眠らせて、風船で吊り上げて、公園に連れて行く。うーむ、メルヘンではあるが、あまりに非現実的。ワンモア。

マスク警察女を眠らせて、車に乗せて、モジャ・ボーノに連れてくる。店長の車だな。大きいし色は黒だし。ちょっと現実味を帯びてきたけど、これだと犯罪になりかねん。いや、完全に犯罪だ。家永さんが刑務所に入ったら、差し入れに行かねば。

難しいな。現実は映画のようにはいかないよ、薫平。

「ほんとにうまいね、このミートボール」

「そう、よかった」スーパーのタイムセール品なんだけど。

いや、待てよ。方法はあるな。

6

水曜日。

モジャ・ボーノの絵皿時計は午後一時二十分を指している。

琴は厨房に顔を出してアイコンタクトした。そろそろ来ます。

店内には二人連れのお客さんが一組。やつはまだ現れない。だが、必ず来る。きっと来るはずだ。たぶん来ると思う。来てもらわなくちゃ困る。早く来て。

一時三十二分。

ずっとドアを見つめていたから、ステンドグラスいっぱいに巨大な影が広がるのがわかった。

ドアが開く。琴の頭の中でゴジラのテーマのイントロ部分が鳴り響く。テーテテテッテッテェーン。

少しでも参考になればと、東宝版キングコング対ゴジラを桃太や加椰と観たのだ。思いがけず面白くて、ハラハラして膝の上の加椰を何度もきつく抱きしめた。ゴジラの出現シーンでは桃太も膝に乗ってきた。まあ、作戦的には何の役にも立たなかったけれど、どんなに相手が強大でもあきらめずに戦わなくてはだめだ、ということは学べた。そして、映画を観て以来、桃太はゴジラの真似をして吠え、加椰はうほうほと叫んで胸を叩く。

来た。一人目のモンスター。琴の新しい命名は、マスク拒否男改め、ゴネラだ。ゴネラはのしのしと指定席に向かう。水と食器はわざと出さないでおく。怒り出すまでほうっておくつもりだったが、立ち上がってすぐにビュッフェコーナーに向かってしまった。そうだった。ナイフやフォークはコーナーにも用意してあるのだ。ゴネラがタンドリーチキンにトングを伸ばしながら、げほげほとむせている。なぜいつもむせる。女性二人連れが眉をひそめた顔をつき合わせていた。もう二度とモジャ・ボーノには来てくれないかもしれない。

もう一人はまだ来ない。ゴネラは食べるのがやたら速い。早く来てくれないと、爪楊枝をシーシーさせながら帰ってしまう。琴はタタンタタタンとゴジラのテーマに合わせて靴先で床を鳴らした。

「おいっ、フライドポテトがないぞ」

「すみませーん、出来しだいお持ちしまあす」

必要以上に素直に返事をした。もちろんフライドポテトは出さない。もう一人のモンスターが来るまでは。

午後一時四十五分。

ドアに吊るしたウインドチャイムが、南の島の楽器のようにシャラシャラと鳴る。揺れるチャイムの先に赤茶色の丸い影。気温は三十度近いのに、今日もカーディガンを羽織っている。杖はついていない。頭上で揺れるウインドチャイムがうるさいのか、自衛隊の戦闘機をわし摑みにするように片手を伸ばして黙らせた。

来た。マスク警察女改め、モンクコング。

「いらっしゃいませ〜」

モンクコングが立ちすくみ、店の中を見まわしている。琴はすかさず、入り口近くの二人テーブル席に案内する。椅子のひとつには象のぬいぐるみが置いてあるから、コングが座る場所は、店内を見渡せる側一択。ビュッフェコーナーを真横から眺め、店の反対側にいるゴネラとは真正面から視線がバチバチと合う場所だ。

コングが太い指で財布から小さな紙を取り出した。こう書いてある。

『モジャ・ボーノ　開店25カ月記念　無料サービス券
6月30日（水）午後1時20分より〔当日限り〕
ローストビーフ食べ放題！』

じつは琴がつくったものだ。先週、恐竜公園へ行き、無差別に配布しているふりをして、その日もぽつんとベンチにいたモンクコングに渡しておいたのだ。家永さんは要らないと言うが、その分の代金は琴が払うつもりだ。

スーパーの特売コーナーやタイムセールの時にばかり顔を合わせているのだから、モンクコングは「お得」が好きなはず。そしてマスクを三枚も重ねているけど（重ねているから？）生活を切り詰めている。琴と同じように。「無料」にはきっと食いついてくる。これが琴が考えたモンクコング輸送作戦だ。

コングが無料サービス券をテーブルの上に滑らせた。

「これ使えるよね」

公園の時に比べると自信なげなか細い声だ。三枚マスクから少しだけ覗く顔がやけに白いと思ったら、お化粧をしているようだった。何度も顔を合わせているのに、琴には気づいていない。マスクの効果だな。モジャ・ボーノを高級店だと勘違いして緊張しているのかもしれない。悪いことばかりじゃない。そもそもコングはテーブルばかり見つめていた。

「ごゆっくりどうぞ。あちらの料理をご自由にお取りください。あちらです、あちら」

片手でビュッフェコーナーをしつこく指し示したのは、部屋の奥のゴネラの姿を捕捉して欲しかったからだ。ゴネラは山盛りのパスタを呑むように食べている。いくらモンクコングでも、食事中の人間にマスクをしろと文句は言わないよな。よし、作戦開始だ。琴は対策本部——じゃないや、厨房に入った。

「準備はどうでしょうか」

家永さんがこくりと頷き、顎でコールドテーブルの上をさす。ふだんは夜にしか出さないローストビーフが、足付きのステンレス皿の上で美しい桜色の断面を見せていた。気前のいい厚切りで。

「お待たせしました。ローストビーフ、ご用意できましたぁ」

ローストビーフをコーナーに運んだとたん、まだ皿にたっぷり料理が残っているのに、ゴネラが席を立つ。やっぱりな。そう来ると思ったぜ。ゴネラ誘導作戦、成功だ。

コングもおずおずと立ち上がった。両者の距離、三メートル。二メートル。一メートル。あらら。

ゴネラが独り占めするつもりのようにローストビーフを皿にてんこ盛りしている。コングはその後ろに並んでしまった。これじゃノーマスクが見えない。

琴はコングに近寄って囁く。「サラダコーナーもあります。まずはサラダからどうぞ」

ビュッフェに慣れていない様子のコングが、それがここのマナーだとでも思ったのか、琴の言葉に素直に従う。とはいえ、店の異国風の雰囲気に気押されたのかうつむいてばかりいるから、やっぱりゴネラには気づかない。どうしよう。このままだとゴネラが席に戻ってしまう。

琴は声を張りあげた。

「お客さま、ビュッフェコーナーではマスクをしてくださいっ」

ゴネラが睨んできた。マスクをしていないから表情がよくわかる。いまさら何を言ってるんだこいつは、という顔。モンクコングはすがるように三種類のドレッシングの名札を読んでいて気づかない。琴はさらに声を張った。

「マスクをしてください」

ようやくコングの顎が上がった。斜め上方、ゴネラの顔の位置まで上がると、そこで動かなくなった。対空ミサイルがロックオンするように。

「マスクはしねえって何べん言わせるんだ」

ゴネラが喚く。ローストビーフを取りに立ち上がった女性二人連れが、大声に立ちすくんでしまった。

コングの面積の少ない顔面の中で、眉間に深い亀裂が走るのがわかった。三枚マスクがへこんだりふくらんだりしている。怒りに呼吸を荒らげているのだと思う。

出るぞ、殺人超音波（薫平の前でこの言葉を口にしたら、超音波は人間の耳には聞こえないんだよ、と言われた。怪獣オタクのくせにロマンがないやつだ）。コングのマスクが大きくたわんだと思うと、甲高い咆哮が響きわたった。

「ちょっとあんた」

イエス。琴は使用済トングを回収するふりをして小さくガッツポーズをする。

「マスクはどうした」

ゴネラはまだコングに気づいていない。声の主を探して太い首を左右に振っている。

「マスクは、ど、う、し、たって、聞いてんだ」

ようやく遥か下にいるモンクコングの姿に気づいて、大きな目玉をふくらませていた。

「なんでマスクをしないんだ。どうして人様も食べる料理の前で飛沫を飛ばすような真似をするんだ。あ？　馬鹿かおまえは」

女性客二人が音を立てずにこっそり小さな拍手をしている。琴も心の中で拍手を送った。もっと言ってやって。

ゴネラが怒りの形相で口を開きかけたが、コングの口撃のほうが早かった。

「あんたにはこんな店に来る資格なんかないよ」

ゴネラが吠えた。放射能を吐き散らすように。

「うるせえ」

「喋るな。口をふさげ。飛沫がとぶっ」

コングが大岩を投げつけるように罵詈讒謗を放つ。

「うっせえって言ってんだろ、クソババア」

ゴネラが見えないシッポで跳ね返す。

「マスクしろ。マスクマスクマスクマスク」

「俺は気管が弱いんだよ。マスク無理」

「なあにが気管が弱いだ。煙草吸いすぎなだけだろが」

「いっつもいっつもマスクマスクって、ここに何しに来た」

あれ？

「あんたこそ、毎日ぶらぶらしてるくせに、なんでこんな高級な店でご飯食べてるんだよ」

知り合い？

「働いてるだろが」

思わぬ展開になってきた。

「水曜の墓地の清掃だけだろ。私の年金で酒くらってパチンコしてぶらぶらぶらぶら。そんなんだから嫁に逃げられるんだ」

「おめえのせいだろが。おめえがいびりまくるから出てっちまったんじゃねえか」

コングがプレート皿を振り上げ、短い体を伸びあがらせて、ゴネラの肩をひっぱたく。一個だけ載っけていたプチトマトがぽーんとはねあがって、床にころがった。

ちょ、ちょっと、お客さん、お静かに。琴が口を開く前に、厨房から声が飛んできた。

「「うるさい」」

重ねた皿がかたかた鳴りそうな大声。コングがプレート皿を振り上げた姿勢で静止する。コングの攻撃を防御するために両手で頭をかばっていたゴネラもだ。声に続いて、その声の主にふさわしい巨体が姿を現した。

「あんたら、人の店でなにやってんだよ。親子喧嘩なら家でやってくれ。山羊(やぎ)も食わねえぞ。おととい来やがれ、このこんこんちきのすっとこどっこいがっ」

ダスさんだ。ようやく入国でき、二週間の待機期間が明けて、今日店に戻ってきたのだ。

「な、な、なんだお前、客に向かって」

「まだ金もらってないよ。だから、客じゃない。帰れ」

ダスさんのジャングルみたいな髭面と大きな目玉に睨まれて、ゴネラがでかい体を縮めた。横幅と体重はゴネラの一・五倍だ。たとえるなら、キングギドラ。

「私は客だよ。サービス券で来たんだから。デス・イズ・チケット」

「ニホンゴワカリマセ～ン」

7

あれ以来、ゴネラは店に来なくなった。おかげでモジャ・ボーノの悪評が流れることもなかった。ネットにモジャ・ボーノは今日も無事に店を開け、新たにお皿が二枚割れた。

午後四時。琴は桃太と加椰を連れて恐竜公園に出かけた。恐竜の緑色より木立の緑のほうが色が濃い。もうすっかり夏だ。

「コングいるかな」

「こんぶいっかな」

こらこら、よそのおばちゃんをコングなんて呼んじゃだめでしょ、なんていまさら言ってもムダか。薫平にキングコング輸送作戦成功を嬉々として話しているのを聞かれてしまったのだ。

「居たってだいじょうぶだよ」

今日も加椰にはマスクをさせていない。そのことで文句を言われたら言ってやるつもりだ。「うちのことより、息子さんをなんとかしてください」

居た。ベンチに座っている。いざとなると、やっぱりちょっと怖い。琴たちはでべそのようにベンチを迂回して滑り台へ急ぐ。

二人を滑り台に登らせてから振り返ったが、コングはこちらには見向きもしない。ずっと地面を眺めている。蟻を見てる？　いや、加椰じゃあるまいし。眠っているのか。

いつまでもそうしていた。だんだん心配になってきた。

「もしもーし、だいじょうぶですか」

近づいて声をかけたが、反応がない。体を揺すっていいものかどうかためらって、下から顔を覗きこんだ。白目を剥いていた。

大変だ。

救急車を呼んだのは生まれて初めてだった。通話を切って琴が最初にしたのは、コングからマスクをはずすことだった。失神の原因はわからないけれど、この暑さで三枚もマスクをしていていいわけがない。初めて見るコングの顔は、びっくりするほどゴネラに似ていた。

今日も着ているカーディガンを脱がす。これも原因のような気がした。コングは思いのほか色白で、片腕だけが異様に太かった。リンパ浮腫だった琴の祖母と同じだ。長袖Tシャツは入らないだろうこの腕を、人に見せたくなかったのかもしれない。マスクの裏にも、カーディガンの内側にも事情がある。

「ねえ、桃、あそこで氷を買ってきて。一人でいけるよね」

公園の向かい側のコンビニを指さして言った。そろそろ初めてのおつかいをさせてみようと思っていたのだ。「その時」がここでめぐってくるとは。

「うんいける」桃太がガラス玉の目で答える。月へ旅する宇宙飛行士のような緊張ぶりだ。

「うんける」

「加椰はここにいて。いっしょにおばちゃんの看病をしよう。桃、車に気をつけてね」

ベンチに寝かせて、靴と靴下も脱がせる。桃太が無事生還し、ハンカチや加椰のおむつや、子どもとの外出では必携のタオルに氷をくるんで、コングの首筋や脇の下にあてる。他に何も思いつけず、熱中症の応急処置をしてみたのだ。「いっしょに看病しよう」という言葉が嬉しかったのか、加椰は両目をキラキラ星にして、難病に立ち向かう国境なき医師団の医師のように頰を紅潮させて、コングのひたいのタオルを押さえ続けている。加椰の水筒で水を飲ませようとしたら、コングが「ううん」と唸った。だいじょうぶ。ちゃんと息はしている。

すべきことはした。救急車はまだ来ない。そうだ、息子に連絡をしておこう。

コングがお守りみたいに首から吊るしている携帯電話を使わせてもらう。ガラケーはひさしぶりだから電話帳を探しあてるのに少々手間どった。

登録された番号は驚くほど少ない。その一番最初に載っていたのは、苗字ではなく、下の名だった。

『正義』

間違いない。ゴネラだ。

水曜日だから、お寺で清掃の仕事をしているはず。墓地の裏手から出て走れば、恐竜公園まではものの数分だ。

「すぐ来てください。お母さまが大変なんです」

なんとゴネラはゴネた。「ほっといて平気だよ。はじめてじゃないんだ、外でぶっ倒れたの」「自業自得だ。あんなにマスクしてっから」

携帯の向こうに怒鳴ってしまった。

「馬鹿なこと言ってないで、すぐに来なさいっ」

コロナが失わせたものは、出逢いだけじゃない。別れもだ。

本当なら聞けたはずの最後の言葉。一緒に過ごす最後の時間。写真になんか撮れないがまぶたに焼き付けておくべき最後の表情。すべてコロナが奪ってしまった。去年の五月、癌で入院していた薫平の父親は、厳しい面会制限の中で、一人で死んだ。

桃太が踊りはじめた。コングが横たわるベンチの周りをぐるぐる回りながら、両腕を上げ、手をひらひらさせてから、お辞儀をするように頭をさげて手も下ろす。なんの踊り？　加椰にはわかるらしい。後ろにくっついて桃太のまねをはじめた。二人とも何か口ずさんでいた。

「どんたたどんた」

「どーたたどーた」

わかった。キングコング対ゴジラで観た、南の島の人々が踊る、コングを鎮めるための祈りの踊りだ。確かにそう。あとは祈るしかない。ドンタタドンタ。

ゆっくり歩いてきたとしか思えないゴネラがようやく姿を現したのと、救急車の到着はほぼ同時だった。

救急隊員が尋ねてくる。「どなたが付き添いますか」

あろうことかゴネラが琴を見つめてくるから、背中を押し出してやった。

「この人です。息子さんでーす」

予備に持ち歩いているマスクをゴネラに渡してやる。

「はい、これ」

「要らねえよ」

「でも、ないと病院に入れないよ。救急車にも乗せてもらえない」

しぶしぶマスクを受け取った。慣れた手つきで包装を破り、上下や裏表を迷うことなく装着した。たぶん厳格な住職がいる寺での仕事の時には、素直にマスクをしているに違いない。

マスク拒否男改めゴネラ改め正義（おそらくマサヨシ）が、マスクをした顔を振り返らせる。

「あのよ…」

何か言いかけて口ごもる。目が落ち着きなく泳いでいた。

「はい？」ありがとうなんていいから、早く乗りなさいよ。

「えーと」

「ん？」いままでごめんなさい？　謝罪もいいから。今度で。

「子どもはいいのか」

「へ？」

桃太と加椰が、どんたたどんた、どんたたどんた、と踊りながら救急車に乗りこもうとしていた。

「ちょっと、あなたたち」

「どんたどんた」

「どーたどーた」

「もうだいじょうぶだよ」

救急車のドアが閉まる瞬間、中からモンクコングの咆哮が聞こえたのだ。「マスクを返せーっ」

琴は踊り続ける二人に言った。

「ありがとう、ふたりとも。よくがんばったね」

「かあちゃんなんでますくとる？」

「かーまっくとるる」

マスクを取ったのは、あなたたちに笑った顔を見せたいから。あなたたちが人の笑顔を忘れないように。

そうだよ、いつもいっしょにいる私が笑わないから、笑い顔を忘れちゃうんだ。最近、怒ってばっかりだったからな。もっと笑顔が増えることしなくちゃ。もう一度、舞台美術の仕事をめざしてみよう。とりあえずモジャ・ボーノの店内装飾を手がけてみようか。報酬は割れたお皿ということで。
ドンタタドンタ。
祈ろう。二度とこんな時代が来ませんようにと。
ドンタタドンタ。
いまこの時をなんとかやりすごして、
マスクをとって街に出よう。
そして、笑おう。

裸婦と裸夫

小田雅久仁

このところ、通勤電車に『現代の裸婦展』なる中吊り広告がびらびらと幾重にもかかり、ちょっとうるさいぐらいだ。K市にある県立美術館で八月の末までやっているという。看板に偽りがなければ、入口から出口まで、少なくとも数十点はあるだろうが、一枚残らず裸婦、裸婦、裸婦……つまり女の裸ばかりがこれでもかと並んでいるわけだ。

美術館はどうだ冴えた企画だろうと鼻息を荒くしているようだが、さて、どんな連中が見にゆくのやら、と圭介はじめ、首を傾げていた。あくまで芸術は芸術だろうから男のスケベ心に訴えるはずもあるまいし、かといって暇を持てあましたおばちゃん連中はもっと有名どころの集う俗っぽい企画じゃないと喜ぶまい。じゃあ若いカップルがデートがてらにどうだと考えてみても、ラブホの前哨戦にうってつけのようではあるけれど、互いの体を知らないうぶな男女には少し気まずそうだ。いずれにせよ、いちばんあり得ないのがうだつのあがらない三十男が一人きりで見にゆくというやつだ、と思ったとたん、いっそのこと逆に行ってやろうかという天の邪鬼な気持ちが胸に飛びこんできた。

何を隠そう圭介の子供のころの夢は漫画家で、高校では美術部に入り、モローやルドンに入れこんで浮世離れした幻想画を描き散らしていたのだ。今となっては絵のセンスや腕前なんかこれっぽかしも入り用でないお堅い会社に勤めているが、いまだに絵には一家言も二家言もある。それに実を言うと、浮世絵とクリムトが喧嘩したあとに仲直りしたような中吊りの奇抜な作品が気になっていたのだ。ネットでちょいと調べたところ、春日某（かすがなにがし）という聞いたことのない日本人画家の絵で、恍惚（こうこつ）の笑みを浮かべた無数の裸婦の群れが艶（なま）めかしく身をくねらせながら一体化し、まるで北斎の描く波のようにうねり、立ちあがり、逆巻いている。題名は『母なる海』とあり、広告に載っているのはごく一部で、実物はかなり大きなものらしい。広告に載るからにはこれが目玉の作品ということになるのだろうが、会社の行き帰りで中吊りを幾度も眺めるうちに、だんだんとこれ一枚だけでも見る価値はあるかもしれないという心持ちになってきた。美術館というのはそもそも一人で行くのが本道だという意識の高そうな面（つら）でもこしらえて、今度の休みにでもしれっと足を運んでみようか。

　圭介はM市のアパートで一人暮らしをしている。心配性の親がときおり食糧だの土産物だのを持ってきてくれるとき以外は、人をあげることもない。学生時代の数人の友人とはいまだに細ぼそと連絡を取りあっているが、みんな東京だの福岡だの広島だのに散らばってしまって、顔を合わせるのは年末の忘年会ぐらいだ。もともと浮かれて騒ぐのは柄じゃないし、ろくに酒も飲めないから、会社でも真面目くさったつまらないやつだと思われている。高校卒業以来、絵もまったく描いておらず、いつかお見合いでもさせられて、趣味は、などと聞かれようものなら答えに窮し、へんに響くしおどしの音(ね)に真っ白になった頭をぽこんとやられるはめになりそうだ。休日はテレビゲームをするか、動画配信サービスで映画だのドラマだのアニメだのを見るか、流行りのミステリを読み散らすかだが、そんな暇つぶしを趣味だと言うぐらいなら、仕事が趣味でして、などと昔気質(むかしかたぎ)を装うほうがまだ受けがいいだろう。

女のほうはもっと駄目で、人生で二回だけデートしたことがあるものの、どちらも無惨な結果に終わった。小学校低学年のころピアノを少し習っていたが、発表会のときにあまりに上がり症がひどいので、それが嫌でやめてしまった。大勢の前で何かをするのが苦手なのかと思いきや、観客は女一人で充分だった。好みの女を目の前にするとそのままテーブルを拭(ふ)けそうなほど手汗が噴き出て、口のほうも終始しどろもどろ、ある程度、距離があると逆にじろじろ見てしまう。姓は〝挙動〟、名は〝不審〟、そう名乗ったも同然だ。一回目のデートを思い出すと心拍数があがって息が荒くなり、二回目のデートを思い出すと胸を掻きむしって天を裂かんばかりの奇声を発したくなる。

じゃあ玄人女(くろうとおんな)に慰めてもらうのはどうだという話になるけれど、一度、会社の先輩にホテヘルなるものに連れていってもらったとき、案の定、上がり症の発作が出て、エジプトのミイラみたいにかちこちになってベッドに横たわり、一方、下半身のほうはホタルイカみたいにちっちゃくてふにゃふにゃ、そのままあえなく時間終了となった。飲めない酒を飲むといつもこうなんだと顔を引きつらせて風俗嬢に言い訳したけれど、一万六千円を払って海のように深い憐れみのまなざしと痛切な思い出を得ただけだった。

　そんな圭介だから、休日に一人で出かけるなんてのはなかなか珍しいことだ。しかも美術館となると、一人で行った憶えがとんとない。県立美術館には、大昔、家族でゴッホ展に行ったことがあるが、ものすごい混みようにほとほとうんざりし、この収益を、時空を超えて生前のゴッホに送金してやりたいと思ったことしか憶えていない。しかし『現代の裸婦展』のことを思うと、棺桶みたいに窮屈な世界で少しばかり蓋が動いて明かりが射したような気がし、なんとはなしに気分が浮きたつ。これを機に美術館巡りという高尚な趣味を身につけ、人並みに人生を楽しむ第一歩とするのも悪くないとさえ思えてくるのだ。

　が、しかしいざ当日の朝となると、どうも体の具合がおかしい。そもそもの話、遠足の前夜でもあるまいに、えらく目が冴えて寝つきが悪かった。七月に入り、このところ室温が三十度を超えたっきりだから、寝るときも扇風機を点けっぱなしなのだが、どうもその風に肌がぞくぞくする。寒いという感覚とも違う気がするのだが、やはりぞくぞくとくすぐったく、皮膚がへんに敏感になっているようだ。止めると暑いし、点けるとぞくぞくするしで、しばらく扇風機を点けたり消したりをくりかえしていたが、いつのまにやら眠ってしまったようだ。しかし朝までぐっすりとはいかず、ときおり目を覚ましかけては、自分の手が体のそこかしこをぼりぼりと掻いているのを意識した。蚊にでも刺されたかと思うが、こうあちこち何ヵ所もやられたのでは、蚊のほうも満腹してこれ以上吸う意欲はあるまいと踏んで、そのまま煮えきらない眠りを貪った。そしてぐずぐずと朝が来て、駄目押しのように目覚ましが鳴り、しぶしぶ身を起こすはめになったのだ。

ずいぶん蚊にやられたなと思いながら手足をさすると、不思議とどこにも刺された痕はないのだが、肌のところどころがぴりぴりと軽く痺れるようだ。窓辺で陽にさらし、その痺れるところをまじまじと見るけれど、とくに発疹ができているわけでもなく、つるりと綺麗なものだ。風邪を引いたときなど、変なところがひりひりしたりすることがあるが、そういうのとも全然違う。脚やら腰やら手の届くところを確認してみると、やはりいろんなところに痺れが散らばっている。今のところは痛くも痒くもないが、何ぶん初めてのことで、どうにも嫌な感じだ。悪いものでも喰ったかときのうの記憶を探るけれど、心あたりがない。試しに熱を計ってみるが、朝であることを差し引いても、いつもより低いぐらいだ。何かのアレルギーでも発症したかと疑うが、ネットで調べたかぎりでは、それも違う気がする。美術館に行って趣味をつくろうなどと身の程知らずなことを目論むから、体のほうが反発しているのだろうか。

その後、具合がおかしいのは、皮膚の痺れにとどまらないことにだんだん気づいてきた。このところランニングにトランクスという丸裸の二歩手前の格好で寝ているのだが、それがなんとなく気になるのだ。肌着のくせにどうにもこうにも肌にフィットしないというか、とにかく普段より着心地が悪く感じられる。前後ろ、あるいは裏表逆だろうかなどと確認してみても、全然そんなことはない。一人暮らしなのだからいっそのこと素っ裸になってやろうかとも思うが、そっちの世界に行ってはいけないと囁く声も聞こえてくる。きっとこれは皮膚の痺れと関係があるに違いない。肌が敏感になっていて、たとえランニングとトランクスだけでも衣服がふれてくるのが煩わしいのだろう。

しかしそれ以外は体に支障はない。頭痛がするわけでも倦怠感があるわけでもない。ということは予定どおり美術館に行けるわけだ。いまいち食欲がなかったが、きっと猛暑と寝不足のせいだろう。こんなにまずかったかなと首をひねりながら魚肉ソーセージとグラノーラを喰って、こんなに苦かったかなと顔をしかめながらコーヒーを飲んだ。たぶん舌も皮膚とつながっているから、味覚も狂っているのだろう。

あれこれ用事をすませて家を出たときには午前の十一時半ごろになっていた。美術館の最寄り駅で降りて、駅前でラーメンでも喰って、『現代の裸婦展』に向かうつもりだった。

M駅で電車に乗った。美術館はK市の海沿いにひろがる海浜公園の中にあり、最寄りのK駅までは急行で十五分ぐらいだ。通勤時はまず座れないが、幸い空席がちらほらあり、太ったおばさんと太ったおじさんのあいだに生まれた湿度が高そうな隙間にどうにか座ることができた。しかも腰をおろしてから気づいたことだが、正面には二十代半ばと思われる、いい感じの女子が座っているじゃないか。

圭介は人づきあいは苦手だが、子供のころから人をじろじろ見てしまうという悪い癖がある。つまり双方向的な関係がからきしなせいで、片思いだの盗み見だの、一方的な関係を築いてしまいがちなのだ。小学校の卒業文集で、将来の夢の欄に〝一位・漫画家〟と書いて、それはそれで本気だったのだが、その次が思い浮かばず、そこでふと出てきたのが〝透明人間〟だ。漫画家は命を削る仕事だと今ではわかっているからちっともなりたいとは思わないが、透明人間にはいまだになりたい。可愛い女子にかぎらず、電車で見かけた気になる人にこっそりついていって、その人がどんな暮らしを送っているのかこの目でたしかめたい。そして「ああ、これもまた人間か……」としみじみつぶやきたいのだ。趣味の欄に〝音楽鑑賞〟などとぬるいことを書くことがゆるされるなら、〝人間観察〟もゆるされてしかるべきである。

目の前の女子のいいところは、まず電車の中で本を読んでいるところだ。今どきの若者の大半は電車の中でスマホをいじっているか、音楽を聴いているか、あるいはその二つを同時におこなっているかだ。かくいう圭介もスマホで〝GLIM SPANKY〟というロックユニットのデビューアルバムを聴いているところだ。というわけで、読書をする女子など絶滅危惧種にほかならず、そして滅びゆくものは美しいのである。書店のカバーがかかっているから何を読んでいるかはわからないが、内容は問わない。スマホもいじらず、音楽も聴かず、文庫本をひらく、その時点で彼女の反骨精神は本物であると証明されたも同然だ。実は圭介のリュックにも今流行りの北欧ミステリの文庫本が入っているから、さりげなくそれを取り出し、自分もまた滅びゆく書物を儚（はかな）む好青年の端くれであることをアピールしようかとも思ったが、それでは彼女の観察がおろそかになると気づき、断念した。

彼女の飾り気のない黒縁眼鏡もいい具合だ。女子の万年眼鏡は享楽的な暮らしへの絶縁状と言ってよく、男がいない可能性が高い。逆に男がいる場合は、その関係は盤石で、つけいる隙がないだろう。身持ちは堅いが、一度気をゆるすと一途を貫く、それが圭介の思い描く眼鏡女子の生きざまだ。無雑作なポニーテールもかなりの高得点と言える。ポニーテールは男なら漏れなく好きなのだが、単独での攻撃力があまりにも高いために、ふりかえったときの落差によるダメージもまた凄まじいものとなる。いかに男受けがいいからといって、おいそれとできる髪型ではないのだ。その点、目の前の彼女は申し分ない。色白で薄化粧、目もとは涼しげで知性的、こんな子と一緒に美術館巡りなんかしようものなら、さぞかし輝かしい思い出になるだろう。

そんな具合に想像を逞しくしていると、隣の車両のほうが何やら騒々しく、はて、となった。身を乗り出して左に目を向けると、「うおう！」だの「きゃあ！」だのと穏やかならぬ声がしきりに聞こえてくる。喧嘩が始まったとか、酔っぱらいが騒ぎだしたとか、そんなことだろうか、と様子をうかがっていると、ぎょっとするはめになった。隣の車両から男が一人、勢いよくドアを開けてこちらに飛びこんできたのだ。歳のころは四十かそこら、腕や脚は細っこいのに腹はぼてぼて、みっともない体つきで、ドアの前に仁王立ちしたまま、ひと暴れしてきたみたいに大きく肩で息をしている。表情がまたやばい感じで、目をくわっと見ひらき、呆気に取られる乗客を睨みまわしている。足どりがしっかりしているところを見ると、どうも酒に酔っているわけではないらしい。二の腕の辺りをぼりぼりと勢いよく掻きだしたが、痒いのはそこだけではないようで、体じゅうにミミズ腫れじみた掻き跡が散らばっている。

しかしもし警察に男の特徴はと訊かれたなら、百人が百人、迷うことなくたったひと言で言いあらわすことができるだろう。裸にネクタイ、と。生っ白い素っ裸の上にだるだるにゆるんだ真っ赤なネクタイをしているのだ。女子が素っ裸に靴下だけ履いていたりするとそこはかとないエロスが醸し出されるのだが、中年男が裸にネクタイとなると、醸し出されるのは揺るぎない変態性のみであることに圭介は気づいた。しかし男はどうやらこの一世一代の晴れ舞台で欲情しているわけではないらしく、股間からぶらさがる小汚いものは見るも無惨にしょぼたれている。いずれにせよ、あの格好で隣の車両を闊歩していたのだとすると、もっと盛大に悲鳴があがってもよさそうなものだが、きっと人間驚きすぎると、満足に声も出ないのだろう。実際こっちの車両でも、みな啞然として凍りつくか、無言のまま慌てて男から距離を取るかだ。まさか家からこの格好で出てきたわけではあるまいが、肝腎の衣服が見あたらない以上、服を着るよう説得を試みる者もいない。なんだかもう〝電車で裸〟というだけで文明へのテロであり、生ける爆弾という感じだ。

「お前らァ！」と裸夫が声を張りあげた。「いつまでもそんな格好してんじゃねえよ！　これからはそんな時代じゃねえだろ！」

裸夫の声はへんに甲高くて裏返り気味で、いよいよ正気を疑わせるに充分だが、内容のほうがよほどおかしい。そんな時代じゃなくなったら、いったいどんな時代がやってくるというのか。

「どいつもこいつも鈍いやつばっかりだァ！　ぼんやりしてんじゃねえぞ！」

そう叫ぶやいなや腕をひろげて走りだした。とうとう女たちの黄色い悲鳴と男たちの野太い驚愕の声があがった。裸夫は車両を駆けぬけざまに、ほいほいほいほいと奇妙な掛け声を発しながら逃げまどう乗客たちに次々とふれてゆく。女を狙うのかと思いきや、老若男女の区別なく手当たりしだいにずんずんさわってゆくのだ。うわ、こっちに来る、と圭介は思ったが、狭い車内にはろくに逃げ場がなく、せいぜい座ったままのけぞるくらいだ。刃物を振りまわしているわけではないから、みなで取り押さえようと思えばできるはずだが、誰もこんな変質者に指一本ふれたくない。

と、そこで座っていた誰かが裸夫に足を引っかけたようだ。裸夫は「うお！」と声をあげながら勢いよくつんのめり、あろうことかこちらに頭から突っこんできた。圭介は座ったままとっさに両足をあげ、両手と両臑で男の体を受け止める格好になった。裸夫にのしかかられた瞬間、えも言われぬ寒気のようなものがざわりと全身を駆けぬけるのを感じ、思わず男の体を両足で蹴り飛ばすように突きはなした。裸夫は後ろに体勢を崩し、今度は向かいの眼鏡女子に背中から崩れかかる。まわりにいた連中はみな間一髪、難を逃れたが、眼鏡女子だけはまともに突っこまれて、大事な眼鏡を吹き飛ばされ、裸夫に座席に押しつけられた。しかも裸夫の頭か肩がみぞおちにでもぶち当たったらしく、体をくの字に曲げて悶え苦しんでいる。

　しまった、と圭介は内心で舌打ちした。本来、圭介は虫も殺せないような男なのだが、得体の知れない寒気と裸夫のぬめっとした肌の感触が気色悪くて反射的に突き飛ばしてしまったのだ。自分のしたことにうろたえつつも、慌てて立ちあがると、裸夫の肩の辺りをつかんで眼鏡女子の上から引きはがした。裸夫にふれた瞬間、またもやざわりときたが、その感触を無視して覗きこむように彼女の様子をうかがい、

「大丈夫ですか？」と声をかけた。

　一方、裸夫のほうはまったく元気を損なわなかったようだ。足を引っかけてきた乗客や蹴り飛ばした圭介に敵意を向けるでもなく、すぐさま立ちあがると、また大きく腕をひろげて乗客にいちいちさわりながら車内を嵐のように駆けぬけてゆき、

勢いはそのままにドアを開けて隣の車両に攻めこんでいった。

とたんに、なんだったんだ、今のは、という気まずくゆるんだ空気がおりてきた。みな言葉もなく、ちらちらと視線を合わせては、苦笑いしたり、何もできなかったことを恥じて目を伏せたり、男にふれられたところを忌々しげに撫でさすったりした。

圭介は自分の足もとに眼鏡が落ちているのを見つけると、すぐに拾いあげ、彼女のほうに差し出しながら、もう一度「大丈夫ですか？」と尋ねた。彼女はようやく痛みがやわらいできたようで、顔をしかめながらもこちらを見あげ、「あ、どうも……」とへたばったような声で言いながら眼鏡を受けとった。眼鏡を外した面差しもひと肌脱いだようなそこはかとない色気があったし、乱れ髪の下で眉根をよせた表情も憂いがあって綺麗だった。圭介はいつもの癖でつい彼女をじろじろ見てしまいながら、

「なんか、すいません。僕がさっきのやつを蹴っちゃったもんで……」とぺこぺこ頭をさげた。

「いえ、大丈夫です」と彼女は大きくため息をつきながら眼鏡をかけた。「なんかもうびっくりしちゃって……」

彼女は圭介に腹を立ててはいないようだが、謝ってくる男にまるで興味がないの

か、突如降りかかった災難にまだ動揺しているのか、ろくに顔もあげず、もう一度眼鏡を外して、しきりにつるの具合をたしかめるふうだ。「すいません。眼鏡、曲がっちゃいましたか」と声をかけるも、彼女はしつこく眼鏡をいじりながら「いえ、しょっちゅう曲がってるんで……」と素っ気ない答えだ。

どうもこれを機にお近づきに、というわけにはいかないようだな、まあそうだよな、普通……などと胸の内で人生の不如意を飲みくだしながら、元の席にもどろうとしたときだった。

「いやいやいや、ちょっとあんた、何してんの？」と緊迫した物言いが背後から聞こえてきた。

年輩の女性の声で、誰かを咎めるふうだ。圭介も何事かとそちらに目をやると、五、六メートル離れた辺りで、二十代前半と思しき背の高い男がTシャツを脱いで上半身裸になり、さらにベルトを外してジーンズを足首までずどんとおろしたところだった。まるで今から風呂に入るかのような堂々たる脱ぎっぷりで、その後もいっさいの躊躇なく紺色のボクサーパンツをおろし、いともあっさりと陰部をさらしてくる。その表情も恥じらうどころか、よくも今までこんなものを着ていられたなとでも言わんばかりのかっかとしたものだ。

ほかの乗客たちはざわざわとして新たなる裸夫、裸夫Bとでも呼ぼうか、とにかくその若者から距離を取りはじめた。みなの頭を貫いた考えはきっと一つだろう。まさかさっきの裸夫Aに伝染されたのでは？　もしかしたら露出狂集団によるフラッシュモブみたいなものかもしれないが、なんとなく真相はもっとやばいもののような気がする。いかに淫猥な欲望を腹に抱えた露出狂といえども、こうまで人びとの視線に無頓着ではいられまい。内に秘めた性癖などという弱々しいものではなく、もっとこう脱ぐことに対する確乎たる信念のようなものが必要だ。そしてそんな信念が実在するとしたら、もはや信念とは呼ばれず、きっと狂気と見なされるだろう。ちょうど今、目の前で剝き出しになったものが狂気としか見えないように。となると、信じがたい思いつきだが、脱がずにはおれないという狂気が、裸夫Aからこの裸夫Bに伝染ったのでは、ということになる。そういえば、裸夫Aは、何かを感染させるみたいにみなにさわりながら駆けぬけていったじゃないか！

いや、待て。そんなことを言いだしたら、俺だってあいつにさわられた。しかも眼鏡女子からあいつを引きはがすとき、自分からしっかりさわりにいってしまった。鬼ごっこじゃあるまいし、そんなものがちょっとひと撫でされたくらいで感染するなら、今ごろ俺だって脱ぎはじめてなければおかしい。ほかの乗客だってずいぶんあいつにさわられたんだから、それこそ銭湯の脱衣所みたいにみんなでぞろぞろ脱ぎはじめていなければおかしい。圭介はそんなことを思って、車内のあっちを見たりこっちを見たりしたが、当たり前と言おうか、裸夫B以外に脱ぎはじめた人はいないようだ。そうだ。そんなはずはないのだ。やれやれ、脱衣衝動が伝染するなんて馬鹿なことを考えたものだ。となると、これはもしかしたら動画再生数を稼ぐための捨て身の羞恥パフォーマンスなのかもしれない。ほら、あの裸夫Bだって、きっと承認欲求をこじらせて、〝人間の剝き出し〟という最後のまばゆい輝きを放とうとしているだけなのだ。実際、裸夫Bはとうとうスニーカーと靴下を颯爽と脱ぎ捨て、いっそ清々しいぐらいに、裸夫として完成された姿を車内という公共空間に屹立させた。それにしても、なんと満足げな顔をしていることか！

「ああ、すっきりした！　着てられるかよ、こんなもん！」と裸夫Bが歓喜の声をあげた。「みんなも脱げ脱げ！　とうとう自然のままの姿に帰るときが来たんだよ！　どうせ脱ぐことになるんだから！」

　なんかあいつ、気持ちよさそうだな、俺もいっそのこと……というひとつまみの思いが脳裏をよぎり、圭介はぎくりとした。なんでそんなこと思ったんだろう、と首を傾げたとき、からんというような音がし、ついそちらに目をやった。眼鏡が床に転がっていた。眼鏡女子の黒縁眼鏡じゃないか。なんだ、曲がりが直らないからやけになって捨てたのか？　と、彼女に視線をもどしたところ、ぎょっとした。彼女が紺色のワンピースの襟の辺りをつかみ、勢いよく頭上に引っぱりあげていたのだ。そしてそのままずぼんと脱ぎきってしまうと、古い皮でも引っぺがしたみたいに床に投げ捨てた。場所が場所なら男どもが目を剝いて群がりそうな場面だが、男も女もみな慌てて彼女のまわりから離れはじめた。理由はどうあれ、男の中には脱ぎたがるやつがいる。しかし女が脱ぐとなったらよほどのことだ。国が傾く。これは本物だ！　今この電車の中で途轍(とてつ)もないことが起きている！

とそこで、

『まもなく、Ｋ駅……Ｋ駅に停車します。Ｋ駅のあとは――』と車内アナウンスが流れた。

こんな異様な状況でも普通にアナウンスが流れるのだ。乗客たちは突如として降って湧いた異常事態に一様に顔を強張らせていたが、次のＫ駅で降りればいいのだという単純きわまりない解決策が、みなの脳裏に一番星のように煌(きら)めいた。

一方、圭介は彼女の潔(いさぎよ)い脱ぎっぷりを眺めながら、なんて綺麗なんだろう、と場違いなことを考えていた。彼女の肌は蠟燭(ろうそく)みたいに白くてすべすべしており、太ってもいなければ痩せすぎてもなく、肉割れもなければダニに嚙まれた痕もない。ところどころに小さなホクロがあるが、それがまた肌の白さを際立たせ、健やかな生気を与えているようだ。そんなことを考えるあいだにも、彼女は背中に手を回してベージュのブラのホックを外し、えいやとばかりに脱ぎ捨てた。男どもはみな温もりの残るそれを拾って家宝にしたかったはずだが、脱衣衝動が間接的に伝染りそうな気がするのか、あるいは男が電車の中でブラジャーを手にしているという絵面に抵抗をおぼえるのか、誰一人手を伸ばさない。

胸が露わになった。禁欲的な小物でもなく、だらしない大物でもない、日本乳房協会の会長が「これが正解です。日本にはこれ一つしかありません」と言って金庫から出してきたような至高の逸品だった。男どもはみなごくりと生唾を飲んだ。彼女はそんな好色な視線にいささかも怯むことなくすっくと立ちあがり、流れるような仕草でパンティを脱いだ。股間の翳りが露わになった。慎ましやかで、毛並みがよく、淑やかな翳りだった。女に恥毛はいらないと息巻くロリコンどもですら、これはこれで、と唸らざるを得ない見事な翳りだった。男どもはみなもう何を飲んだらいいかわからず、ただただ唖然としていた。彼女は百戦錬磨のヌードモデルのような堂々たる立ち姿で、乗客たちを昂然と見わたしていた。電車の中に全裸の女がいるというのは、痴漢もののAVではありがちなことだが、実際に目の当たりにすると、しかもその女が裸という名の高級ドレスでも着ているような顔をしていると、現実という強固な城壁に女の形に穴があき、そこから崩壊が始まるような気さえしてくる。

電車が徐々に速度を落としはじめたところで、向こうの裸夫Bが、脱衣したことでいかに心身が軽くなったかをたしかめるように四肢を振りまわしたり、大袈裟（おおげさ）に深呼吸したりし、今にも大きな動きを見せそうだ。それはそうと、裸夫Ｂは体のあちこちをしきりにぼりぼり搔いているが、それは裸夫Ａにも見られた仕草ではなかったか。何か脱衣衝動と痒みにつながりがあるのだろうか。そんなことを思うと、急に自分も体のそこかしこが仄（ほの）かに痒いような気がしてきたが、その痒みに意識を集中させる前に、裸夫Ｂがとうとう本格的に活動を開始し、乗客が騒ぎはじめた。どうやら裸夫Ｂも元凶となった裸夫Ａと同様、スキンシップになんらかの意味があると思いこんでいるらしく、「ほらほら、みんなさっさと脱いじまえ！」とひと声あげてから両腕をひろげてほかの乗客にべたべたとさわりはじめたのだ。実際に脱衣衝動が接触により伝染するものかどうかは不明だが、しかしもう二人も脱がせたという実績は無視できず、今度はみなわあわあきゃあきゃあと必死になって狭い車内を逃げまどう。そうするあいだにも、裸夫Ａが飛びこんできた隣の車両とのドアから、新たに六十がらみのおばさんの裸婦が侵入してきて戦列に加わり、もはや事態は収拾不可能、上を下への大騒ぎだ。眼鏡女子でなくなった美しい彼女もそれを見て奮起したらしく、急に腰を落とし、腕をひろげ、戦闘態勢に入る。すぐそばにいたせいで真っ先に目が合ってしまった。え、おれ？　いくら見目麗しい裸婦とはいえ、まだそちら側の世界にわたる心の準備ができておらず、圭介は後ずさりする。

『K駅、K駅に到着します。右側のドアがひらきます』とアナウンス。

電車がプラットフォームにすべりこんでゆくが、なかなか停まらないのがもどかしい。早く停まれ、と胸の内で叫ぶが、子供のころから教えられているように、車は急に止まらない。彼女が舌なめずりしそうな様子でぐいぐいと詰めよってくる。もう駄目だ、と観念したとき、出し抜けに横から飛び出してきた五十がらみの禿げたおっさんが彼女に抱きつき、からみあった状態でもろともに床に倒れた。おっさんは彼女の国宝級の裸体をひしと抱きすくめたまま、「俺が脱いだる！　俺が一緒に脱いだる！」と涎を垂らさんばかりの嫌らしい関西弁でくりかえしており、どうやら今この瞬間の快楽にすべてを委ねる覚悟ができているらしい。ああ、いっそ俺もこうなれたら、という一抹の羨望の念が脳裏をよぎった気がしたが、おっさんのあまりの浅ましい姿に、俺は絶対に正気の手綱を手ばなすまいと決意し、圭介はその場から離れたのだった。

とうとう電車が停まり、ドアがひらいた。みなすでにドアの前に押しよせてきており、ひらいた瞬間に土砂崩れのようにプラットフォームに転げ出る。圭介もその中に交じっていたが、電車を出たとたんにぐちゃっとまわりが崩れ、数人の乗客とともに将棋倒しになる。すぐさま身を起こしたが、周囲を見まわすと、電車のすべてのドアからいっせいに恐慌をきたした乗客が吐き出され、あちらこちらで転んだり暴れたり走ったり叫んだりと目の回るような大混乱が生じていることがわかった。何より驚いたのは、乗客たちの中に、十人に一人ぐらいだろうか、老若男女の裸者が交じり、着衣者を猛然と追いかけまわしていることだ。結局、最初に出現した裸夫Aがものの見事に全車両縦断を果たし、脱衣衝動を電車じゅうに蔓延させることに成功したということなのだろうか。そもそもあの裸者一号はどこからやってきたのだろう。どこかの駅から裸で乗りこんできたのか、それとも突然、全裸神（ぜんらがみ）さまからの天啓に打たれ、この電車の中で脱ぎだしたのだろうか。

いや、そんなことを考えている場合ではない。とにかく今はこの場から逃げねばならない。K駅は高架になっており、改札口は階下にある。階段はたしか四ヵ所あるはずで、みな最寄りの階段を目指して走ってゆくが、裸者たちも猛然とそれを追いかけ、手当たりしだいにべたべたとさわってゆく。どうも裸者たちは誕生した瞬間からなんらかの本能に突き動かされるらしく、その一つが服を着た人間にさわって回るということのようだ。それによって脱衣衝動の拡大を狙っているようだが、圭介はすでに裸夫Aと二回も接触しているにもかかわらず、少なくとも現時点ではまだ脱ぎたいという気持ちが起こってこない。ほかの多くの乗客も同じように裸夫や裸婦と接触したはずだが、やはりほとんどはまだ服を着ている。となると、さわられることで脱衣衝動に感染するわけではなく、これはやはり露出狂集団の一斉蜂起ということなのだろうか。あの眼鏡女子もぱっと見、清純偏差値七十ぐらいありそうだったが、実は長らく露出願望を抑圧しつづけてきた女闘士みたいな存在で、ネット上でつながった同志とともにきょうという日に街にくりだして盛大に裸体をさらすことにしたのだろうか。

いや、よく見ろ。そんなはずない。圭介は走りながら素早く周囲に目を走らせる。向こうに小学校高学年ぐらいの男子の裸者がいるが、あんな若くして露出願望を発症するのはいかに変態にしたって早熟すぎる。自販機の横辺りでは、腰の曲がった八十過ぎの婆さんまで皺くちゃの裸体をさらしているが、まさか老いらくの花をあんなおぞましい形で咲かそうなどとは企むまい。そして何より向こうの階段のわきにいる駅員だ。今の電車の車掌だったのだろうか、帰宅した亭主関白のサラリーマンみたいに歩きながら右へ左へ制服を脱ぎ散らかしている。こういった連中が露出狂集団の構成員だとはとうてい思えないし、ましてや昔流行ったとかいうストリーキングの復活祭を目の当たりにしているわけでもないだろう。結局、何が起きているかまるでわからないが、裸者の姿が見えなくなるまで逃げるに越したことはない。そう結論すると、圭介はほかの着衣者と押しあいへしあいしながらどやどやと階段を駆けおりるのだった。

K駅の改札を抜けてからすでに三時間が過ぎようとしていた。圭介は今、国道を挟んで海浜公園の向かいに建つ、煉瓦調の三階建て商業ビルの屋上にいた。ここにはほかに十数人の着衣者が三十五度という猛暑に茹だりながら身をひそめていた。圭介のそばには、いい歳こいてくたくたの某アニメTシャツを着た五十がらみの小島という小男と、ホストみたいな髪型の同年代らしき高倉という男と、古着屋の店員だという金髪ショートカット女子の吉田などがおり、ときおり小声で話しながら、いまだ服をあきらめない文明世界からの救援が来るのを絶望的な心持ちで待っていた。

圭介は、脱衣衝動蔓延の震源地は自分が乗った電車だと勝手に思いこんでいたが、まるっきり見当違いだった。改札を出たとたん、理性と秩序が支配しているはずの駅前でも電車内やプラットフォームで起きていた裸者による狼藉のかぎりがくりひろげられているのを目にしたのだ。いや、それどころではなかった。裸者の割合はむしろ、駅前のほうが高く、右を見ても左を見ても着衣者が無秩序に逃げまわり、地下街からもいくつも悲鳴が重層的に聞こえてき、陸橋の上でも壮絶な追いかけっこがおこなわれ、あたかも掃いて捨てるほどあるゾンビ映画がとうとう一周回ってゾンビが逆に健康そうになって初心を忘れたかのようだった。圭介はあっちに逃げ、こっちに隠れと必死の逃避行の途上でこの商業ビルの前を走っていたとき、屋上から顔を出したアニメTシャツ小島が、こっちへあがってこい、というふうに手招きしてくれ、一時間ほど前に青息吐息でこの着衣者のオアシスたる屋上にあがってきたのだ。

このビルの一階は小洒落たカフェになっているが、すでに裸者の襲撃に遭ったのだろう荒らされ放題で人っ子一人いなかった。二階三階は事務所がいくつか入っていたが、休日だからかやはり人の気配がなかった。屋上に出るドアノブにはつまみがついていて回せば開くはずだったが、押してもひらかず、ノックをしてようやく屋上に入れてもらえた。屋上に隠れていた連中が一階のカフェからテーブルを運びあげ、つっかい棒として鋼鉄製のドアに嚙ませ、反乱軍の生き残りみたいに立てこもっていたのだ。屋上は三百平米ほどはあり、大人数でも充分なひろさがあったが、このかんかん照りに陽射しを遮るものがまるでなく、無闇に暑かった。理屈で考えれば建物の中に隠れたほうが暑さをしのげて楽なはずだったが、みな屋内に立てこもるという考えを嫌がり、その末にここにたどりついたようだ。なぜとは説明しがたいが、圭介もまた同じ気持ちで、たとえば下の階の事務所に隠れることを想像すると、それだけで息苦しいような気がするのだ。裸者に襲われたときに袋の鼠になるのを恐れているのかとも思ったが、この屋上だってドアを破られれば逃げ場がないのは同じことだから、そうではない。どこから湧きあがったか知れない生理的な感覚が働いて、着衣者たちにこの開放的な屋上という砦を選ばせたのだろうと考えるしかなかった。

　しかし状況は悪化の一途をたどっていた。みな屋上からときおり顔を出して下界をうかがうのだが、刻一刻と裸者の割合が増え、今ではもう八割方が裸者という印象だ。しかもこの前代未聞の異常現象に見舞われているのはK駅周辺だけではない。スマホに次から次へと入ってくる情報を鵜呑みにするならば、まったくもって信じがたいことだが、日本じゅう、いや、世界じゅうのありとあらゆる都市で裸者による大決起が同時多発的に進行しているらしい。〝ヌード〟と〝パンデミック〟がつがって〝ヌーデミック〟なる造語までいち早く生み出され、そのほやほやの新語が世界を滅ぼす意想外の巨悪の名となってネットじゅうを吹き荒れているのだ。

「昔、〝百匹目の猿〟っていう都市伝説みたいなのがあったな」とアニT小島が独特のせかせかとした口調で語りはじめた。「ある猿の群れの中で、芋を洗って食べはじめたやつがいて、それを見たほかの猿が真似を始めて、そんなのが百匹を超えたところで世界じゅうの猿が芋を洗いはじめた、みたいな……」

　小島はひどく脂ぎった眼鏡をかけた男で、げっそりと頬がこけた貧相な顔立ちをしているが、この状況でなぜか妙に表情が底光りしており、口ぶりも生き生きしていた。これまでの人生ですでに充分打ちのめされてきたから、今さら身ぐるみ剝がれたところでさらに人生が悪くなるわけでもないと高を括っているのかもしれない。

「どこかの集団で誰かが脱ぎはじめて、それを真似た者が百人に達して、一気に世界じゅうにひろまったってことですか？」と圭介。

「でたらめだよ、でたらめ……。ライアル・ワトソンが変なこと言いはじめてさ、昔そういうのが流行ったんだよ。シンクロニシティって言うの？」と小島は生えぎわの後退した額から汗をたらたら流しながら言う。「でも、そうとでも考えなきゃ、説明がつかないよな、こりゃ……」

小島はその後も圭介の知らない用語や人名を並べたててあれこれ仮説を捏ねあげていたが、その様子はどこか嬉々としており、すべての人間が裸一貫に立ちもどっていっさいの価値観がくつがえる大異変の時代に立ち会えたことに、歓喜にも似た興奮をおぼえているようだった。

「やっぱり免疫みたいなのがあると思うんすよね」とホストヘアーの高倉が口を挟んだ。「俺、スタジオでバンドの練習してたら、いきなり裸のおっさんが入ってきて、『服なんか着てる場合か』とかなんとか言いながら、メンバーにべたべたさわってきたんすよ。俺とベースのやつは大丈夫だったんすけど、しばらくしたらもう一人のギターとドラムのやつが脱ぎはじめて、うわあ、やべえって……。俺たちもけっこうあのおっさんにさわられましたけど、今も別に脱ぎてえなってならないっすから、もしかしたら俺、あいつらに捕まっても大丈夫なんじゃないかって思うんすけどね……」

「潜伏期間みたいなのがあるんじゃないですかね」と圭介は恐るおそる言ってみる。「僕は電車に乗ってたんですけど、やつらにさわられてすぐに脱ぎだしたやつなんて二人しかいませんでしたよ。それなのに、今、下をうろついてるやつはほとんど脱いじゃってますからね。もしかしたら一度さわられたやつは、遅かれ早かれ脱ぎたくなるのかも……」

「それだな。きっとそれだ……」と小島はもう白旗をあげたような口ぶりだ。「きみも電車の中でさわられたんだろ？　俺も道歩いててさわられた。もう時間の問題だな。ここにいる我々も、結局みんな脱ぐことになるんじゃないか。まあ、それはそれでいいのかもしれん。きょうを境に、人類がすべてリセットされるんだ。きっと神様がそう考えたんだ。昔だったら大洪水を起こして世界をリセットしたけど、今回は趣向を変えて、人類八十億みな素っ裸……」

それはそうと、圭介の左側に座っている金髪女子の吉田が、さっきから体のあちこちをノミにでも集(たか)られたみたいにやたらにぼりぼり掻きまくっていて、そこらじゅうに爪による赤みが差している。これはまったく不穏な兆候で、裸者に特徴的な仕草であることをみな薄々感づいているのだ。

「ずいぶん掻くねえ」と圭介が言うと、

「そうなんですよ。なんだかきのうの夜からずっと痒くって……」と吉田。

どきりとした。圭介もまた昨夜寝ているあいだに体じゅうが痒くて何度も目を覚ましたのだ。そしてやはりこうしている今もあちこち痒くて、どうしても掻いてしまう。痒いのとはまた別にところどころ軽く痺れている感じも朝から続いていて、どちらも根っこは同じような気がして心中穏やかでない。この痒みや痺れをたぐってゆくと、いずれ脱衣衝動という大物を引きあげることになるのではないか。そう案じつつ、この屋上に隠れる十数人の様子をそれとなくうかがうと、多かれ少なかれみな不自然なまでに体を掻いたりさすったりしている。これは尋常ではない。今世界じゅうで猖獗（しょうけつ）を極めているらしいヌーデミックと、昨夜の謎の痒みは、きっと関わりがあるのだろう。

「そういえば、脱いだやつの中にときどき変なのが交じってますね」と圭介はみなに訊いてみる。「皮がべろって剝けたみたいになってて、その部分だけ変に白っぽくなってて……」

「ああ、いますね」と高倉。「俺、床にへたりこんで、なんだかブラジリアンワックスみたいに自分でべりべり剝がしてるやつを見かけましたよ。肘の辺りでしたけど、剝がしたところがなんかもう便器みたいに白くてつるつるしてて、うわ、やべえ、病気だって思いましたもん」

「わかったぞ！」と小島がひときわ声を低めて話しだした。「アメリカに十七年蟬（ぜみ）とか十三年蟬とかいうのがいるだろ？　あるときいっせいに地上に出てきて大発生するやつ……。俺たち人間もあれとおんなじで、きょうを境にいっせいに脱皮しようとしてるんだ。俺たちは今、羽化しつつあるんだよ！」

「そんなことより、あの人、変じゃないすか？」と吉田嬢が腕を掻きむしりながら小島の背後を指さす。

圭介はふりかえり、そちらを見た。二十代半ばと思しき白いポロシャツを着たがたいのいい若者が額に汗を煌めかせながらすっくと立ちあがり、何やら呆然とした面持ちでみなを見まわしていた。隣にいた六十がらみの男がその若者の腕をつかみ、「お前、座れよ。見つかるだろ！」とたしなめて引っぱったが、若者はその手を一瞥もせずあっさり振りはらい、脳天の蓋が飛んだみたいな声で「あれあれあれ、なんでこんなことしてるかな、俺……」などと言いだした。

やばい、とみな思ったはずだ。いよいよ来た、と。案の定、若者は満を持してみたいな勢いでポロシャツを脱ぎだした。体を鍛えているのだろう、かなりの筋肉質で、しかもほどよく日焼けしており、かっこいい脱ぎ方選手権の常連ですみたいな見事な脱ぎっぷりだ。こうなったらもう何人（なんぴと）も彼を止められない。みな腰を浮かせ、若者のそばからそろりそろりと離れてゆく。この屋上をあきらめて、ほかの隠れ場所を探すべきなのかもしれないが、若者はちょうど塔屋のドアの前に立っていて、邪魔で近づけない。小島が口に手をあてて内緒話でもするみたいに「やっぱりそうだ。潜伏期間があるんだ」と言ってきた。

「俺、すごいこと思いつきました」と高倉が顔を明るませて言った。「いっそのこと、俺らも脱いじゃったらどうすかね。そしたら、あいつらも俺らのこと仲間だと思って、ほっといてくれるんじゃないですかね。木を隠すなら森の中って言うでしょ？」

「じゃあまず自分から脱いだらいいじゃないですか」と吉田嬢はすげなく突きはなす。「あたしの裸は不細工なんで、絶対に嫌……」

脱衣衝動に身を委ねきった若者は、あれよあれよというまに立派な素っ裸になり、冬場に熱い湯船にでも浸かったみたいな「うおぇェェェ……」と恍惚めいた呻きをあげた。来る、とみな身がまえ、固唾を呑んだ。例によって脱衣の押し売りが始まるのだ。と思いきや、そうはならなかった。若者は腰に手をあて、斜め上空を見あげると、空の青さが目に染みるみたいな面持ちで目を細め、

「ああもうちくしょう！　時間がねえわ！」と独り言を言った。「でもまあ俺にまかせとけ！」

そしてふりかえって引きしまった背中をこちらに見せつけると、ドアに嚙ませていたテーブルを投げ捨てるようにどかし、ドアを開けて屋上から出ていった。

みなしばしのあいだ大きな絶句を屋上の中空に浮かべ、きょとんと間の抜けた顔を見あわせていた。恐るおそる下界をうかがうと、階段を駆けおりていったらしい若者が、脇目も振らずに駅前のほうにひたひたと裸足を鳴らして走ってゆくのが見えた。「時間がないってなんのこと？　俺にまかせとけって何を？」と吉田がもっともな疑問を口にしたが、もちろんみな啞然としてかぶりを振るばかりだった。

しかし結局のところ、着衣者たちは少しも助かってはいなかった。若者が隠れ家をあとにしたわずか十五分後には、ビルは夥しい裸者たちによって完全に包囲され、四面楚歌(しめんそか)ならぬ四面裸歌(しめんらか)とでも呼ぶべき窮地に陥ることになったのだ。裸者の群れの中にさっきの若者がしれっと交じっているのをいち早く発見した高倉が「やっぱあいつだ！　あいつが仲間を連れてきたんだ！」と声を張りあげた。

圭介は思わず嘆息を漏らし、場違いなまでに澄みわたる大空を振りあおいだ。世界が終焉を迎えようとする今、天の涯(はて)のそのまた涯まで脈々と黒雲がおおいつくし、地上でくりひろげられる惨劇を盛大に嘆くべきではないのだろうか。それなのに、まったく嘘のように綺麗な青空じゃないか。まるでこの黙示録的災厄の到来を天が赦(ゆる)しているかのように。

圭介は屋上の端のコンクリートの立ちあがりに足をかけ、怖ごわ下界を見おろした。この世のものとは思えないおぞましくも面妖な光景がひろがっていた。ビルの前の通りは、今や裸、裸、裸の群れ……一糸まとわぬ老若男女で立錐の余地もなく埋めつくされていた。通りの右を見ても左を見ても二、三百メートル先まで裸者がひしめいており、こうしている今も続々と援軍が押しよせている。裸者たちはみなどこか陶然とした表情でこちらを見あげており、そこに攻撃性の険しさのようなものはさほど見てとれない。思えば、電車の中で出くわした最初の裸者もそうだった。昂ぶりにいくらか顔を紅潮させてはいたが、そこには暴力沙汰を求める剣呑な気配は希薄だった。眼鏡を卒業した眼鏡女子も、今にも圭介に飛びかからんとしていたが、どこか頑是(がんぜ)ない子供から危ない玩具を取りあげようとするような気配もあったのだ。

が、次の瞬間、群衆の中にいた四十がらみのひときわ大柄な裸夫が、「解放だ！　彼らを解放せよ！」と叫びながら握り拳を突きあげた。「新たなる時代の到来に、彼らだけ乗りおくれさせてはならない！　我々は決して仲間を見捨てない！　一致団結し、一刻も早く彼らを解放せねばならない！」

それに呼応し、見わたすかぎりすべての裸者が、「解放だ！　彼らを解放せよ！」

と同じように拳を突きあげた。

「解放せよ！　解放せよ！」

その大合唱は天をどよもし、大地を震わせ、圭介の背すじをざわざわと這いあがってきた。着衣者たちの中にはすでに観念してへたりこんでいる者もいたが、みな飛び起き、地獄でも覗くように恐るおそる下界を見おろした。

最初に鬨の声をあげた裸夫が、有言実行の斬りこみ隊長ということなのか、群衆を掻きわけて猛然と走りだした。何をする気だと身を乗り出すと、その裸夫がビルの外壁にべたりと張りつくのが見えた。それに倣い、ほかの裸者たちも次から次へと壁に張りつく。その体を足がかりに、また大勢の裸者が上へ上へと這いあがり、少しでも高いところに張りつく。圭介は以前、動物番組で、密林に暮らすグンタイアリの恐るべき行軍を見たことがあった。単独では進めないような難所でも、グンタイアリは無数の蟻の体を結合させて橋や梯子をつくり、群れが一丸となって乗りこえてゆくのだ。そうやって突きすすみながら手当たりしだいに獲物を捕らえては、喰らいつくしてゆくのである。今、眼下にひしめく裸者たちはまさに同じことをしようとしていた。三階建てビルの屋上まで肉体の梯子をつくり、この街最後の着衣者の砦を征服しようというのだ。

裸者の梯子は横幅が十メートルほどにも達し、その高さもみるみる増してくる。

いや、それは梯子と言うよりも、むしろクフ王のピラミッドを建造する際につくられたと考えられている巨大スロープのようだ。このままでは大量の裸者が一気に屋上に乗りこんでくることになる。が、着衣者たちになす術(すべ)はなかった。屋上に岩でも転がっていれば投げ落とすところだが、そんなものはありはしない。熱湯でもあれば振りかけるところだが、そんなものもありはしない。小便ぐらいなら絞り出せそうだが、裸者たちは衣服や羞恥心とともに衛生観念をも脱ぎ捨てているように思われ、蛙の面に水ならぬ、裸者の面に小便となりそうだ。

　着衣者たちはじりじりと後ずさりし、互いに顔を見あわせた。もう言葉がなかった。累々たる裸者のざわめきに取り囲まれた、ひと握りの息づまる沈黙……。みな服こそ着ていたものの、心は裸同然で、絶望、不安、恐怖、諦念、そういった感情が、いくつもの色を混ぜると灰色になるみたいに、みなの顔に一様に虚無的な無表情を浮かべさせていた。もし言葉の向こうにあらわれたその無表情にそれでもなお語るべき言葉があるとしたら、「終わりだな……」だったかもしれない。

　実際、終わりだった。裸者たちが怒濤(どとう)となってコンクリートのへりを乗りこえ、我も我もと屋上に雪崩(なだ)れこんできた。その第一陣がひと塊になった着衣者を取り囲み、今にも襲いかからんと身がまえる。裸者たちの大半が、体のどこかの皮膚が剥がれ、人間のものとは思えない青白いつるりとした肉を露わにしていた。圭介の目の前にいる三十がらみの茶髪の裸夫などは、顔の左半分が側頭部のほうまでそっくり剝がれていて、もはや人間の皮をかぶった別の何かだ。ほかの裸者に目をやると、やはり似たり寄ったりで、腕一本がまるごと白くなっていたり、胴体の前面がそっくり剝き出しになっていたりし、遅かれ早かれ全身の皮膚が剝がれることになるのだろう。とどのつまり、裸者たちは、衣服のみならず、人間であることそのものを脱ぎ捨てつつあるのだ。

いや、この期（ご）に及んで、裸者たち、などとは言うまい。こうしている今も、圭介は左肘の辺りに猛烈な痒みを感じていた。もし思う存分掻きむしろうものなら、そこから皮膚がべろりと剝がれ、得体の知れない新たな肌が露出することになるのではないだろうか。結局のところ、服を脱ぐだの着るだのはちっぽけな問題だったのだ。こんな根本的な変化が人間の体に一朝一夕（いっちょういっせき）で起こるはずがない。きょうこの日のための下準備はずっと以前からひそかに進められており、脱衣衝動という形で満を持して爆発的に表面化しただけなのだろう。つまり、もう遅いのだ。体はそれを知っている。ここに残った着衣者たちは、心がそれに気づいていないだけで、皮膚の下ではすでにもう新たなる生が脈動しはじめているのである。もはや屋上は裸者たちでいっぱいだ。着衣者のまわりに辛うじてドーナツ状の空間が残されているが、それ以外は裸者で埋めつくされている。

「急げ！　時間がないぞ！　早くしないと、あれがやって来る！」

　どこかで一人の裸者が声をあげ、それが号砲となったかのように、肌色と白の無数の肉体が渾然一体となっていっせいに押しよせてきた。何本もの腕が伸びてき、圭介の衣服のあちこちを引っつかむと、右へ左へ前へ後ろへと揉みくちゃに引きまわしながら、瞬く間にTシャツをびりびりに破いた。すぐさま一人の裸者が背後から首に腕を回し、別の裸者が脚に組みついてきて、圭介は仰向けに引きずり倒された。万事休すだ。

　と、一人の若そうな裸婦が腹の上に馬乗りになってきて、耳もとにかぶりつくように、

「怖がらないで……」と囁いてきた。「大丈夫だから。何もかも大丈夫だから……」

　その裸婦が顔をあげると、圭介はあっと息を呑んだ。裸婦の顔は、額から右頬にかけて皮膚が剝がれ、輝かんばかりの白い肉が露わになっていたが、これはあの眼鏡を捨てた眼鏡女子じゃないか！　元眼鏡女子はゆったりとした巨大な微笑を浮かべ、圭介を見おろしていた。どこか慈しむようですらあるその眼差しにさらされると、心の底に残っていた最後のひと掬いの抵抗力がたちまち蒸発してゆくようだった。やっぱり綺麗だ、この娘は、と圭介は思った。どうせ脱がされるなら、この娘に跨がられながらがいい。見まもられながらがいい。そのあいだにも、ほかの裸者

こ抜かれ、圭介はあっと言う間に一糸まとわぬ生まれたままの姿になっていた。

しかしただ服を無理矢理脱がされたというだけで、本当にこの娘の、こいつらの仲間になったと言えるのだろうか。こいつらはみんな自分から脱いだ、心からの裸者だ。俺は違う。見た目は同じでも、俺の心はきっとまだ服を着てるんだ。いや、そうだろうか。さっき右足の靴下を脱がされた瞬間、紛う方なき丸裸になった瞬間、体がふわりと軽くなった気がしなかったろうか？　こいつらが言う〝解放〟という言葉どおり、全世界に対してひらかれたような解放感のかけらのようなものをおぼえなかったろうか？　本当はずっとこうしたかったのだと思わなかったろうか？　もっと早く脱ぐべきだったと思わなかったろうか？

「来たぞ！」と誰かが声を張りあげた。「とうとうあれが来た！」

いったいなんだろう、さっきもあれが来るとかなんとか言っていたな、そう考えた瞬間、腹の上にいた彼女が立ちあがり、目を細め、遥か彼方を望むような顔つきになった。彼女だけではない。着衣者たちに群がっていたすべての裸者が、一人残らず立ちあがり、みな同じ方向に顔を向けていた。その表情はどれもかすかな緊張を帯びていたが、しかしどこかうっとりとした気配もあり、何が来るにせよ、裸者たちはあれとやらを恐れているわけではないようだ。

圭介も立ちあがった。小島、高倉、吉田……ほかの着衣者たちもみなすっかり丸裸にされて転がっていたが、同じように立ちあがった。顔を見あわせ、束の間、気まずい視線が交わされたかに思われたが、しかし今やどこを見ても布きれ一枚身につけている者はおらず、裸を恥じるというよりはむしろ、いつまでも衣服に執着していたことに後ろめたさを感じているような気がした。

みな何を見ているのだろう。圭介はひしめく裸者たちを掻きわけ掻きわけ、みなが眺めているほうへ進んでいった。屋上のへりにたどりつくと、みなの視線の先へ目をやったが、思いもよらぬ光景がひろがっているわけではなかった。ビルの前を国道が横切り、その向こうにはところどころに椰子(やし)の木の生える真夏の海浜公園が横たわっていた。右手にはきょうの目的地であるはずだった県立美術館がうずくまり、外壁に張られた『現代の裸婦展』の垂れ幕が風にはためいていた。しかしみなの視線はもっと遠かった。空を見ているのだろうか。それとも海だろうか。

空はやはりへんに青く、澄みわたっていた。とうの昔に失われてしまった青空を、記憶の中で磨きあげ、尊く美しく思い起こしているかのようだった。綿飴から引きちぎったような小さな雲がいくつか水平線の上に浮かび、その下に穏やかな群青色の海がひろがっていた。平らな海面が夏の陽射しを照りかえし、ありもしない最上の日々のように白くまばゆく輝いている。通勤電車で毎日のようにK駅を通りすぎていたけれど、この街から望む海はこんなに綺麗だったのか、と圭介は裸者の群れの中で場違いな感慨にふけった。それにしてもこの景色の中にいったい何があるというのだろう。いつのまにかすぐ隣に立っていた彼女が、彼の心を読んだかのように、美しい手ですっと遠くを指さし、

「水平線を見て……」と言った。

　圭介は目を凝らした。右の端から左の端まで、水平線の辺りが一直線に青が濃くなっているように見えた。が、だからなんだと言うのか。光の当たり具合で海がそんなふうに見える日もあるだろう。しかし、違う、と頭の中で鋭く囁くものがあった。あれは光の当たり具合なんかじゃない。あれは確乎たる実体を持った何かだ。しかも見わたすかぎりの水平線を支配するほどの巨大な何か……。その何かはいまだ彼方にあっていかにも行儀がよく、泰然としていたが、その静けさは、誇示する必要など微塵もないほどの巨大な力を孕んでいるようだった。急に動悸がしてき、こめかみが脈打ちだした。じっと見ていると、その青い線が少しずつ太くなってゆくのがわかる。まるでこちらに粛々と近づいてくるかのように。押しよせてくるかのように。

「なんだろう、あれは……」と圭介が言うと、

「新しい世界だよ」と彼女が答えた。「あたしたちはみんな、新しい世界で生きて

ゆくの。この新しい姿で……」

その言葉が合図であったかのように、立ちつくしていた裸者たちがはたと彼方から目を離し、ふたたび動きはじめた。猿の毛づくろいのように、みなそばにいる者の体に手を伸ばし、人間の名残である皮膚をつまんでは剝がしてゆく。みな剝がされるたびに小さな呻きをあげるが、痛みに耐えているというよりはむしろ、喜悦の響きを帯びているようだ。彼女もまた圭介の右腕に手を伸ばしてきた。えっと思い、右肘を見ると、すでに手の平ほどの大きさで皮膚が剝がれ、青白いつややかな肉が覗いていた。どうやら服を脱がされたときに揉みくちゃにされたせいで、勝手に剝がれていたらしい。そこにふれてみた瞬間、全身にかすかな快楽の波紋がひろがったような気がし、続いてにわかに人間の皮膚がまとわりついているという息苦しいような不快感が湧き起こってきた。

やっぱりそうなのだ。俺ももはや裸者なのだ。彼女の指が圭介の皮膚を優しく剝がしはじめた。新たな肌に風が当たるのはなんとも心地よく、ひと剝がしごとに自分が世界に向かってひらかれてゆくのがわかった。圭介は彼女の顔にそろそろと手を伸ばしてゆき、形のいい鼻筋に浮いている皮膚をそっとつまんだ。

「いくよ」と尋ねると、彼女はどことなく艶(つや)っぽい笑みを浮かべ、

「脱がして」と言った。「全部脱がして……」

＊

世界じゅうの多くの都市と同じように、K市の街はやがて天を突く大波に呑みこまれ、海に沈んだ。多くの建物や構造物や乗り物が波の暴威によりなす術もなく破壊され、大小様ざまな瓦礫となって遥か山手に押し流されながら、海の尖兵となって街も自然も分け隔てなく揺さぶり、打ち壊し、押しつぶしていった。圭介たちが屋上に陣取っていた三階建てビルは、辛うじて全壊を免れたが、今や陽射しも届かぬ海底深くにあり、文明の数知れぬ墓標の一つとなって永劫の眠りに就いていた。

大海進の怒濤によって少なくない裸者が命を落としたが、それでも多くの者が生き残った。破壊と暴虐のかぎりを尽くした海は何日も何週間ものあいだ濁りつづけたままだったが、やがて大いなる怒りが静まってきたかのように、その濁りも晴れてきた。三カ月も経つと、人類が築きあげた世界じゅうの街々は、早くも種々雑多の海の命の住処となり、色とりどりの賑わいを呈しつつあった。

その中に裸者たちの姿もあった。銛のようなものを手に獲物を求めて泳ぐ者たちもいれば、つがいとなって戯れるように泳ぐ恋人たちもいた。大小数人の家族のように睦まじく泳ぐ者たちもいれば、何を思いわずらう様子もなく一人きりで悠然と泳ぐ者もいた。また、海底の廃墟への出入りをくりかえしては、文明の遺物を運び出す裸者たちの姿が、あちらこちらで見られた。裸者たちは人間だったころのことを少しも忘れてはおらず、自分たちが創りあげた文明や歴史をあらためて学びなおし、少しでも多く記憶に刻み、いつとも知れぬ遥かな未来へと語り継いでゆかねばならないことを知っていた。

そんな中、ひと組の男女が、指先をからめるようによりそいながら、かつての海岸線にほど近い三階建ての大きな建物に泳ぎ入ってゆく。その建物はかつて県立美術館と呼ばれていたものだ。前庭にはかつて現代的な鉄製の彫刻作品がいくつも設置されていたのだが、多くが大波によって根こそぎにされ、巨大な人間の顔面を模したもの一つだけが、フジツボや海草におおわれつつあるひしゃげた表情で廃りゆく芸術の運命を嘆きつづけていた。一階の入口部分はガラス張りになっていたはずだが、もはやガラスは一枚も残っておらず、滅び去った来館者を永遠に待ちわびるかのように暗い虚しい大口をぽっかりと開けはなっていた。

一階のロビーに入ると、もう陽射しはいっさい届かず、濃密な暗闇がひろがるばかりだ。しかしその中で、二つの光が灯った。二人の裸者の肉体が、夜光虫にも似た青白い光を放ちはじめたのだ。その光は弱々しかったが、二人の周囲を淡く照らし出すことができた。大海進によって大量の土砂が流れこみ、朽ちゆく様ざまながらくたが散乱しているのが、二人の目に映った。突然の光に驚いた魚や蟹などが踵を返したり、物陰に隠れたりし、暗がりから二人の探索行を見まもった。朧な白光をまとう二人の姿は、火種を孕む水色の蠟燭のようであり、その美しさには隠り世からさまよい出たような静けさがあった。体毛はいっさいなく、その肌は陶器のようになめらかだ。手足の指には水掻きが張られ、泳ぐための筋肉が全身にうねっている。にもかかわらず、二人の知性や知覚は人間だったころから少しも衰えていないどころか、ますます鋭敏になり、近づくだけで互いの心をふれあわせ、言葉を交わすことができた。

エレベータの横に階段を見つけると、二人は顔を見あわせてうなずきあい、二階へ泳ぎのぼっていった。打ちっぱなしのコンクリートの壁に、『現代の裸婦展』と書かれたパネルがまだ残されていた。その下に右向きの矢印も描かれており、たしかに右手に入口らしきものがある。二人はそこから展示室に入っていった。白いクロスがぶよぶよに浮いた壁には作品名やアーティスト名などが記されたプレートがまだところどころに残っていたが、肝腎の作品そのものは、押しよせた水流のせいだろう、ことごとく剝がされ、表になり裏になり、朽ち果てながら床に散らばっていた。二人はときおりそれらを拾いあげては、みずからが発する光を頼りに、芸術家たちの夢の跡とも言うべきいくつもの裸婦を眺めた。

二人は二階を見終えると三階にあがり、やがてひときわ大きな展示室にたどりついた。いちばん目につくところに、一枚の巨大な絵画が掛かっていた。この建物に入って以来、大海進を経てなお壁にとどまっている作品を見るのは初めてだった。二人は息を呑み、思わず顔を見あわせると、恐るおそるその絵に近づいていった。ほかの作品は一つ残らず剝がれ落ちてしまったというのに、なぜかその絵だけは、束の間の眠りが訪れただけだというふうに、壁にしっかりと大きな背を貼りつけ、海に沈んだ巨人さながらに悠然と瞑目しているようだった。二人は作品紹介のプレートを読んだ。作品名は『母なる海』、アーティスト名は春日五郎とある。大きさは3・49m×7・77m、制作年は二〇〇一年、画材は油絵具、ベニヤ板……。

二人は肌の発する光を精いっぱい強めると、その絵に顔を近づけ、舐めるように観賞しはじめた。リアリズムと装飾性が分かちがたく混在しており、無数の夢が波の形を取って渾沌（こんとん）の中でひしめき、のたうっているようだ。三カ月ものあいだ海に沈んでいたせいだろう、ところどころに絵具の浮きや剝離が見られたが、この暗々たる廃墟の懐にあっては、その色彩は目の底に染みるような鮮やかさだった。

電車の中吊り広告に載せられていたのは、この絵のほぼ真ん中辺りのごく一部に過ぎなかった。数十人はいるであろう裸婦が溶けあいからまりあいながら一つの逆巻く大波をなしていたが、そのすぐ左には多くの裸夫が渾然一体となった別の大波が描かれ、まるで愛を求めるように裸婦の大波に今にもおおいかぶさらんとしていた。さらに左には多種多様な魚類が形づくる大波があり、その上には色とりどりの無数の鳥類からなる大波があった。ほかにも鯨やイルカ、牛や豚、象やライオン、亀や蛇……生きとし生けるものすべてが豊饒（ほうじょう）な波となって木製パネルの上を所狭しとうねり、立ちあがり、舞いあがらんとしていた。二人はこの絵一枚だけが壁から落とされなかった理由がわかった気がした。この絵は海の肖像であり、海自身がみずからの姿を眺めるためにここに残したのだ。

やがて裸婦と裸夫の大波の右側に、人間の赤ん坊たちが嬉々として戯れる小波を見つけ、二人は思わず顔を見あわせた。赤ん坊たちはみな、自分たちの前にひらかれた果てしない未来を前に、輝かんばかりの笑みを湛（たた）えている。それを眺める二人の顔にも、知らず識（し）らずのうちに笑みが湧きあがってきた。

二人はどちらからともなく手を伸ばし、指をからめると、互いに引きよせあった。背に腕を回し、脚をからめ、唇を求めあう。二人の放つ光はいっそう明るさを増し、営みを見まもる『母なる海』を照らし出した。体を重ねながら、命だ、と二人は思った。この絵は海の肖像であり、また命の讃歌でもある。大海進により多くの命が海の藻屑（もくず）となって消えた。数千年をかけて築きあげた文明も、瞬く間に潰（つい）え去った。魂の結晶とも言える多くの叡智が失われ、達成と暴虐、喜悦と悲哀の歴史もまた忘却の淵に沈みつつある。

しかしまた始めるのだ。新たな命を、新たな文明を、ここから生み出すのだ。新たな知恵を、新たな歴史を、ここから紡ぎ出すのだ。二人は一つになり、歓喜と欲望に打ち震えながら、愛を囁きあいながら、希望を語りながら、ひろびろとした展示室をいっぱいに使い、暗闇の中のささやかな灯火となって、いつまでも踊るように泳ぎつづけた。

春と殺し屋と七不思議

黒木あるじ

1

「いたぞ、ケンジ。あの女だ」

ヨッチンが興奮した声で、隣にしゃがむぼくを肘で小突いた。

いきなり押されてバランスを崩し、その場へ尻餅をつく。土筆がぱきぱきと折れる音に、ヨッチンが怖い顔で振りむいた。

「バカ、静かにしろ」

怖い顔で唇に人さし指をあてる。

そっちのせいじゃないか——と言いたいのをこらえ、ぼくは小声で「ごめん」と謝った。自分勝手なやつだとは思うけど、彼にはいつも反論できない。縮こまった姿を見て、ヨッチンがさらに頬を膨らませる。

「気をつけろ、見つかったら大変なんだぞ。だってあいつは」

殺し屋だからな。

殺し屋——どう考えても小学五年生には似あわない単語を、さっきから隣の同級生はくりかえしていた。

「うん……ごめんね」

何度聞いても信じられず、怒られるとわかっているのに上手く返事ができない。

あんのじょうヨッチンは口を尖らせている。

「ケンジ、なんだよその態度。俺がウソついてるってのか」

「そ、そんなことないってば」

あわてて首を振るぼくをにらみ、ヨッチンが拳骨を握りしめた。

「今朝、バスを降りたあの女が〝処分しなきゃ〟と言ったのを、俺はこの耳で聞いたんだ。そんなセリフ、殺し屋しか言わねえだろ。しかも、葬式でもないのに全身真っ黒なんだぞ。絶対に怪しいって。普通じゃねえって」

たしかに――ぼくたちが隠れている笹藪の向こう、一本道を歩く女の人は黒かった。

コートもズボンも靴も手袋もすべて黒ずくめ。風になびく長い髪や手にしている大きな鞄まで、なにもかもが黒い。どう考えても春先の村には似あわない恰好だ。おかげで色白の肌がひときわ目立っている。黒と白の女――ヨッチンが殺し屋だと主張するのも納得できた。

でも、本当にそうだとしたら――この村に彼女の〈標的〉がいるということだ。

こんな村に、標的。

にわかには信じられなかった。

なにせ、ここは山のふもとにぽつんと佇む、百人ぽっちが暮らす〈カソシューラク〉なのだ。森と田んぼと畑、あとは役場と学校とちいさな神社があるだけの退屈な村で、暮らしているのもつまらない大人ばかり。殺されるほどの悪人なんて、ひとりも思い浮かばない。

「……誰を処分するつもりなのかなあ」

そう訊ねたぼくに、ヨッチンが「そんなの誰でもいいんだよ」と低い声で答える。

「殺し屋だもの、相手なんか選ばず殺しまくるつもりなのさ」

「それ、殺し屋じゃなくて殺人鬼でしょ。だったら人が多い街に行けばいいじゃん」

「うるせえな、ケンジのくせにグチグチと」

ヨッチンが舌打ちをする。

反射的に「ごめん」が口からこぼれた。

「問題は〝あいつが村の人間を処分しようとしてる〟ってことだろ。それを知ってるのは俺らだけ。止めないでどうすんだよ」

予想外の言葉――面食らってしまう。

止めると言ったって、ぼくとヨッチンは十一歳なのだ。腕っぷしも頭の出来も、殺し屋どころか村の大人にすらかなわない。そもそも殺害の方法だって銃なのかナイフなのかわからないのに、どうやって止めるつもりなんだろう。

このままでは、ぼくたちが最初に殺されるかもしれない。

そんなことを考えて思わず叫びそうになった、次の瞬間——砂利を踏む足音がふたつ、こちらへ近づいてきた。

「どうもどうも。ようこそ出羽原村へ」

野太い声。あれは、タヌキだ。

藪からおそるおそる首を伸ばすと、声の主は予想どおりタヌキこと村長の田附だった。そのうしろでは、キツネのあだ名で知られる副村長、木津の白髪がちらちら見え隠れしている。小学校からの親分と子分、おじさんになったいまも一緒に行動しているふたり組。彼らこそ、ぼくがさっき言った〈つまらない大人〉の代表だった。

田附が禿げあがった頭をハンカチで拭きながら、女の人に向かって片手をあげる。

「これはこれは、出迎えもせず申しわけありませんな」

「いいえ、急きょ予定を繰りあげたのはこちらですので」

「さぞかし田舎で驚いたでしょう。はっはっは。なにせ鉄道はとっくに廃線で、いまでは町からのバスが一日に二便しか……」

「別に驚きません。前もって調べていましたから」

タヌキの挨拶を軽くあしらうと、彼女は鞄から名刺を取りだし村長らに手渡した。田附がおずおずとそれを受けとり、眼鏡をひたいに押しあげて顔を近づける。

「きゅう……じゅう、じゅういち」

「私の名前ですか。九重十一と読みます」

「な、なかなか珍しいお名前ですな。出身はどちらで」

「その質問は、今回の件に関係ありますか」

「あ、いや、別にそういうわけでは……」

九重と名乗った女の人の態度に、タヌキが珍しく戸惑っている。いっぽうの木津は、お経みたいな言葉を読みあげていた。会社かなにかの名前だろうか。

「さいし、ほあん、きょう……」

「祭祀保安協会です」

「おや、たしか文化庁の方がいらっしゃると聞いていたんですが。東京のお役人は、こんな田舎に来るヒマなどないということですかな」

あからさまな嫌味を言いながら、九重をじろじろ眺めている。けれども、彼女に微塵もひるむ様子はなかった。

「私ども祭保協は文化庁の外郭団体です。もっとも一般には公表されていませんので、公に名前が出てくることはありませんが」

「非公表ですか。それはまた、ずいぶんと仰々しい」

「ええ。今回のような事態に対応するため、十年前に設置された特務機関ですから」

「今回のような……事態」

木津の顔が青くなる。田附も彼女の言葉にギョッとしたのか、唇をぎゅっと結んだ。

ぼくは、そんな大人たちの様子を覗き見しながら——ちょっと白けていた。

会話の中身はほとんど理解できないが、要するに彼女はまともな大人なのだろう。

そうでなければ村長たちが出迎えるなんて有りえない。つまり、ヨッチンが唱えた〈殺し屋説〉はまるでデタラメ、今朝からの大騒ぎは勘違いだったことになる。

だとしたら、これ以上隠れる理由なんてないじゃないか。

「……ねえ、帰ろうよ」

そっと指でヨッチンの肩をつついたが、反応はなかった。そんなぼくらをよそに、田附が九重へおずおずと話しかけている。

「それで……今回の事態には、どのようなご対応を」

「これからすぐに調査をおこない、必要とあれば」

処分します——。

思わずヨッチンと顔を見あわせる。ぼくたちの驚きが伝わったみたいに、田附も「しょ、処分ですか」と声をうわずらせた。

「ええ。ご連絡したとおり事態は一刻の猶予もありません。早急な対処が必要です」

「ま、まあまあ。長旅でお疲れでしょうから、まずは役場でお休みになってはいかがですか。ご希望でしたら誰かに現場を案内させますので」

さっきの嫌味がウソみたいな猫なで声で、木津が九重をいたわる。どうやらこの事態をなんとか穏便に済ませ、処分とやらを止めようとしているらしい。もっとも彼女の表情を見るかぎり、ほとんど効果はなかったようだ。

「いえ、このまま現場に直行します。終わり次第、ご報告にうかがいますので。では」

早口で告げると、九重は村長たちの返事を待たずに歩きだした。

遠ざかっていく黒い背中をぼんやり眺める。と、ヨッチンが激しくぼくを揺さぶった。

「な、な。聞いただろ。処分だってよ。やっぱりあの女、この村のみんなを犬猫みたいに殺すつもりだぞ。たぶん、あのふたりも女とグルだ。皆殺しにする気なんだ」

得意げに鼻を膨らませる友だちの言葉を、ぼくは——否定できなかった。

たしかに最近、村はおかしいのだ。

毎年、この時期には神社で春祭りがおこなわれる。けれども今年はいまだに準備する気配さえなかった。おまけに大人たちもやけに態度がよそよそしく、みんな家に閉じこもっている。そういえば、昨日出くわした男の人もなんだか様子がおかしかった。役場の近くで遭遇したその人は、こちらを見るなり突然叫びだし、何度も転びながら走り去っていったのだ。

そのときは「おかしな人だなあ」と思ったけど——いまの会話を聞くかぎり、おかしくなっているのは彼だけではないのだろうか。そうだ、もしかしたら多くの村人がすでにおかしくなっているのかもしれない。九重という人はおかしくなった村人を処分しにやってきたのかもしれない。

だとすれば殺し屋どころの話じゃない。

もっと大変な事態がこの村で起こっているのではないか。とんでもないことが、これから起きるのではないか——。

「おい」

ヨッチンが背中を勢いよく殴りつけたおかげで、ぼくの推理は途中で中断してしまった。

「ちょっとぉ、なにすんのさ」

怒らせないよう、冗談めかした口調でやんわり抗議する。もちろんヨッチンからお詫びの言葉はない。それどころか、興奮のあまり目が血走っている。

「ボケッとすんな。すぐに女を追いかけるぞ」

「追いかけて……どうするのさ」

「ここは俺の村なんだ。誰であろうが勝手な真似なんかさせねえ。だから……やられる前に」

あいつを殺すんだよ。

「ころッ……」

息を呑むぼくを置き去りにして、ヨッチンが藪の向こうへ姿を消す。

どうしよう。一緒に行けば、九重に殺されるかもしれない。けれども、このまま逃げ帰ればヨッチンからひどい目に遭わされる。

どうしよう、どうしよう——すこし悩んでから、ぼくは覚悟を決めた。

まずはヨッチンを止めなきゃ。

どうするかは、そのあとで考えよう。

不器用に藪をまたいで野道へ飛びだし、急いでヨッチンのあとを追う。突然あらわれたぼくを見るなり、田附が「うわあッ」と腰を抜かしてその場にへたりこんだ。

「お、お前ッ」

「ケンジ、ケンジッ」

木津の怒鳴り声にも振りかえらず、ぼくは駆け続けた。

2

砂利を鳴らしながら一本道をひたすら走る。

ときおり吹く風には、花と草のにおいがまじっていた。田んぼの脇に生えたセリだろうか、それとも土手に咲くナズナだろうか。花のにおいはヤマザクラかもしれない。

春のいのちの香り。吸いこむたび、なんだか胸が苦しくなる。ひさしぶりに呼吸をしたような気分だ。

道の右手へ目をやると、鉛筆そっくりな杉木立が何本も見えた。あの木の下には、村にたったひとつの神社がある。いつもだったら春祭りの提灯（ちょうちん）や幟旗（のぼりばた）で赤や黄色に飾られている時季だ。もっとも、今年は境内も参道もひっそりと静まりかえっていた。

どうして、この春はお祭りがないのだろう。

村の誰かに訊ねたかったけれど、いまは寄り道をしている余裕などない。ヨッチンに追いつくのが最優先だと自分に言い聞かせ、足に力をこめる。

二分ほど走ったころ——ちいさな影がふたつ、かなたに見えはじめた。

見なれた同級生の後ろ姿がぐんぐんと近づいてくる。その十数メートル向こうに、細い人影が見えた。ふたりの先には、ぼくたちが通う古びた木造校舎が立っている。

まさか、殺し屋の目的地は学校なのか。子供たちが標的なのか。けれども、いまはまだ春休みのさなか、校内も校庭も無人のはずだった。

じゃあ、なんで——疑問がむくむくと湧き、勝手に足が速まる。

ようやくヨッチンへ追いつき、背中に触れる。それが合図だったかのように、同級生が声をあげた。

「ねえ、お姉さん！」

一拍置いて、彼女が静かに振りむく。

どきりとした。

さっきは覗き見で気づかなかったが、九重は予想以上に若かった。大人の年齢はよくわからないけど、二十代半ばくらいだろうか。十代といっても通用するかもしれない。童顔というわけではない。すらりと整った目鼻が年齢をわかりにくくしているのだ。透きとおった顔のなかで唇だけが赤い。

なんだか、月に咲く花のように見えた。

「あなたたち、だれ」

赤い花びらの唇をかすかに開き、九重がこちらに訊ねた。

「はじめまして、俺はヨッチン。こいつは仲良しのケンジ」

ヨッチンが、強引にぼくの肩を抱いて引き寄せる。

「ケンジ……くん」

九重の表情がすこしだけ変わった。

あまりにちいさな変化で、笑ったのか驚いたのか判断がつかない。どう答えればいいのかわからず黙っていると、ヨッチンがぼくの肩を離して一歩前へ進んだ。

「俺たち、お姉さんの手伝いをしてくるよう村長から頼まれました！」

「手伝い……」

「学校を調べるんでしょ。〝お前ら詳しいから案内してこい〟って言われたんです。よろしくお願いします！」

ウソだ。田附も木津も案内なんて頼んでいない。

なにを企(たくら)んでいるの——目くばせしたものの、ヨッチンは答えない。射抜くような視線で、九重をまっすぐ見つめている。

と、ふいに〈殺し屋〉が膝を曲げて、視線をぼくたちの目の高さに合わせた。

「じゃあ、せっかくだからお願いできるかしら」

唇には微笑みをたたえているが、その目は冷たく光っている。ヨッチンの発言を信じていないのだろうか。

だましたつもりが罠にかけられた――そんな不安をおぼえる。

「なにはともあれ、校内に入りましょう」

くるりと踵をかえし、九重が学校の正面玄関へ歩きだす。追いかけようとするヨッチンの腕をとっさにつかみ、ぼくは小声で訊いた。

「ちょ、ちょっと。どういうつもりなのさ」

むっとした顔で、ヨッチンが「決まってるだろ」と答える。

「味方になったふりをして、あの女がスキを見せた瞬間に殺すんだよ」

「で、でも……武器もないのに」

「武器がなくても殺す方法なんていくらでもあるさ。たとえば……階段から突き落とすとか」

淡々とした口調に息を呑む。

九重が本当に殺し屋だったとしても、階段から突き落とされれば無事ではすむまい。打ちどころが悪ければ助からない可能性だってある。外国語のように感じていた「殺す」というひとことが、にわかに生々しさを帯びてくる。てのひらに冷たい汗がにじみ、視界がきゅっと狭くなった。

どうする。校内へ入ってしまったら、もう戻れないぞ。追いかけてきたのはいいけれど、本当に止められるのか。殺されるんじゃないか。あるいは、殺してしまうんじゃないか。悩む心とは裏腹に、足は前へ前へと進んでしまう。すでに九重とヨッチンは玄関をまたごうとしている。

数秒悩んで——ぼくは再び決意した。

よし、自分が犠牲になろう。

九重が階段をのぼりはじめたら、ヨッチンが突き落とす前に自分が転がり落ちるのだ。騒ぎになれば、ほかの大人がやってくる。殺し屋も処分どころじゃなくなるだろうし、ヨッチンもうかつな行動はできなくなる。

でも——階段から落ちれば痛いだろうなと思う。怪我（けが）をするかもしれないと怖くなる。それでも、村の誰かが殺されるよりマシだ。

これしかない。

ふたりを追って、ぼくは玄関へ飛びこんだ。

3

薄暗さもあいまって、無人の校舎はことのほか不気味に思えた。

もっとも怖がっているのはぼくだけで、ヨッチンは靴を蹴り捨てて廊下をずかずかと進み、階段へ向かっている。いっぽうの九重は脱いだ靴をていねいに揃えると、下足棚や柱時計、額に入った筆書きの校歌を眺めていた。

「外観だけかと思ったら、室内もずいぶん古いのね。文化財レベルだわ」

物珍しそうにあちこちを見つめる九重の様子が、ぼくには逆に興味深く見えた。毎日通っている自分からすれば「学校なんて、どこもこんなものだろう」としか思わないけれど、都会の人間はもっと近代的な校舎で学んでいるのかもしれない。

「まあまあ、まずはこちらへどうぞ」

ヨッチンが急かす。おどけた調子だが、彼の計画を知っている身としては気が気ではない。九重の処分や同級生の計画より早く、階段で〈自爆〉しなくては——慌てて靴を脱ぎ、ふたりのあとを追う。

ぎ、ぎ、ぎ——歩くたびに床板が軋む。まるで校舎が笑っているように聞こえた。春休み前もこんなにうるさかっただろうか。あまり憶えていない。

ぎ――ふいに音が止む。見上げると、九重が階段の手前で足を止めていた。

「さて……まずは誤解を解くところからはじめましょうか」

「ご、かい」

「ええ。安心して。村の人を殺したりなんかしないわ。だから、階段から突き落とすのはやめてね」

絶句する。まさか、先ほどの会話を聞かれていたとは。ずいぶん離れていたはずなのに、どれほどの地獄耳なんだろう。

「……盗み聞きかよ。殺し屋じゃなくて泥棒だったんだな」

ヨッチンが忌々しそうに吐き捨てた。仮説がはずれて悔しいのか、それとも計画を見抜かれて恥ずかしいのか、唇を嚙みしめている。

「あら、こそこそ隠れていたのはそっちじゃない。おおかた、村長から頼まれたというのも嘘なんでしょ」

すべてお見通しだったのか――あまりにあっけない展開に放心するぼくをよそに、ヨッチンは顔を真っ赤にしながら捲したてた。

「じゃあ、じゃあ村に来た理由を教えろよ。それを聞いて納得するまでは〝殺し屋じゃありません〟と言われても信じられねえよ」

鼻息を荒くするヨッチンを見すえ、九重がにっこりと笑った。

「そういえば自己紹介をしていなかったわね。わたしは九重十一。祭祀保安協会という組織で〈処分〉を担当しているの」

「なにを処分するんだよ。粗大ゴミを廃棄処分するのか、それとも悪い生徒を退学処分にするのかよッ」

ヨッチンは引き下がらない。いつにもまして口が悪くなっている。

と、いまにも噛みつきそうな顔を見つめながら、

「七不思議よ」

九重が、おだやかに言った。

「七不思議って……学校の怪談みたいな、アレですか」

ぼくの発言に〈元〉殺し屋が首を縦に振る。

七不思議。女子がきゃあきゃあと騒ぎながら話題にしていたのを、なんとなく憶えていた。美術室にある肖像画の目が動くとか、誰もいない音楽室で楽器が鳴るとか——そんな内容だったはずだ。

まあ、休み時間や放課後の話題としては面白いかもしれないが、あくまで子供だましの噂、すくなくとも大の大人が口にするような代物ではないと思っていた。

それをいま、大の大人が口にしている。殺し屋の疑いが晴れたと思ったら、まさか七不思議とは。まるで安っぽいテレビ番組だ。

ウソでしょ——思わずつぶやいたぼくに向かって、九重がはっきり告げた。
「本当よ。わたしは、この学校の七不思議を処分しにきたの」

4

「七不思議とひとことで言っても、その種類は多種多様でね。たとえば、俗に〈世界の七不思議〉と呼ばれているものは、各国の古代建造物を紹介する内容だったの。つまりは、けっこう昔から存在していた概念ってわけ」

「は……はあ」

呆然とするぼくとまだ怒っているヨッチンを前に、九重が先生みたいな口ぶりで語りはじめた。内容がさっぱり理解できないまま、ぼやけた返事を漏らす。

「日本でも十四世紀前半に〝根本中堂で七つの不思議な出来事が起こる〟という記録がすでに書かれているわ。もっとも、当時の七不思議は神さまや仏さまの力を示す〈霊異譚〉が中心だったんだけど、そのうち超自然的な現象や怪談、珍しい出来事まで勘定するようになったの。やがて、江戸になると七不思議は庶民のあいだでも持て囃され、地域の怪異として語られはじめる。代表的なところでは〈本所の七不思議〉なんかがそうね。そして明治を迎え、七不思議は舞台を地域から学校へ移していく。感受性の強い子供たちが一堂に会し、おまけに絶えず構成要員が入れ替わる学校は、その手の〈モノ〉が跋扈するのにうってつけの空間だったんでしょう……と、ここまではいいかな」

「は、はい」

あいづちを打つ以外、なにも答えられない。

「なあ、どうして七つなんだよ。百でも千でもいいじゃん」

小馬鹿にした口調でヨッチンが野次を飛ばす。突然の授業に飽きたのか、あるいは挑発のつもりなのかもしれない。

「七不思議は、七つじゃないと意味がないの」

言葉を続けながら、九重が二階に続く階段へ足をかけた。

「たとえば……一から十までの数字で三百六十度を割りきれないのは七だけなの。正七角形をコンパスと定規で描くことは不可能だし、六面で構成されたサイコロの向かい合った面は足すとどれも七になる。ほかの数には置き換えられない絶対的な存在……いわば七というのは、秩序をたもつための数字なのね」

「せんせえ、アタマが悪くて意味がわかりませぇん」

ヨッチンが再び話の腰を折る。九重はこちらを一瞬見やっただけで、わけのわからない説明も、階段をのぼる足も止めようとはしなかった。

「そんな属性ゆえか、七という数は洋の東西を問わず広く用いられているの。七変化（しちへんげ）、七福神、七つ道具、初七日……春の七草も無関係じゃないわ。西洋では聖書が一週間を七日と定め、数学者のピタゴラスは〝七という数字こそ宇宙そのものだ〟と唱えたわ。ほかにも七つの大罪とか七元徳（しちげんとく）、そういえば童話の白雪姫に登場するのも七人の小人ね。あれもなにか関係があるのかしら、今度調べてみなくちゃ」

話しながら踊り場まで到着した九重が、ふわりと身体（からだ）を回転させた。空気が揺れ、甘いにおいが鼻をくすぐる。香水、あるいは石鹸（せっけん）だろうか。なんだかヤマザクラに似たにおいだった。

と――香りにどぎまぎするぼくへ視線を向けて、九重がおもむろに訊ねた。

「では、ここで問題。七の次の数はなんでしょう」

「え……八、ですか」

あまりに単純な質問、引っかけを疑いながら答えを口にする。

「正解よ。末広がりの八、八百万（やおよろず）の神、八百八町……八は〈数えきれないほどの量〉を意味する数字。つまり……八ではあふれてしまうの。均衡（きんこう）が崩れてしまうの」

「なあ、いつになったら先生ごっこは終わるんだよ。七不思議はどうなったんだよ」

蚊帳の外に置かれたヨッチンを、九重が鼻で笑った。

「つまりね、この学校には七不思議が八つあるのよ。それはちょっと厄介なの」

「意味がわかんねえ。七が八になったら、なにが困るってん……」

ぽおん――。

答えるように軽やかな音色がひとつ、階段の吹き抜けいっぱいに響いた。

あれは、ピアノの音か。

九重が二階へと顔を向けた。

「無人で鳴るピアノ……七不思議では定番中の定番ね。上から聞こえたみたいだけど、音楽室でもあるのかしら」

さすがのヨッチンも、あまりに絶妙なタイミングに口を噤んでいる。しん、と静まったなか、五秒が過ぎ、十秒が経って――。

があんっ。

次に聞こえてきたのは、空気が震えるほど激しい音だった。やはりピアノ音だが、弾くというより殴りつけているといったほうが正しい。

身じろぐぼくたちを前に、九重が言った。

「これがさっきの答え。七不思議が八つになると、理が壊れて制御できなくなるの」

「こ、こんなの、誰かがイタズラしてるだけだろ。七不思議なんて、臆病なヤツをからかうための……」

ヨッチンが言い終わるより早く、黒いかたまりがこちらめがけて飛んできた。慌てて後ずさった足元に、かたまりが鈍い音を立ててぶつかる。

「ひ」

床を転がっているのは、バスケットボールだった。表面が赤い液体にべっとりとまみれている。赤色の正体がなんなのかは、あまり考えたくなかった。

「……体育館の怪か。バレーボールの場合が多いけれど、ここはバスケット派なのね。とはいえ、ここまで飛んでくるのはルール違反でしょ」

九重が爪先で軽く蹴るなり、真紅(しんく)のボールは意思を持っているかのように廊下の奥へ跳ねていった。遠ざかっていく球体をぽかんと眺めるぼくたちへ、九重が言いはなつ。

「そろそろ〝厄介だ〟という意味を理解してもらえたかしら。連中も、いまはまだ校内で暴れているだけ。でも、この様子じゃ外に出てしまうのも時間の問題なの」

「学校の外に出ちゃうと……どうなるの」

ぼくの質問に、九重の表情がけわしくなる。

「生徒を〈驚かせる〉だけの存在だった七不思議の手綱(たづな)が切れて、〈脅(おびや)かす〉ための怪に変異する可能性が高いわ。さらに変異が進めば〈襲う〉ことが目的になるかもしれない」

そうだよ――と答えるように、玄関の柱時計が、ぼおん、と鳴った。

しばらく待ってみたものの、音はいっこうに止む気配がない。それどころか十二回目の鐘を終えても、なお響いている。

まさか、これも七不思議。

と、膝を震わせるぼくをよそに、いきなり九重が柏手(かしわで)を打った。

「ちょっと、話くらい静かにさせてよ」

あたりが再びしんとなる。静かな空気が、かえって怖い。

「……さて、説明の続きね。学校を飛びだした七不思議は周囲に影響をおよぼし、怪異の爆発的な流行を引き起こすの。これまで噂でしかなかったモノが実態をともない、人に牙を剝(む)く……そうなったら、もう封じこめるのは無理。この世の仕組み自体が根底から覆(くつがえ)ってしまう。だから、いまのうちに八不思議のひとつを処分して、七つに戻すのよ」

九重が言い終わると同時に、いきなり足元の階段が激しく振動しはじめた。地震かと身がまえるぼくを前に、九重は「ふうん、お次は〝昇降で数が違う十三階段〟か」と、愉快そうに微笑んでいる。

「でも、登場が唐突すぎるわね。不合格」

そう言うや、九重は奇妙なステップで地団駄を踏んだ。黒いコートの裾が、竜巻みたいにくるくるとまわる。ひときわ大きく足を踏み鳴らした途端、ぴたりと揺れがおさまった。

「反閇よ。一種のおまじないみたいなものだけど、これが効いているうちなら、まだ処分できるかも」

九重が呟く。静寂に耐えきれず、ぼくは口を開いた。

「ど、どれを処分するの？　ピアノ？　それともさっきのボール？」

ピアノやバスケットボールだったら、なんとなく処分できそうだ——そんな儚い希望をこめた質問。けれども、九重は「いいえ」と首を横に振った。

「彼らは定番中の定番だから処分できないの。メニューから蕎麦をはずす蕎麦屋はいないでしょ。片づけるのは、後付けで生まれた〈あってはいけない不思議〉よ」

強い口調で言いきってから——彼女はなぜか、ちょっぴり悲しげな表情でぼくを見つめた。

「あってはいけない不思議って……それは」

「だまされんなッ！」

ぼくの言葉は、耳をふさぎたくなるほどの怒声に掻き消された。

5

ヨッチンがこちらを睨んでいる。

その顔色はすでに赤をとおりこして黒に近い。こめかみには血管が浮き、噛みすぎた唇の端からは血がひとすじ顎を伝っていた。

「こんなの全部インチキだ！　なにもかもこの女が仕組んだお芝居だ！」

「お、落ちついてよ、ヨッチン」

おだやかな声でなだめながら、ぼくはちょっぴり戸惑っていた。九重に恥をかかされたとしても、ここまで我を忘れるのは普通じゃない。なにが彼をここまで怒らせているのか。理由を訊くよりも早く、ヨッチンが大股で近づいてきた。

「なあ、ケンジ……俺とそいつのどっちを信じるんだ。選べよ」

「え、選ぶ？」

「昔からの友だちと得体の知れない女、どっちが正しいと思う。はっきり名前を言ってみろ。きちんと言葉にしてみろ」

助けを求めて九重へ視線を送る。けれども黒い女は唇を固く結んだままで、なにごとか考え続けていた。子供の喧嘩など眼中にないということか。

強く握りしめた拳を振りあげて、ヨッチンが迫ってくる。なんと答えても、数秒後には鉄拳がみぞおちか顔面に命中するはずに違いない。思わず固く目をつむり、お腹に力をこめる。

「さあ、どっちだッ。どっちなんだッ。どっちを選……」

一瞬の出来事だった。

ヨッチンが言い終わらぬうち、三人めがけて二階から猛烈な風が吹きつけた。階段から転がされそうなほどの強風、とっさにかがんで重心を低くする。いっせいにガラス窓が震え、踊り場の壁に掛けられた巨大な鏡が、いまにも落下しそうなほど揺れていた。

轟音、突風、振動。そのまま何分が過ぎたのだろうか。ようやく騒ぎがおさまって、おそるおそる身体を起こしたときには――ヨッチンが消えていた。

「……ヨッチン？　ヨッチン！」

返事はない。

あたりを見わたすと、彼が立っていた位置から廊下の奥に向かって濡れモップを引きずったような跡がべったり続いている。掃除のなごりではない証拠に、床板の染みは真っ赤に染まっていた。

九重がため息を吐く。

「ここまで凶暴になっているとは、予想外だったわ」

凶暴——絶望的なひとことに堪(た)えきれず、ぼくは血の跡を追って駆けだした。

階段をおり、廊下を抜け、角を曲がって、一階の突きあたりに位置する女子トイレへとたどりつく。

磨(す)りガラス越しに見える扉の向こうは、ぞっとするほど冥(くら)かった。まだ陽が高いはずなのに、暗幕でもかぶせたみたいに陰っている。

なんなの。これ、なんなの。

と、逡巡(しゅんじゅん)するぼくを押しのけて九重が扉を開け、なかへと押し入った。がらんとした薄暗い空間に、友人の姿は見あたらない。タイルの上を走る赤黒い帯は、いちばん奥の個室で途切れている。

ひとつずつ個室をたしかめていた九重が、無言で首を振った。

「いないわね」

「ヨッチンは、ヨッチンはどこに行ったの」

「人質を取ったつもりなのかしら……それとも」

九重は顎に手をあて、なにやら考えこんでいる。答えを待ちきれず、ぼくはコートの裾にしがみついた。

「ねえ、助けてよ。ヨッチンを助けてよ。そのために来たんでしょ」

「いいえ、わたしの目的は七不思議の処分よ。いじめっ子の救出じゃないわ」

「いじめっ子じゃない！」

自分でも驚くほどの大声が喉から漏れる。

「たしかに、たしかにヨッチンはすぐ怒るし、乱暴だし、ちょっと怖く見えるけど……悪いやつじゃないんだ。彼なりに大切なものを守っているんだ。すこし困った性格の、それでも大事な友だちなんだ。殺されて良い人間なんかじゃないんだ！」

ひと息に言い終える。一気に力が抜け、ぼくは床に膝をついた。

「なるほど……その性格がすべての原因かもしれないわね」

「……なにそれ。ちゃんと説明してよ」

「残念だけど説明するには時間が足りないわ。言葉より行動で教えてあげる。ただし」

九重がぼくの両脇へ手を差し入れ、軽々と持ちあげて起立させる。きゃしゃな見た目からは考えられない腕力に驚くぼくを見すえ、彼女が言った。

「これ以上踏みこんだら……あなたも無事では済まない。それでも良いのね」

返事を求められる。迷いはなかった。

ぼくが頷くなり、九重が廊下を早足で戻りはじめる。

「ちょ、ちょっと。どこ行くの。ヨッチンはこの女子トイレで消え……」

「跡を追いかけても発見は難しい。だから、逆におびき寄せるの」

ヨッチンを拐った相手を。

歩調を速めた九重をあわてて追いかける。ふたりを嘲笑うように、背後で女子トイレの扉がばたんばたんと開閉を繰りかえしていた。

6

階段を駆けのぼり、二階へと進む。

「図書室はどこかしら。資料では、この階にあるはずなんだけど」

「ええと、たしか美術室の奥だから……こっちだッ」

ならんで廊下を走っていると、美術室からけたたましい笑い声が響いてきた。あまりの高笑いにドアがびりびり震えている。思わず足を止めるぼくの手を、九重が握りしめた。

「モナリザの肖像画よ。嗤うだけで害はないから、気にしないで」

返事を待たず、腕を引いて歩きだす。掌のぬくもりだけに意識を集中させて、美術室の脇を駆けぬけた。

指先に伝わるあたたかさ——ふと思う。

この人は、いったいどんな経験を積んできたのだろう。どれほど多くの〈処分〉をおこなえば、ここまで動じなくなるのだろう。

彼女くらい強ければ、大切な人を守れるのに。大切なものを救えるのに。

無意識のうちに、ぼくは隣を走る九重を見つめていた。その横顔は、なんだか美術室に置かれている女神の彫刻みたいだった。笑っているようにも泣いているようにも見える、あの表情によく似ていた。

視線に気づき、九重がすこし戸惑った表情を浮かべる。

「ゴミでもついているのかしら」

「いや……あの、ありがとうございます」

「え」

「ヨッチンを……あと、この村を助けようとしてくれて。ちゃんとお礼を言えてなかったなと思って」

どういたしまして——と微笑んでくれるのではないか、にっこり笑ってくれるのではないか、そんな予想をあっさり裏切って、九重は寂しそうに「ごめんね」と呟いた。

いまの言葉は、誰に対して詫びたのか。

なぜ謝るのか。

訊ねるよりも早く、「ここね」と女神が足を止めた。

たどりついた図書室は——意外にも、しんと静まりかえっていた。

大きな窓から光が射しこみ、本棚にならんだ無数の背表紙を照らしている。さっきまでの出来事は夢じゃないか——そう思いたくなるほど、穏やかな空気だった。

「……ここで、八つめの不思議が起こるんですか」

「いいえ。調べたかぎり、図書室にまつわる不思議はないみたい」

「じゃあ、なんでここに」

「すぐにわかるわ」

返事もそこそこに、九重は本棚のひとつへと歩み寄った。

木枠には〈出羽原小のあゆみ〉と手書きの紙が貼られている。どうやら、この学校に関係する書籍が収納された一角らしい。

「違う、違う、これも違う……あ」

背表紙をなぞっていた九重の指が止まり、おもむろに一冊を抜きだした。

「見つけた」

子供の目にも手作りとわかる、ホッチキスで綴じられた冊子。水色の表紙には、やはり手書きの文字で『昭和五十七年度・卒業文集』と書かれていた。

混乱するぼくを置き去りにしたまま、九重が文集をぱらぱらと捲りはじめる。

「どれどれ……ああ、このページだわ。卒業生特別企画、在校生にこっそり教える出羽原小学校の七不思議……なるほど、ちょっとした余興の企画だったみたいね。その一……美術室のモナリザが笑う。その二、真夜中にピアノの音が聞こえる」

透明な声で九重が音読する。胸の奥から湧きあがる叫びを必死にこらえて、ぼくは彼女の声に耳を澄ました。

「その三、体育館で血まみれのバスケットボールがひとりでに跳ねる。その四、午前二時に踊り場の大鏡を見ると自分の死に顔が見える。その五、西階段の数を勘定しながらのぼると、毎回段の数が違う。その六、玄関の柱時計が十三回以上鳴る。音を聞いた人は不幸になる。その七、女子トイレのいちばん奥の個室をノックすると、無人なのに返事が返ってくる……」

「え、七つしかないけど」

「そう、最初はちゃんと七つだったみたい。でもね」

それきり、九重は黙ってしまった。

遠くでヒバリが鳴いている。森がざわめいている。あまりにのどかな音が、かえって恐ろしい。いま起こっていることが現実なのだと実感させられてしまう。

「ねえ……早く、早く続きを言ってよッ」

絞りだすように訴えるなり、九重が文集をくるりとこちらに向けた。

「……でもね、誰かが八つにしてしまったの。ほら」

生徒が書いたものをコピーしたのだろうか、原稿用紙のマス目に沿って、七不思議があまり上手とはいえないイラスト付きで書かれている。その余白部分に、乱暴な手書きの文字が躍っていた。

見ちゃいけない、見ちゃったら戻れなくなる——わかっていても、ぼくは抵抗できなかった。顔を近づけ、余白の文字を声にだして読んだ。

「八つめ……誰もいない校舎で、神かくしにあった男子生徒の名前を呼ぶと、その子があらわれる……男の子の名前は」

タカミヤケンジ——。

「そう、これはあなたなの。高宮健二くん」

すべての音が消える。

雲が動き、室内が昏くなる。

「ごめんね。わたし、ひとつだけ嘘をついた」

九重が文集をそっと閉じて棚に戻す。

「村の人を殺しにきたわけじゃない。さっきはそう言ったけど、本当はあなたたちを……いいえ、あなたを処分しにきたの」

「……なんで」

「この文集が完成する前年……当時小学五年生だった高宮健二という生徒が、放課後の神社で煙のように消えてしまったの。必死の捜索にもかかわらず、彼はとうとう見つからなかった。そして翌年、誰かがこの文章を卒業文集にこっそり書き足したのよ。たぶん、一緒に卒業するはずだった同級生の記録を残しておきたかったんでしょう。でも、おかげで七不思議は八つになってしまった。あふれてしまった」

「あふれた……」

本棚を見つめたままで九重が、こくん、と頷く。

「それでも、しばらくは問題なかった。これはあくまでも学校のなかで語られる噂。この文集をたまたま読んだ、わずかな生徒の記憶に残るだけのものだったから。でも……その均衡が崩れたの」

「どうして」

「災厄よ」

「さいやく」

「去年の春に日本を……いいえ、世界中を疫病が襲ったの。人が集まると感染(うつ)ってしまう病気でね。おかげでお祭りというお祭りが開けなくなってしまったのよ」

はっとする。

祭りの支度がおこなわれていなかったのは、そういう理由だったのか。

でも、それと七不思議にどんな関係が——。

こちらの疑問を見透かしたように、九重が再び口を開いた。

「祭りというのは、神と呼ばれるモノを敬い、崇め、鎮める目的でおこなわれるの。年に一度それを開くことで、神は自分が神なのだと認識し、聖域で鎮まってくれる。いわばウイルスの暴走を止めるワクチンみたいなものね。でも……去年も今年もそのワクチンが打てなかった。すると、どうなると思う」

答えが見つからず沈黙するぼくへ、九重がするりと近寄ってささやいた。

「発症するのよ」

「はっ……しょう」

「寂しさに耐えきれなくなるのか、怒りで我を忘れてしまうのか。それとも本性があらわれるのか……とにかく神は神であることを放棄して、留まるべき境界を越えてしまうの。その影響で、世のなかのバランスまでもが崩れるのよ」

「じゃあ、七不思議もそのひとつなの」

「ええ。それを元に戻すのがわたしの役目。祭保協の目的」

「……ウソだ、ウソだよ。そんなのデタラメだ！」

衝動を抑えきれず、ぼくは棚につかまって暴れた。こぼれた本が膝や靴にぶつかり、次々と床に落ちていく。

「ほら、ぼくはこうしてちゃんと生きてるじゃないか。いまみたいに本だって落とせるし、村のなかも自由に動きまわれる。ヨッチンとも毎日遊んで」

「じゃあ、昨日はヨッチンと何処でなにをして遊んだの」

「え」

「今日はどうやって会ったの？　彼があなたの家へ呼びにきたの？　それは何時くらい？　そもそもあなたの家の住所は言える？　お父さんやお母さんはどんな人？」

「それは、それは」

なにも思いだせなかった。

「あなたに記憶がないのは、本来なら〈学校だけにいるモノ〉だからよ。それが村内をうろついている現状こそ、均衡が崩れているなによりの証拠なの」

「ぼくは……幽霊なの」

「厳密に言えば幽霊とは違うわ。〈囚われてしまった存在〉とでも言えばいいかしら」

「囚われたって、誰に」

「神かくしに遭わせるのは、神と相場が決まっているでしょ。暴れ神があなたを拐って、誑かして、だまして、眷属にしたの」

「でも……神様なんて見たことも会ったこともないよ」

「いいえ、あなたはずっと一緒にいた。ついさっきまで」

「え」

「そう、つまり」

「うるせえど」

いつのまにか――背後に〈それ〉が立っていた。

人の形に無理やり獣を混ぜこんだような、見たことのない生き物だった。

無理やり知っている動物でたとえるなら、身体の毛をすべてむしり、口をナイフで笑顔の形に切り裂いた猿――だろうか。

まだらに生えた、針金そっくりの髪。枝みたいに細長い手足の指。桃色の肌に浮きあがった血管が脈打っている。剝きだしの唇から覗く歯は、米粒大のものから尖った犬歯まで、どれもばらばらの形状をしていた。

「やはり黒幕はあなたね、ヨッチン」

ヨッチン――だったものが、黄色い眼球で九重を睨む。

「思ったとおり、拐われたのは自作自演だったみたいね。ケンジくんをそそのかして邪魔なわたしを殺そうとしたけど、七不思議の暴走で計画が失敗したもんだから、ちょっと焦っちゃったのかしら。自ら手を下せないのは、さしずめ先住の民と契約でも交わしたんでしょ」

「喧しい小娘め。なにも知らねくせ、一丁前の口ば利ぐなじゃ」

獣が憎々しげに唸る。声こそヨッチンだが、響きは遠吠えに近い。

「へえ……その訛り具合だと古い産土神なのかしら。もっとも、神かくしに遭わせた子供しか使役できないなんて、神力はあまり高くないみたいだけど」

「腐っても神は神ぞ。敬えや。畏れろや」

「勝手に腐ったくせして上等な口を利かないでよ」

九重が鼻で笑う。

次の瞬間、つむじ風が渦を巻いて図書室を襲った。床の本がばさばさと羽ばたき、激しい音を立てて窓ガラスが宙に舞う。九重がコートを手早く脱いで、羽衣のように頭から被った。ちらりと見えた裏地には、星印の紋様がいくつも縫いつけられている。降り注ぐガラスの破片が、透明な球体にぶつかったかのようにぼくたちを避けて、周囲の床に散らばった。

「……やれやれ、あんたみたいな〈名無しの神〉がいちばん厄介なのよね。祝詞も読経もたいして効かないんだもの。これだから田舎者は嫌いよ」

舌打ちをして、九重がぼくに向きなおる。

「ケンジくん、この五芒衣もそれほど長くは保たない。だから早く選びなさい。このまま荒ぶる神の玩具として過ごすか、それとも普通の人間としてきちんと死ぬか」

「きちんと、死ぬ……」

「そう。人の子として生まれたものは、人の子として死ぬ権利があるの。でも、それを選べるのはあなたしかいないのよ。自分が望まなければ、あなたはずっと神のしもべなの。大切な人に悲しんでもらうことも、弔ってもらうこともできないのよ」

九重がぼくの肩を揺さぶる。

説得を邪魔するように、腐った顔を持つ神がヨッチンの声音で呼びかけてきた。

「ケンジぃ、ケンジぃ。ずっとずっと俺ど遊ぶべぇ。良えがら俺の名前を呼べぇ」

再び風が唸り、カーテンが躍る。九重がコートを羽織りなおしてヨッチンを睨みつけた。

「いい加減にしなさい。人の子をいつまで隠世に縛るつもりなの。もう充分に戯れたでしょう、愉しんだでしょう。そろそろ身体も魂も、現世に還してあげなさい」

「うるせじゃ、ケンジはとこしえに俺どいるのが幸せだのさ。あまりに人は脆いもの、人は狡いもの」

「いいえ」

九重が、だん、と強く足を踏み鳴らした。

「人は強くて優しいのよ。どんな災厄が訪れようと、どんな不運に見舞われようと、何度でも立ちあがる逞しさを失わないの。それが人なの」

「戯れごとぬかすな、小娘ぇ！」

腐れ神が牙を剝く。とっさに身がまえた九重の手を——ぼくは摑んだ。

「ねえ」

さらに指へ力をこめる。

九重がそっと握りかえしてきた。

「ぼくのことを悲しんでくれる人は、本当にいるの」

「……いるわよ。約束する。その人は、あなたをいまでも待っているわ」

悲しむ人がいる——そのひとことは、すこし寂しくて、とても嬉しかった。

ちいさく頷いてから、ぼくは腐れ神に歩みよる。

「……ごめんね、ヨッチン。楽しかった」

「ケンジ、行ぐなてば。俺どいろぉ。人の子など辞めでまえぇ」

「でも……ぼくはやっぱり人だから。弱くて脆い人だから。強くて優しい人のために」

ちゃんと死ぬんだ。

言いきった瞬間、見えない鎖が緩んだように身体が軽くなる。

九重がすこしだけ微笑み、すぐ真顔に戻って息を吸った。

「……ひと、ふた、み、よ、いつ、む、なな、や、ここの、たり」

ふるべ、ゆらゆらとふるべ――。

「唱えたるは布瑠の言なり。かく為せば死れる人は返りて生きなむ」

腐った神が小刻みに痙攣する。

「ひとのこ、ひとのこ、ひとのここごごご」

震えに同調し、割れた窓も無数の本もカーテンも机も椅子も書棚も、図書室のすべてが震え、揺れ、はためいた。

まもなく、音がひときわ大きくなってから――唐突に止み、そして。

ぼくは消えた。

静まりかえった図書室には、九重ひとりが立ちつくしていた。

「さよなら……そして」

おかえり。

虚空に向かって語りかける。

玄関で、ぼおん――と、柱時計がひとつ、鳴った。

7

夕暮れの校庭をしずしず歩く九重を見つけるなり、田附と木津が駆けよってきた。

「あの、あの」

「終わりましたよ。協会規定にのっとり、適切に処分させていただきました」

「じゃあ、じゃあケンジは」

「ええ、神社の境内を調べれば、少年の骨が出てくるはずです。ようやく、数十年ぶりにちゃんと死んだんですよ」

あなたの同級生は。

その言葉を聞くなり、田附は地べたに膝をついて崩れ落ちた。慌てて木津が駆け寄り、タヌキのように丸々とした背中をさする。

深々と息を吐いてから、田附がゆっくりと口を開いた。

「ケンジは……こんな村には珍しい本好きのおとなしいやつでね。当時の私はあいつを毎日からかっていた。いまとなっては信じてもらえないだろうが、嫌いだったわけじゃない。本なんか読まなかった私は、どうすれば仲良くなれるのかわからなかったんだ。それで、あの日……」

生ぬるい春風が、木々をざあざあ揺らす。遠くに見えるヤマザクラの花吹雪(はなふぶき)へ視線を向けながら、田附が告白を再開した。

「神社の境内で本を読むあいつを見つけ、私は話しかけようとした。いつも楽しそうな顔でなにを読んでいるのか……それを訊きたかっただけなんだ。ところがケンジは私の姿を見るなり怯(おび)えて逃げだした。カッとなった私は、あいつを追いかけて襟首を引っ掴むと、神社の拝殿に無理やり閉じこめたんだ」

不穏な昔語りを煽(あお)るように、風がいっそう強くなる。ヤマザクラの薫香が、うっすらと鼻に届いた。

「しばらくは泣き声が聞こえていた。ところが突然……拝殿のなかから突風が吹いて、木の扉が恐ろしく揺れて……おさまったときには声が聞こえなくなっていた。それっきり、拝殿はもちろん境内の何処(どこ)にも、ケンジの姿は見あたらなかった」

木津がこちらを見て静かに頷く。もしかしたら、彼もその場にいたのかもしれない。

「何日も何日も、それこそ雨の日も風の日も探した。大人の山狩りにも志願して一緒に出かけた。けれども、あいつはとうとう見つからなかった。やがて秋になり、冬を迎え……大人たちは次第にケンジについて話さなくなった。〝神かくしだから諦めろ〟と公言する教師さえいた。そんな彼らに憤(いきどお)っていたはずの私も、あるときケンジの顔を忘れはじめている自分に気がついた」

田附が、握り拳で地面を何度も殴った。鈍い音だけが校庭に響いている。

「自分にも、大人にも……なによりもケンジを拐った相手に腹が立った。だから、私は考えた。神かくしなんて荒唐無稽な形で消えたのなら、おなじくらい信じられない方法で連れ戻せるんじゃないか……とね」

「それで、卒業文集に彼の噂を書き残したんですね」

九重が問うや、木津が立ちあがって声を荒らげた。

「違うッ、書いたのはヨッチン……いや、喜朗村長ではなく私です。卒業直前に相談を受けて、〝噂を作ろう〟と提案し、文集の余白に書きこんだんです」

ヨッチン——なるほど、それであの産土神はそう名乗っていたのか。ケンジの心を縛るため、彼が畏れる存在に化身していたのか。

内心で独り納得しつつ、九重は再び田附たちの懺悔に耳を傾ける。

「本好きのあいつなら、図書室にひょっこり戻ってくるんじゃないか……馬鹿げた考えだが、私たちにはそれくらいしか出来なかった。だから、大人になってもあの校舎だけはそのまま残るよう努めたんだ。村長に就任してからは、木津と声を揃えて解体に反対し続けた。もっとも、ケンジは帰ってこなかったがね」

「今年までは」

低い声に、田附と木津が揃って頷いた。

「去年から日本中が騒がしくなり、このあたりの祭りも次々と中止になった。感染のリスクを考えれば、さすがに村としても春祭りを開催するわけにはいかない。なにより、人が集まらない行事をやっても赤字になるだけだったからな」

「神事だけはおこなうべきでした。どれほど商業化していても、ささやかな規模であっても、祭りは祀ることに意味があるんです。今回の件でご理解いただけましたか」

「痛いほどね」

よろめきながら田附が立ちあがった。最初の傲岸な態度はすっかり消え失せている。

「祭りの中止を決めた直後から〝変な子供を見た〟という報告が相次いでね。村人から容姿を聞いて卒倒しそうになったよ。ケンジが失踪したとき、そのままの恰好だった」

「それで、半信半疑ながらも連絡をくださったんですね。賢明でした」

木津が、おずおずと田附の前に出る。

「実は……今朝、とうとう村長も私もケンジを目撃しまして。あなたとお会いした直後です。あまりに驚いて腰を抜かしそうになりました」

「良かったじゃないですか。最後に一度だけでも再会できて」

静かに告げたひとことに、田附が嗚咽を漏らして再び泣き崩れた。級友の背中を見つめたまま、木津が静かに問う。

「……私たちは、これからどうすれば」

「校舎は解体なさったほうがよろしいでしょう。暴れ神の手引きとはいえ、七不思議が味を占めてしまいましたから。あとは有志だけでかまわないので早めに祭りをおこなってください。あの程度の神力なら、ちゃんと祀れば大人しくなるはずです」

では、私はこれで――。

立ち去ろうとする黒い背中に、木津が声をかけた。

「あの、私たちの村はこれで良いとして……いま、日本のいたるところで祭りが中止になっていますよね。大丈夫なんですか。このままでは、とんでもないことが起きるんじゃないんですか」

「ええ、もちろん。これから大変でしょうね。だから」

我々がいるんですよ。

言い終わるより早く激しい風が吹き、砂埃が視界を塞いだ。とっさに顔を伏せ、ふたりは突風をやり過ごす。

「……えっ」

「そんな」

ようやく目を開けると、九重の姿はどこにも見えなくなっていた。

「……おい、あれ」

田附が口をぽかんと開けたまま、真上を指す。

いつのまにか上空に無数の烏（からす）が集まり、春風に舞う花吹雪のなかを悠々と飛びまわっている。

ふたりが見つめるなか、黒衣をまとった群れは手を振るように輪を描きながら、黄昏（たそがれ）の空をいつまでも飛び続けていた。

ミソサザイ

小池真理子

朝から夏の光が猛々しかった。時折、雲が太陽を隠し、すうっと不吉な感じのする影が落ちる。とはいえそれも束の間で、たちまち雲は流れ去り、あたりは再び眩い光に充たされる。緞帳がするすると上がり、煌々と照らされた明るい舞台が目の前に現われたかのようである。

石田武夫が代表経営者になっている「いしだ屋酒店」は、その日、定休日で、家には誰もいなかった。

近年、柄にもなく俳句を始めた母は、仲間たちと連れ立って鰻を食べに行った。食べ終わったら句会に出るので、帰りは夕方遅くになるという。八十も半ばを過ぎたというのに、心身ともに頑健で、あの元気さはどこからくるのか、と武夫はいつも不思議に思う。

東京の出版社に勤めている娘は、一昨日、夏休みをとって帰省してきた。妻と娘は、妻の運転する車で、郊外にある大型ショッピングセンターに出かけており、これまた帰りは遅くなるらしい。

一人で過ごす休日は快適だが、どういうわけか時間をもてあましてしまう。髭をそり、着替えて出かけるのは面倒くさい。かといって、日がな一日、ごろごろし、漫然とテレビを観続けていたら、かえって疲れが残ってしまう。武夫は珍しく、納戸の整理をする気になった。

代々の血筋だと思っていたが、大学時代から交際を始め、結婚した妻までもが、片づけたり処分したり、ということが得意ではない。妻も母親も、たまに東京から帰ってくる娘も、捨てられないものを次から次へと納戸に放り込んでしまう。そのため、納戸の床は、いつも足の踏み場がなかった。

女たちの日頃のだらしなさに舌打ちを繰り返しながら、古簞笥（ふるだんす）の脇の隙間に押し込まれていたマガジンラックを引っ張りだそうとした時だった。ラックと、奥の壁との間に押しつぶされるようにして、埃（ほこり）まみれの厚手の本が転がっているのが見えた。

流れ落ちてくる汗を首から垂らしたタオルで拭（ぬぐ）い、腰をかがめて手を伸ばした。『日本の野鳥』と題された古びた図鑑だった。栞（しおり）代わりに、スーパーの特売広告を短冊に切ったものが間に挟まっている。

かれこれ二十数年前、その図鑑でミソサザイの項目を調べたことを彼ははっきり覚えていた。調べ終えてから、手元にあったスーパーの特売広告を太い短冊形に切り、ページの間に挟みこんだことも。

タオルで埃を拭い、図鑑を開いた。栞が挟まれたページには、焦げ茶色の愛らしい、尾をぴんと立てた野鳥のカラー写真が載っていた。

ミソサザイ。スズメ目ミソサザイ科。美声で囀（さえず）る褐色の小鳥。沢沿いの林や苔（こけ）の多い崖などを中心に棲息……。

ふいに彼の耳の奥に、ミソサザイの澄んだ鳴き声が響きわたった。

それは山の麓の、渓流沿いに建つ旧い火葬場だった。裏手には、雑木林が拡がっており、どこにいるのやら、姿は見えないが、あちこちでミソサザイが、ちりちり、ちぃちぃ、ぴゅるぴゅる、声の限りを尽くすように、甘く愉しげに甲高く鳴き続けていた。

「いやだわね、こんな時に」と母が位牌を手に、ハンカチで口をおさえながら言った。泣きすぎて顔がむくんでいた。

「人が死んだばっかりだっていうのに。なんだってこんなに賑やかに囀ってるんだか。まるでお祝い事があったみたいじゃないの」

近くにいた喪服姿の親戚の老婆が「ほんとだよ」と言って深くうなずき、眉をひそめた。「小鳥はね、あんまり自慢げに鳴かないほうがいい。鳴くんならひと声で充分。だからあたしは、カナリヤなんかも好きじゃなくてね。そうね、ウグイスも、ほんとうのことを言うといやだわね。人に聞かせたがってるみたいで、うるさいと思うことがあるからね」

そんなこと、どうだっていい、と言わんばかりに母は老婆に向かって顔を斜めに傾けながら黙礼し、その場から離れた。

離れた土地で長く闘病していた母方のおばの左知子が力尽き、市内から車で三十分ほどかかる火葬場で荼毘にふした日だった。

左知子は享年五十三歳。子供はおらず、夫とは離婚していたので、亡骸は実家に戻ってきた。左知子の生まれ故郷の夏空は、その日、見事な茄子紺に染まっていた。

駐車場に停めた車をまわしてくるから、と言い、小走りに走って行った妻を待ちながら、武夫は胸に抱いたおばの骨箱の底に指を這わせた。遺骨はまだ生温かかった。ぬるま湯に浸した小さな人形を抱いているようだった。

夏空にミソサザイが賑やかに囀り続けていた。澄み渡ったその声は闊達で、明朗で、活き活きしていた。母が言った通り、手放しで懸命に、世界を祝福しているかのようだった。

おばは小鳥たちに寿いでもらいながら旅立ったのだ、と武夫は思った。こんなに元気に、こんなに威勢よく囀って、生命の唄を歌っている小鳥たちに。

通夜の席でも告別式でも、火葬後の骨拾いの場でも、泣かずにいられたというのに、彼はふいに胸が詰まるのを感じた。

夏の光の下、喪服姿の人々が点々と散らばっている中、母が武夫を振り返り、

「来たみたいよ」と言った。

白い軽四輪が場違いなほどスピードを出しながら、こちらに向かって走って来た。真剣な表情でハンドルを握っている妻の顔が、うるんだ水の中で見るもののようになった。

いしだ屋酒店を創業したのは、武夫の祖父である。地元では石頭の頑固者として有名で、無愛想、不機嫌が板についていた男だったが、生まれつき商売の才覚があったらしい。店は繁盛していた。

だが、そんな祖父の死に方は、悲惨とも滑稽とも言えた。空腹のあまり、大口を開けてかぶりついた握り飯をいっぺんに飲みこもうとして喉に詰まらせ、窒息したのである。

武夫の両親は見合い結婚だった。めぼしい係累がなかったことから、父は石田家の婿養子として迎えられた。

祖父の死後、傾きかけた店を引き継いだのは祖母だった。武夫の母の志津子も熱心に祖母を支えた。母と娘の二人三脚は功を奏し、店の経営状態はまもなく元通りに回復した。

もともとおとなしかった入り婿の父は、初めからまるで役立たずのように扱われていたが、酒屋の仕事に男手は不可欠で、彼は主にビールケースを運んだり、配達したりする力仕事を担当していた。

だが、数年後、その父もまた、不慮の事故に遇(あ)った。酒の配達の帰り、何を思ったか、山道の途中にある神社に立ち寄り、帰るさなか、崖から転落したのである。濡れ落ち葉か何かでタイヤを滑らせ、ハンドルを取られたらしかった。

たまたま近くを通りかかった車に助け出され、病院に運ばれたが、転落時に石で頭を強打していて意識は戻らなかった。

父のズボンのポケットには、丁寧に折り畳まれた神社のおみくじが入っていた。おみくじは「小吉。待チ人来タル」だった。

武夫はまだ小学校に入学したばかり。長女の啓子(けいこ)も小学五年生だった。幼い子供二人を遺し、別れの言葉も口にできないまま、治療の甲斐なく父は息を引き取った。

周りからは、男が早死にする家系、と噂された。次は武夫ちゃんの番かもしれないから、気をつけるんだよ、と大まじめに言われることもしばしばで、中には、武夫のために、と厄除(やくよ)けのお守りを定期的に届けてくる老婆もいた。

だが、祖母も母も気丈だった。噂に不安をかきたてられることもなく、毅然として前を向いた。母娘は一卵性双生児、と呼ばれるほど顔かたちも性格もよく似ていた。二人は、武夫と啓子を女手で立派に育て上げてみせる、と誓い合った。

やがてそこに加わることになったのが、左知子だった。左知子は志津子の八歳下の妹で、武夫のおばにあたる。

左知子は高校を卒業後、市内にある老舗の味噌屋で事務の仕事についていたが、結婚の約束をしていた男に裏切られ、すっかり気落ちしていた。ことあるごとに実家に夕食を食べに来ていたが、そのうち、ここで暮らしたい、みんなと一緒にいたい、と言い出して、さっさと勤めをやめるなり、引っ越して来たのだった。

女三人は、それぞれ顔だちもよく、なにより愛嬌があって明るかったので、男の客の受けがよかった。女ならではのアイデアを出し合って、店先に紅いリボンを結んだ小袋入りのクッキーを並べたり、ただ同然で仕入れた色とりどりの硝子の一輪挿しを売りものにしたりするなどして、酒以外の商品を売る才能にも長けていた。

武夫の姉の啓子も、中学に進んだころから、店番や電話の応対を引き受けるようになった。店にいても家にいても、女ばかりの家族は朝から晩まで賑やかだった。

武夫は彼女たちから可愛がられて育った。

時間をかまわずに店の雑用を押しつけられるのは迷惑だったが、ちょっとした力仕事が必要になった時など、男の子として頼られるのは悪い気はしなかった。

中でも、「ねえ、武夫ちゃん、ちょっとお願い」と左知子から甘えた口ぶりで頼まれると、しょうがないなあ、とさもいやそうにつぶやきながらも、彼は嬉々として腰をあげた。

重たいビールケースを運ぶのを手伝ったり、脚立に乗って、天井の切れた電球を取り替えたり。そのたびに左知子から「武夫ちゃん、力もちねえ」「たくましいのねえ」とほめられた。左知子にほめられると、決まって頬が赤らんだ。

それを隠そうとすればするほど、表情が険しくなる。もし自分が犬だったら、こんな時は嘘がつけずに、千切(ちぎ)れんばかりに尾を振っているのだろう、と武夫は思った。犬でなかったのは幸いだった。

左知子は色白で、豊満な身体つきをした女だった。そのわりには顔が小さく、大きな尻とせりだした胸の上に小ぶりの頭が乗っている立ち姿は、時に日本人離れしたものに見えた。

若いころからショートヘアにしていた。床屋にも美容院にも行かない。少し伸びれば鏡に向かって鋏(はさみ)を手にし、自分で適当にじょきじょきと切ってしまう。髪質が柔らかく、全体にウェーブがついていたから、乱雑にカットすればするほど、毛先が小さなカールを作り、顔まわりが愛らしくなった。

舌ったらずのしゃべり方をするのが癖で、ともすれば媚びているように聞こえることもあったが、不思議とわざとらしさがなかった。

口の中に甘ったるい水をふくんでいるような、しとどに濡れたものを絶えず転がしているような、そんな口調で話しかけられ、「武夫ちゃん」と名前を呼ばれるたびに、武夫はいつも、黙ったまま尾を振り続ける犬になった。

店先では客とざっくばらんに世間話を交わし、配達に行けば、配達先の主婦や居酒屋のオーナーらと、たちまち親しくなってしまう。万事においてあっけらかんとはしているものの、女の部分をみせて相手の歓心をかおうとするところはみじんもなくて、さばさばと話す陽気な性格は誰からも好かれた。

だが、武夫は幼いなりに、早くから左知子が抱えているらしい深刻な問題に気づいていた。

左知子は計算が悉く不得手だった。確かめたことはないが、小学生でも覚えられる九九も、できるのかどうか、怪しいものだった。簡単な足し算引き算をするのにも時間がかかった。紙に書いて計算する時の数字の繰り上がり、繰り下がりも、理解しているとはとても思えなかった。

もちろん字も読めるし、漢字もふつうに書ける。それどころか、ペン字の手本のような美しい文字を書く。

中学校レベルの簡単な英文なら読むことも、話すこともできた。教養、学力という点ではどこをどう取り上げてみても、きわめて正常だった。社会生活を営む上で、支障をきたすものはひとつも見当たらなかった。

計算することができない、という、ただ一点を除いては。

「武夫ちゃん、一緒に行かない？」と左知子が誘ってくるのは、決まって月末の、得意先の集金日だった。

その日がくると、左知子はいつも店先に立ち、武夫が小学校から帰るのを待ち構えていた。待っていた、と思われたくなかったのか、たまたまそこにいた、といわんばかりに、箒(ほうき)と塵取り(ちりと)を手に忙しそうにしていることもあった。

「一緒に、って、どこに？」

「集金よ。今日行くのは二軒だけ。すぐすむから。いい？」

「うん、いいよ」

「帰りにアイスクリーム、買ってあげるね」

武夫が曖昧にうなずくと、左知子は嬉しそうに微笑(ほほえ)み、「自転車、持ってくるから、ランドセルだけおうちに置いてらっしゃい」と言った。

店の集金は小切手ではなく、現金で取り扱っていた。電卓はすでに普及し始めていたが、左知子は持っていなかったのか、持つつもりがなかったのか、集金の時に電卓をバッグにしのばせている様子はなかった。

得意先の玄関で、請求金額を口にし、相手から現金を渡されると、左知子は「ありがとうございます」と言ってから、にこやかに武夫を振り返った。

「武夫ちゃん、お釣りいくらになるかしら」

小学生でもできるような、簡単な暗算だった。武夫は即座に答えを出した。

左知子はそれを受けると、「出来た。えらい」と武夫をほめる。

相手は即座に微笑ましそうに目を細めてくる。「暗算が早いのねえ。小学生でしょ。何年生？」

四年生です、と武夫は小声で答える。

あなたの息子さん？　と訊ねられ、左知子は身をよじりながら笑う。「私、独身ですから。この子は甥っ子です」

「その様子じゃ、算数の成績、いいんじゃない？　そうでしょ」

「はい」と言いかけ、武夫は慌てて首を横に振る。「いえ、別に」

左知子は息を弾ませて微笑し、武夫の頭をごしごしと撫でる。頭いいもんね、武夫ちゃんは。

左知子の掌からはいつも、安物の乳液のにおいがした。

札の区別がつかない、といったことはまったくなかった。札の種類……五百円札、千円札、一万円札の違いは当然ながら理解していたし、小銭に関しても同様だった。あくまでも計算が苦手、というだけで、やればできる時もあるのだが、そのたびに呆れるほどの時間がかかった。

左知子の頭の中に、子供の自分ですらそらで言える九九が刻まれていないことを想像すると、武夫は物哀しい気持ちに襲われた。何かの病気かもしれない、と思うこともあったが、計算だけができない、という病気がこの世にあるのかどうか、彼にはわからなかった。

本人に向かって、なぜ、計算ができないのか、と質問することは憚られた。どんなふうに訊けばいいのかわからず、訊くのが怖いような気がしたからだった。

一度だけ、我慢できなくなり、遠回しに訊ねてみたことがある。

いつものように、集金に誘われた日の帰り道だった。彼は左知子の自転車の後ろに乗り、落ちないよう、左知子の腰に両手をまわしていた。晴れてはいたが、風の強い日で、耳元で風が唸っていた。砂利を踏みながら進む自転車が、時折、ががた揺れた。

「ねえ、左知子おばさん」

「ん？　なぁに？」

「……なんで自分で計算しないの？」

「え？　聞こえなかった。なんて言ったの？」

「なんで僕に、集金のお釣りの計算やらせるの？」

「なんで、って……」と左知子は言い、場違いなほど明るく、大きな声で続けた。

「武夫ちゃんのためよ。決まってるじゃない」

「僕のため、ってどういう意味？」

「暗算の練習よ。お客さんが目の前にいるんだもの。待たしちゃ悪いから、できるだけ早くやらなきゃいけないでしょ？　そういうのって、練習になるし、やればやるほど、どんどん早くできるようになるもんじゃない？」

武夫が黙っていると、左知子も黙った。腕をまわしていた左知子の腰のあたりが、ぎゅうっと少し固くなった気がした。

「……武夫ちゃん、いやなの？」

「何が？」

「そういう暗算すること」

「いやじゃないけど」

そう、と左知子は言った。「よかった」

次の言葉を待ったが、左知子はそれ以上、何も言わなかった。

正面から吹きつけてくる風が冷たかった。

左知子が規則正しく漕ぎ続ける、自転車のペダルの音だけが聞こえていた。

計算ができない、ということは、数字が意味することがうまく頭の中で整理されず、理解もされていない、ということになる。

左知子は昭和、大正、という元号や西暦でものを覚えていなかった。昔、という枕詞で話し始めたとしても、彼女の中ではたいてい、時間の感覚が著しく欠如していた。

昔、というのは、左知子にとって「昔」であるに過ぎなかった。それがいつのことなのか。西暦何年、昭和何年で、そのころ、世界では何が起こっていたか、どんな事件があったのか。そういった歴史的事実と個人的な体験が結びつかない。昔はあくまでも昔であり、それは左知子の中では、一貫して「過去」という意味しかもたないのだった。

「それって、いつのこと？　何年前？　昭和何年？」といった質問の数々は、常に左知子を烈しく混乱させた。

「いつだったっけ」と左知子は言い、ごまかそうとして笑顔を作った。時には話を変えようとしたり、わざとふざけて「ねえ、いつだったか教えてくれない？」などと言っては、相手を煙に巻こうと試みたりもした。

左知子に歴史、時間、という概念がないのではなかった。年表などを前にしながら話していれば、それがいつのことだったのか、完全に理解していることが伝わってくる。

紙に記されている数字なら、たとえ実感がないにせよ、「昔」が「いつの昔」だったか、特定できるらしかった。そんなときは、彼女の中を流れてきた時間と、現実に起こったこととの一致が可能になる。それがいつのことだったのか、というおぼろげな認識が生まれる。そうそう、これによると、私が十歳の時だったんだから、そうね、昭和二十九年かな、などと前置きして、話を進めることができるようになる。

それなのに、頭の中だけで数字をたぐり寄せ、話をしようとすると、まるでだめだった。時間の認識が、数字として理解されていないものだから混乱が始まる。それをごまかそうとしてつまらない冗談を飛ばす。そのため、一連の言動が軽薄に見えてしまう。悪くすれば、少し足りないようにも思われる。

「左知子はいい子だけど、ココが少し弱いから」というのが、祖母の口癖だった。関節が曲がった人さし指で自分のこめかみをつんつんと突き、あっさりとそう言う。軽くため息をつき、どうしようもない、といった表情を作って苦々しく笑う。

母はそのたびに目をそらし、黙ったまま俯いた。そうね、とも、違うとも言わなかった。武夫は、無言のまま祖母の言うことを肯定している母を見るのがいやだった。

武夫が小学六年になる年の二月、商店会の会長の親類筋にあたる女から、左知子に縁談が持ち込まれた。

相手は、郡部にある小さな町の、町役場に勤める公務員だった。左知子よりも一つ年上で結婚歴はなし。両親ともに学校教師。弟は名古屋にある大学を出て薬剤師の資格をもっている。まじめな家庭に育った方で、左知子さんにぴったりでは、という話だった。

早速、市内のホテルのラウンジに、見合いの席が設けられた。左知子の容姿に一目惚れしたのか、相手の男は初めから大乗り気だった。左知子のほうでも、印象は悪くなかったらしい。二人は即座にデートを重ねるようになった。

食事に行ったり、映画を観に行ったり、と順調に交際は進められた。会うたびに人柄の優しさとまじめなところに惹かれていく、と左知子は言い、祖母たちを喜ばせた。

しかし、結納を交わす日時も決まって、いよいよ、という段になった或る日、先方からいきなり、この縁談はなかったことにしてほしい、という連絡があった。左知子がたびたび男あてに手紙を出していたのが、親しくなるにつれて、封筒の裏に自分の住所と名前を記さなくなった、「左知子」とだけ書いてよこした、男慣れしている商売女みたいな書き方で、到底、受け入れられるものではない、というのがその理由だった。

祖母は激昂し、母は呆れ、事情を知った啓子も、親たちの味方をした。

「ねえ、聞きたいんだけど、それの何が悪いの？」高校一年生になっていた啓子は親たちに訊ねた。「お互いに好きになって、結婚を前提につきあってたんでしょ？　そういう人にも、封筒の裏に名前だけ書いて手紙出しちゃ、いけないの？」

「いけなくはないよ」と祖母が応えた。

「たしかにきちんとしている印象はなくなるだろうけど、いけないってことは絶対にない。親しいんだから、当人同士がよけりゃ、それでいいんだよ。それを何をえらそうに。そうでしょうが。どこの何様でもあるまいし、人の娘つかまえて、男慣れした商売女、だなんてこと、よくも言ってくれたよ」

「ほんとにひどい言い方」と母は嘆息し、伏目がちになりながら、部屋の片隅に座っていた左知子のほうをちらりと窺った。「ね、左知子。気にしないでいいんだからね。左知子はなんにも悪くないんだからね」

「そうだよ。なんにも悪くない」と祖母が繰り返した。「夫婦になると決めた相手にどんな手紙を出そうが、こんなふうに言われる筋合いなんか、まるっきりないんだからね。いいよ、もう。あんなつまらない男は忘れなさい。つける薬もないくらいに四角四面だってことが、早くからわかって、かえってよかったよ。あんたなら、この先、もっといい縁談がたくさんくる。大船に乗った気持ちで待ってればいい」

「そうよ、お母さんの言う通りよ。左知子は可愛いし、魅力的だし、もてるし。つきあいたいっていう男たちがいっぱいいるわよ。あんな男、こっちから願い下げだわ。さっさと熨斗つけて返してやればいい」

　黙って聞いていた左知子の目から、ふいに大粒の涙があふれ、頬を伝った。声にならない嗚咽がもれた。それでも左知子は、くちびるを細かく震わせながら微笑んでいた。

「お母さんもお姉ちゃんも、もういいの。私が悪かったんだから。仕方ない。ちょっと調子に乗っちゃったのね。きちんと住所と名前、書けばよかった。……心配かけてごめんね」

　武夫は柱にもたれて座ったまま、自分の足の爪に気をとられているふりをし続けていた。武夫がいることに気づき、母の志津子が静かな命令口調で言った。

「武夫。自分の部屋に行ってなさい。啓子もよ」

　啓子が不快そうにくちびるを結びながら、部屋から出て行った。それに続こうとして武夫が立ち上がった時だった。

　左知子が「武夫ちゃん」と声をかけてきた。目に涙をためたまま、左知子は武夫に向かって微笑みかけた。「……ごめんね」

　その瞬間、武夫は自分でもわけがわからなくなるほど、左知子に強い欲情を覚えた。思春期にさしかかった少年の、のべつまくなしに襲ってくる奇怪な欲望とは、それは明らかに異なるものだった。

ただ、左知子がいとおしかった。好きで好きでたまらなかった。

その場で抱きしめてやりたかった。思う存分、安物の乳液のにおいを嗅ぎたかった。

集金の時、釣り銭の計算をした彼の頭を「えらいえらい。よくできた」と言ってごしごし撫でてくれたように、今度は自分が左知子の頭を撫でてやりたかった。好きだ、と言い続けていたかった。

恒例の商店会主催の親睦旅行が行なわれたのは、その年の七月末だった。

毎年、一泊二日、行き先は熱海と決まっており、団体客向けのホテルに、あらかじめ人数分の部屋が確保されていた。商店会会長の実の弟が経営するホテルで、いくらでも自由が利くらしかった。

祖母と母は「いい加減、熱海も飽きたわねえ」と文句を言いつつ、いそいそと出かけて行った。忙しくて、ふだんはなかなか旅行もできないため、商店会の親睦旅行は親子の唯一の楽しみになっていた。

左知子は例年通り、留守番役をかって出た。大勢で集まって宴会をしたり、温泉街を散歩したりすることはあまり好きではないから、と言っていたが、せっかくの縁談を断られたばかりで、商店会関連の行事に顔を出す気には到底、なれずにいても不思議ではなかった。

　啓子は親たちが留守にするのをいいことに、友人一家と共に、朝から泊まりがけのキャンプに出かけた。自宅には、左知子と武夫だけが残された。

　昼間は獰猛な太陽があちこちに照り返しを作り、油蟬の鳴き声が喧しかったが、三時を過ぎるころから、雨が降ったりやんだりを繰り返すようになった。遠くに雷鳴が聞こえたかと思うと、あたりが俄かに暗くなり、いきなり烈しい雨が屋根を叩きつける。

　慌てて窓を閉めてまわるのだが、まもなく雨はからりと上がり、湿った西陽が射しこんでくる。庭にはあちこちに陽炎が立ち、草木がゆらゆらと揺れて見えた。

　夕方の五時をまわったころだった。「武夫ちゃん、ちょっと」と彼を呼ぶ左知子の声が聞こえた。

　茶の間のテレビで、相撲を観ていた彼は、「何？」とその場で聞き返した。

「悪いけど、ちょっと来てくれない？」

　左知子は自室にいたが、廊下に面した部屋の襖を開けっ放しにしていたせいか、声は思いがけず近くに聞こえた。

食べていた塩せんべいの滓（かす）が、半ズボンにこぼれ落ちていた。それを両手で払ってから、彼は立ち上がった。

窓の外ではヒグラシが鳴いていた。その澄んだ声に、遠くの雷鳴が重なった。今しがたまで晴れていた空が暗くなってきた。また一雨、くるのかもしれなかった。

左知子が使っていた部屋は、茶の間とは廊下続きで出入りできる和室だった。店舗の後ろに連なる家は、鰻の寝床のように細長い。一階の左知子の部屋のさらに奥が、二間続きになっている祖母と母の寝室。武夫と啓子の部屋は、それぞれ二階にあった。

部屋に行ってみると、左知子は畳の上に敷いた薄い敷き布団の上にうつぶせに寝ていた。紺色のショートパンツに、涼しげなサッカー地でできた、ヒマワリ模様のブラウス姿だった。

白い太ももやふくらはぎが艶（なまめ）かしかった。枕の上の、少し乱れたショートヘアが、汗ばんだこめかみに小さなカールを描いていた。ノースリーブのブラウスからは、たっぷりと肉がついた、なめらかな二の腕が伸びていた。

「どうしたの」と武夫はなんでもなさそうな口調で訊ねた。どぎまぎしていることを気づかれたくなかった。

左知子はうつぶせになったまま、わずかに顔を斜めに上げ、目を細めて武夫を見上げた。「足と腰がだるくって仕方ないの。ずっと自分で揉んでたんだけど、全然だめ。武夫ちゃん、悪いんだけど、上に乗ってくれない？」

「え？」

「足や腰の上に。上から踏んでほしいのよ」

「踏む、って、足で？」

「足以外、どこで踏むの？」左知子はそう言い、短く笑った。「体重の重たい人にやられたら、そりゃあ痛いに決まってるけど、武夫ちゃんくらいだったら大丈夫よ」

「そんなことして、平気？」

「平気。一人で暮らしてた時にね、近所の子供たちが遊びに来て、ちょうど私が、こんな格好して寝そべって雑誌読んでたら、ふざけて足に乗っかってきたの。それがねえ、すごく気持ちよくて。指圧とか按摩を頼むより、ずっとよかった。だるかったのがすっきりしちゃってね。ほんとは武夫ちゃんよりもちっちゃな子のほうが、重さとしてちょうどいいんだけどね」

　武夫がためらっていると、左知子はやおら上半身を起こし、わずかに口を尖らせながら、「ねえ、やってよ、お願い」と言った。甘えた口調だった。「お店でずっと立ってると、足や腰がむくんで、ぱんぱんになっちゃうの。それだけだったらいいんだけど、こんなふうにたまの休みの日は、だるくなってきちゃって。血のめぐりが悪いのね。こういう時は、人に踏んでもらうのが一番なのよ」

雷鳴が近づいてきた。空はいっそう暗くなり、部屋の中の小さなテーブルや洋服類を入れるためのファンシーケースが、薄闇に包まれていくのがわかった。

「やあね、また雷だわ」

忌ま忌ましそうにつぶやくと、左知子はぐったりと頭を枕に載せ、両足を軽くばたつかせた。「はい、どうぞ、武夫ちゃん。やってちょうだい」

武夫は素足のままだったことを気にしながらも、おそるおそる左知子のふくらはぎの上に右足を載せた。強すぎるといけないと思い、なるべく体重をかけないようにした。

ふくらはぎは餅のように柔らかかった。生温かいのかと思っていたが、彼の足裏に伝わってきたのは、少し湿った、不健康な感じのする冷たさだった。

「ああ、いい気持ち。武夫ちゃんの足って、あったかいのねえ。ぽかぽかしてくる。もうちょっと強くしてもいいよ」

うつぶせのまま喋るものだから、声はくぐもっていた。彼が踏みしめるたびに、うっとりとした、ため息とも吐息ともつかないものが左知子の口からもれた。近づいてくる雷の音がそれに重なった。

心臓が喉から飛び出しそうになっていたが、武夫は必死になって平静を装った。

「暗くなってきたよ。電気つけようか」

「ううん、いい、このまんまで」と左知子は眠たげに応えた。「暗いほうがいい。だってさ、ちょっとは恥ずかしいもの」

「何が？」

「武夫ちゃんたら」と枕に口を押しつけたまま、左知子はふくみ笑いを放った。「相手が武夫ちゃんでも、あんまり恥ずかしい格好、見られたくないもの」

僕は子供だよ、まだほんの小学生だよ、と言いたかった。たとえ、おばさんの裸を見ることになったって平気だよ。全然、恥ずかしがらなくたっていいよ。

だが何も言えなかった。言った瞬間、本当に左知子が目の前で、するすると服を脱ぎ、裸になってしまいそうな気がした。そうなってほしい、という強い気持ちとは裏腹に、それはひどく不潔で、生涯、許せないほど品のないことのように感じられた。

武夫は黙ったまま、ふくらはぎを踏み続けた。気が遠くなりそうだった。汗が全身から噴き出していた。

「腰もお願いね」

「腰なんかに乗ったら、骨が折れちゃうよ」

「折れない折れない。平気」

「どうやって乗ればいいの」

「お尻」と左知子は事も無げに言った。「お尻のね、お肉がついてるとこがあるでしょ？　そこを踏んでくれればいいわ」

軒先に、ぱらぱらと小石が降ってきたような音が聞こえた。次の瞬間、間をおかずして、いきなりの土砂降りになった。窓の向こうの庭に、飛びはねる雨の飛沫(しぶき)が見えた。

室内はいっそう暗くなった。武夫の足の裏に、左知子の尻の、硬いような柔らかいような感触が拡がった。強く踏み過ぎてはならない、と自分に言い聞かせながら、武夫は右足の踵(かかと)を使って、その部分をゆっくりともみしだくようにした。

頭の中が白くなった。どうすればいいのか、わからなかった。逃げ出したかった。それなのに、永遠にやめたくなかった。

薄墨を流したようになった室内に、その時、鋭い閃光が走った。あたりが一瞬、白くなった。

「光った！」と彼は声をあげた。自分でも驚くほど、異様に大きな声だった。大きな声を出せば出すほど、正気を取り戻せるような気がした。

枕に顔を押しつけ、目を閉じていた左知子は、「何が？」とのんびり聞き返してきた。

「見てなかった？　稲妻だよ。もうじき雷のすごいのがくるよ」

「いやあだ、怖い」

口ほどにもなく、左知子が怖がっている様子はなかった。彼女は明らかに、武夫によって踏まれていることの心地よさに陶然としていた。滞っていた血液が流れ出し、全身が軽くなっていく、その快適さにだけ意識を集中させていた。

爆弾が炸裂したような音が轟いた。すぐ近くで大きな地響きがした。窓ガラスががたがたと揺れた。

いきなり跳ね起きた左知子が、くるりと身体の向きを変えるなり、顔を歪め、叫び声をあげながら武夫に抱きついてきた。はずみで床に転げそうになった彼は、慌てて体勢を整えねばならなくなった。

はぁはぁという、左知子の荒い呼吸を首すじに感じた。両腕は彼の首に巻きついていた。大きなゴム毬のような二つの乳房が、ブラウスの奥で揺れているのがわかった。透明な汗のにおいの中に、ほんの少し、乳液の香りが混ざっていた。

呆然としながら、その身体を支えていた武夫は、全身を鋼のように固くしたまま、じっとしていた。全身の毛穴が開き、汗が噴水のように噴き出してくるのがわかった。

彼は、これまで経験したことのない、烈しい性的興奮状態にあった。怖かった。暗闇で迷子になったような気分だった。

左知子は彼にしがみついたまま、しゃくり上げながら泣き出した。

「……雷、そんなに怖い？　おばさん、弱虫なんだね」

言いながら、彼は細かく震えていた。息も絶え絶えになっていた。

左知子は首を横に振った。そっと彼から身体を離し、「怖くなんかないわよ」と言った。冷たく突き放すような低い声だった。

薄闇の中、涙を浮かべた目がかすかに光ったように見えた。左知子は彼のほうを向いたまま、続けた。「弱虫で情けなくて、おまけにバカだけど。でも、雷なんか怖くないわよ」

庭先が烈しい雨で煙っていた。雷鳴が、行きつ戻りつするように絶え間なく鳴り続けた。

左知子はふいに身体から力を抜き、疲れたような笑みを浮かべた。「さっき、お尻踏んでもらいながら、考えてたの。武夫ちゃんは昭和何年生まれだったっけ、って。そういうこと、ちゃんと思い出さなきゃいけないから。だから、思い出そうとしてがんばるの。でもね……やっぱりだめなの」

「僕が生まれたのは昭和三十七年だよ」と彼は低い声で言った。「西暦だと一九六二年。今は小学校の六年だよ」

「それくらい」と左知子は言い、うすく微笑んだ。「知ってるわよ。小学六年だってことくらいはわかってる。でも、生まれ年とかを数字に直すと、いつもごちゃごちゃになっちゃうの。数えられないし、計算できないし、時々、わけがわからなくなる」

武夫は目の前にいる左知子を見つめた。左知子ではなく、左知子の肉体を見ようとした。そして、一番訊きたくて、訊けなかったこと、言葉に出して言ってはならない、と自分に言い聞かせてきたこと、母親や祖母にも決して質問しなかったことを口にした。「……それ、何かの病気？」

長い沈黙の後、左知子は目を伏せ、屈託なさそうに俯いた。「そうなんでしょうね。でも、何の病気なのかはわからない。病院で調べてもらったことはないし。調べてもきっとわからないと思うし。調べるの、怖いし。お姉ちゃんやお母さんも、ずっと私のこと変だと思ってたみたいだけど、病院に行け、って言ってきたことはなかった。一度も」

うん、と武夫はうなずいた。「僕もそう思うよ」

「そう、って？」

「調べなくたっていいよ。そんなの、ほっとけばいいよ。別に何の問題もないよ」

左知子はくすりと笑った。人さし指を伸ばし、つんと武夫の鼻先を軽く突いた。

「おませな子。大人の男みたいな言い方して」

「僕はもう、子供じゃない」

そうね、と左知子はあやすように言った。「そうかもしれない」

おばさんのこと、大好きだ、と言いたかった。ずっとずっと好きだったし、これからも好きなまんまだ、と。

だが、言えるはずもなかった。彼は自分でもいやになるほど、途方もなく子供だった。

薄い敷き布団の上で、しどけなく横座りしていた左知子は、そのままの姿勢でじっと動かずにいた。大きな胸と尻が、呼吸と共に、不思議な生き物のように動いているのが見えた。

「でもね、武夫ちゃん」と左知子はつぶやくように言った。「こんなふうに数字がわからないでいると、なんだか楽だな、って思うこともあるのよ。……どうしてかわかる?」

武夫は黙ったまま首を横に振った。

「いつ何があったか、っていうことがはっきりしない、って、それに慣れちゃうと気持ちいいのよ。ひとつひとつのことはもちろんよく覚えてるのに、そのつながりがバラバラになってるところ、想像してみてよ。いつも、何かこう、ふわっとした、ぼんやりした世界で生きてるみたいな感じがして、解放された気持ちになれるんだ」

武夫はまじまじと左知子を見つめた。左知子の言うことは、感覚の中ですべて理解できるような気がした。

「私には、ふつうの人みたいに、時間がきちんと流れてないみたい。ううん、ほんとは、みんなと同じに規則正しく時間が流れてるんでしょうけど、私が自分でよくわかってないもんだから、数字に変えようとすると混乱しちゃうのね。算数とか数学だけじゃなくて、歴史もすごく苦手だったわ。そりゃそうよ。黒船に乗ったペリーさんが来たのが西暦何年だったか、暗記できても、なんていうのか、それが歴史の勉強の中で、いろんな出来事と全然、つながってこないんだもの。でも、黒船来航が何年だったか、私、ここで言えるよ」

「ほんと?」

「うん。一八五三年。イヤゴザンナレ、ペリーサン」

「あ、そうだね」

「でも、それだけ。なんだかね、いくら覚えたって、その数字だけがぽつんと空中に浮いてて、いろんなこととつながってこないの」

うん、と武夫は言った。とてもよくわかるような気がしたが、それについて応えるための言葉は持ち合わせていなかった。彼はくちびるを結んだまま、もう一度深くうなずいた。

「武夫ちゃんには、いつも迷惑ばっかりかけてるね、私」

「迷惑って？」

「お釣りの計算、させてるじゃない。とんだ迷惑よね。これからはなるべく、しないようにするからね」

「別にしたっていいよ。そんなこと気にしてないよ。いつでもしてやるよ」

左知子はしばらくの間、じっと彼を見つめていたが、やがて肩の力を抜くと、きれいな白い歯をみせて笑った。「ありがとう。いい子ね、武夫ちゃん」

言いながら、いつものように武夫の頭をごしごしと撫でた。「私、もし、結婚できたら、武夫ちゃんみたいな息子を産みたい。二人でも三人でも。武夫ちゃんがたくさんいる、って最高に幸せじゃない？」

雷鳴が遠ざかっていった。雨足も弱くなってきた。部屋が少しずつ明るくなり始めた。

「さてと」と気を取り直したように言い、左知子は年寄りじみた仕種で両手を布団につきながら立ち上がった。「そろそろ夕ごはんの支度しなくちゃ。お風呂もわかそうね。ごはんの前に汗流してきてね」

武夫の目の前に仁王立ちになったまま、左知子は庭に向かって大きく伸びをした。力強い伸びだった。

裾が拡がっている、ヒマワリ模様のブラウスがせり上がり、なめらかなウェストあたりの肌が覗き見えた。紺色のショートパンツから伸びた太ももの汗ばんだ肌には、白い糸くずがへばりついていた。

思わずそれに指を伸ばしてしまいたくなる衝動にかられながら、武夫は奥歯を噛みしめ、近くの木で再び鳴き出したヒグラシの声を聞いていた。

武夫が、「算数障害」という言葉を知ったのは、東京の大学に進み、卒業後、いしだ屋酒店を継ぐべきか、やめるべきか、決めかねながら、都内の小さな広告代理店に勤めていた時だった。

仕事を通じて、子供の心理学に詳しい小児科医と知り合いになった。『思春期あれこれ心理学辞典』と題された本の著者で、彼の父親ほどの年齢だったが、初めからウマが合った。

仕事を抜きにして小料理屋に誘われた時、医師は子供の発達障害について、問わず語りに話し始めた。

算数障害は、広義の意味での発達障害のひとつで、知的能力にはまったく問題がないのに、計算ができない、数字の組み立てができない、といった状態が続き、本人はもちろん、周囲も困惑する。おしなべて学力があるのに、算数の成績だけが異様に悪いことも多いのだという。

武夫は目を瞬(またた)いた。初めて聞く話だった。

おばの左知子は当時、すでに実家を離れ、名古屋に住んでいた。四十路を目前にして、たまたま飲食店で知り合った名古屋出身の、気障(きざ)な成り上がり者にしか見えない、三つ年上の男に熱心に言い寄られ、のぼせ上がった。

男は独身だったが、前妻との間に男の子が二人いた。名古屋市内で貴金属関係の商売を始めて成功し、暮らしぶりは豊かそうだった。

結婚を申し込まれ、有頂天になった左知子は即座に受け入れた。祖母と母は猛反対した。

よりによって、あんな男と、と祖母は嘆いた。この先、商売がどうなるかもわからない、第一、どう見たって遊び好きの軽薄そうな男だ、あんたのことだから、いいようにされて悲しい目にあわされないとも限らない、と。

だが、左知子は聞く耳をもたなかった。夫になった男と二人だけでささやかな結婚式を挙げ、ハワイに新婚旅行に出かけて帰国するなり、いそいそと名古屋の男の自宅に引っ越して行った。

その後、子供はできなかった。夫の仕事が忙しく、会社を手伝わねばならなくなった、という理由で、実家にもめったに顔を見せなくなった。

疎遠になったままの左知子が抱えていた問題を、武夫が人に打ち明けたのはその時が初めてだった。

「今は会わなくなってしまいましたが」と彼は言った。「母方のおばがそうでした。計算が苦手で、子供のころ、集金の仕事があるたびに僕が一緒に行って、おばの代わりにお釣りの計算をしてました。西暦とか元号とかを出して話をつないでいくことも、うまくできなかったです。時間の感覚が現実とつながっていかない、っていうのか。数字が出てくると、もうだめだったみたいで。それ以外のことはすべて正常だったんですが」

医師は、自分の専門分野の話題になって勢いづいた。武夫は立て続けに質問を受けた。できる限り、正直に答えたが、左知子の秘密について、ついこの間まで他人だった人間に語って聞かせている自分が不思議だった。

一通り話を聞き終えると、医師は「そうでしたか」と言い、得心したようにうなずいた。「たぶん、おばさんはディスカリキュア……算数障害だったのでしょう。昔はそういうことはなかなか、一般にはわかりづらかったし、知られてもいませんでしたからね。専門知識のある人も、今よりずっと少なかったですし。おばさんは密かに苦労されていたかもしれませんね。今はどちらに？」

「結婚して名古屋に」と彼は言った。「元気でやってるみたいです」

「よかった」

医師は、病（やまい）の癒えた患者を前にするように微笑みながらうなずいて、冷酒を手酌で紫色の江戸切り子のグラスに注いだ。


左知子にまつわる記憶が、洪水のように押し寄せて、気づけば武夫は、野鳥の図鑑を膝に載せたまま、居間のソファーにぼんやりと座っていた。汗を拭くために首から垂らしていたタオルが、床に落ちているのが見えた。

いつのまにか外では日が傾き、早くも庭のあちこちに夕暮れの気配が忍び寄っていた。

遠く近く、ヒグラシの声が物寂しく響きわたっている。あちらの木で鳴けば、こちらの木でも鳴き出す。しんとした静寂を雲母（うんも）のように薄く積み重ねていくような、ヒグラシの谺（こだま）である。

侘しく切ない、胸かきむしられるようなその声に、かつて聞いたミソサザイの陽気な囀りが重なった。若かったおばの白いふくらはぎが、武夫ちゃん、と呼びかける甘ったるい声が、邪気のない笑顔が、おばの哀しみと涙が、つい、今しがたまで、目の前にあったもののように感じられた。

外で車が停まる音がした。妻と娘の賑やかな話し声が聞こえてきた。

何かを寿ぐようなミソサザイの歌声が、急速に遠のいていった。武夫はたちまち現実に引き戻された。

玄関ドアが開く気配があった。

大きな声で「ただいまぁ」と言った後、何が可笑しいのか、母子はくすくすと、いつまでも陽気に笑い続けている。

加賀はとっても頭がいい

佐々木　愛

今朝の染井さんの体温は、36・7度だったらしい。だからわたしと加賀は今夜、36・7度の湯につかる。

染井さんがグループラインに体温計の写真ばかりを投稿するようになってから、もう半年以上が経つ。36・7度、36・5度、36・8度――、だいたいこんな感じだ。こういうご時世だから、健康でなによりだと思う。染井さんの挙式も延期になっているのだが、実のところ、このまま染井さんの結婚そのものがなくなってしまえばいいと、わたしと加賀は思っている。

わが家の浴室を、都内のひとり暮らし向け物件にしてはやけに広いと、前の彼も言っていた。仕事から帰って、睡眠していない状態で過ごす時間が一番長いのは浴室。二年ほど前にそう気がついてから、バストイレ別、自動湯沸かし機付きの物件にこだわって、引っ越し先を探した。築二十二年だけれど、浴室とトイレだけがぴかぴかにリフォームされていたのが決め手になった。ほかの部分はしっかり二十二年分の時を重ねているので、リビング兼寝室、今は仕事部屋まで兼ねる一室と浴室を行き来するだけで、未来と過去を行ったり来たりする気分が味わえるのもまた、よいと思っていた。引っ越したころはまさか、週四でテレワークになるときがくるとは思ってもみなかった。

もうすぐ二十四時をまわる。37度に設定して、自動のお湯張りボタンを押した。加賀から「こちら準備開始しました」とメッセージが届いたので、すぐ「り」と返信する。最近の若者は「了解」を「り」だけで済ますのだと、二十四歳の加賀が教えてくれたから、三つだけ年上のわたしもその若者文化を取り入れているのだが、当の加賀の文面はいつもきちんとしている。

「お風呂が沸きました」

メロディーが鳴ったあとで澄んだ女性の音声が知らせてくれる。浴室のドアを開け、ちいさいピストルみたいな体温計を水面にかざす。数ヵ月前に新しく買った非接触型というタイプの体温計は、水面の温度も測ることができるのだ。ピ。その一瞬で、計測は終わる。37・1度と表示されているので、水道から水を足して微調整していく。これが結構むずかしい。初日はスムーズにできたのだけれど、それはビギナーズラックというやつだったのだとやがて気づいた。

熱すぎる日は水を足す。まれに、ぬるすぎる日もあり、そのときは追い焚きをする。この調整になかなか時間がかかるので、最近では少しの差は大目に見るようになっているのだが、加賀は几帳面にやっているのだろうか。

加賀の風呂場に自動湯沸かし機は付いていなくて、昔ながらの蛇口から直に湯を落とすタイプだそうだ。それでも、温度調節にさほど苦労している様子はない。加賀という男はやはり、勘が鋭いのかもしれない。はじめて会ったときの加賀の印象は、野生のシカだった。細い体に、チャコールグレーのTシャツとジーンズ、自分で切ったみたいな短髪が馴染んでいて、生まれたときからTシャツ、ジーンズ、短髪の状態だった生き物といった雰囲気があり、さらによく聞こえそうな耳と奥の光る眼が、警戒心の強いシカに似ていた。

もう一度測ると36・7度だった。脱衣所へ戻って服を脱ぎ捨てる。このところ家にばかりいる日はブラジャーというものを着けなくなっていて、たったそれだけのことなのに、真っ裸になるまでの時間をものすごく節約できている気がする。

半分だけ閉じた風呂の蓋の上にスマートフォンを置き、つま先からそっと36・7度の水面に差し入れる。太もも、腰、腹、胸、首と慎重に、なるべく音も立てぬように、少しずつ少しずつ沈ませてゆく。どうして毎回こんなに恐る恐ることを進めてしまうのか自分自身でもよくわかっていないけれど、なんとなく染井さんの体温の湯には大きな波を立ててはいけないような気がしている。両腕と頭だけを外に出して、つかりきる。気づけば腕に鳥肌が立っていた。36・7度の湯というのは、思っているよりずっとぬるい。夏でよかったと思う。

二十四時ちょうどになったのでハンズフリーで電話をかけると、加賀はすぐに出た。

「きょうは何してた」

この日、初めて出す声だった。

「寝てた」と加賀が答える。

加賀は音の出せないトランペット奏者だ。三浪して音大に入ったものの、「なぜか音が出せなくなって」休学しているのだと出会ったころに聞いた。心理的なカウンセリングを受けたりしているが、進展はないようだ。高校時代にも一度、同じ事態におちいったことがあって、大事なコンクールに出そびれたと言っていた。

「サナは？」

「家で仕事して、ごはん食べて、ヨガをして、ラジオを聴いてた」

反響している加賀の声が、わたしの浴室でまた反響している。加賀の家は、古くて狭いらしい。かろうじてバストイレは別だが、浴槽は「銀色でほぼ正方形の、古き良きタイプのやつ」だと聞いたことがある。そこに、ひょろっと長い手足を折り曲げて収まる加賀のことは、想像しないことにしている。礼儀というか、そんなものだ。加賀もきっと、わたしの姿を思い浮かべたことなどないと思う。

染井さんの温度につかりながらわたしたちが思うのは染井さんのことだけで、頭の中に流れるのは染井さんが歌うあの曲だけだ、と、いうことにしている。

加賀と知り合ったのは一昨年の夏の終わりごろで、まだ世界は平和だった。染井さんが開く、にぎやかな会合の二次会か三次会で、新宿のカラオケボックスだった。黙っていてもまわりに人が集まる染井さんには、人と人とを結びつけることを自らの使命と思っているようなところがある。染井さんが中心になっている飲み仲間のグループラインには、72人が登録されているのだ(染井さんはその72人に向けて毎朝、体温計の写真を載せる。わたしと加賀はグループにおける立ち位置を考えてとくに反応しないし、中心メンバー数十人が返信する何らかのコメントにかんしては読み飛ばしている)。

その夜も、染井さんの知り合いが友人を呼び、さらに友人やその知り合いが集まる混沌とした会だった。仲のよいメンバーが帰ってしまって、わたしはその時点で一時間以上誰とも話していないし歌ってもいなかったが、途中で帰るわけにはいかないと意地になって、隅に座り続けていた。染井さんがまだ、あの曲を歌っていなかったからだ。

誰かが十年以上前の名曲を歌っていて、誰かがそれにコーラスを入れて、誰かと誰かは顔を近付け合って笑い合っていて、誰かは誰かにもたれて寝ていて、誰かは誰かに誰の何という曲を歌ってほしいと大声で訴え続けていて、誰かは笑い続け、誰かは飲み続け、誰かはタンバリンを振り続け、染井さんはただ、そのすべての真ん中にいた。

飲むわけでも歌うわけでも、ほほ笑むわけでもないわたしは浮いていたが、加賀もまた、浮いていた。

まわりが仕事帰りとわかる服装だったのに対し、加賀は見るからに、頼りない種類の人だった。Tシャツ、ジーンズ、短髪、シカみたいな眼。テーブルの上は飲み放題のグラスで埋まっていたが、加賀の前にグラスはなかった。加賀は最初からずっと、持参したらしい355ミリ缶のエナジードリンクをちびちび飲んでいた。加賀はだんだんと奥の隅の、わたしの隣に押しやられてきた。

「これから徹夜とかするんですか」

染井さんが部屋を出たタイミングがあった。やっと気が抜けたわたしは、エナジードリンクの缶に目線をやりながら話しかけたのだった。

「いえ、味が好きで」

と加賀は答えた。会話が成立した。野生動物が近寄ってきてくれたときみたいな、こそばゆい気持ちになった。

「味ですか」

「はい。あと、あなたと同じだと思うんですけど」

その時、染井さんが戻ってきて、そのまま入り口近くに腰かけた。加賀は続けた。

「ずっと見てなきゃいけないんで」

染井さんの前髪はさっきより立ち上がって、ワイシャツの首元が緩んでいるように見えた。トイレの鏡を見たんだろうか。染井さんのいる場所が、またぐんぐんと真ん中になっていく様を見ていたら、加賀も同じほうを同じような眼で見ているらしいことに気づいて、わたしは加賀の横顔へと完全に視線を移した。歌詞が流れるモニターの青白い光を浴びる加賀は、眼だけではなくて、広がった耳もつんとした鼻先も、染井さんのほうに向けていた。まさに、遠くの何かに神経を集中させるシカだった。

加賀が染井さんのほうを向いたまま何か言ったが、知らない曲がじゃまをして聞き取れなかった。

「はい？」

耳を寄せて聞き返すと、加賀はわたしのほうへ向き直った。

「たぶん俺とあなたは恋敵です。さっきから、同じ方向ばかり見てる」

こいがたきという響きが新鮮に聞こえた。

「あなた、名前は」

「サナ」

答えると、加賀は同情のにじむ目になって、言った。

「ああ、だからか。惜しかったね」

わたしは、それで全部わかった。

「じゃあ、あなたは」

と聞き返す。

「エイタロウ」

「あれ、ぜんぜん惜しくないですね」

「そう思うでしょう。でもね」

加賀は内緒話をするみたいに、わたしの耳元へ口を寄せた。

「名字は加賀なんだよ」

それから加賀は初めて笑った。眉が寄って苦笑いに限りなく近いのに、とても優しい笑い顔だった。

「それはもう、しょうがないですね」

「しょうがないよね」

そのあとも染井さんに二度マイクが渡ったが、わたしと加賀が聴き逃すまいと気を張って待っていた曲は、歌われなかった。二十四時近くになって染井さんが帰ると言い出すと、じゃあ俺もわたしもと便乗する人が増えて結局、解散になった。加賀は、初対面の集金係の男から勝手に貧乏学生と判断されていたようで、ほかの人たちよりも安い支払いで済んでいた。

奥にいたわたしと加賀は、最後に部屋を出た。表には弱い雨が降っていた。それぞれタクシーを捕まえたり、濡れるがままになって大通りの明るいほうへと歩きだしたりしている。あの人は折り畳みの暗い色の傘を広げ、その中に友人やそのまた友人をあふれるほど招き入れながら、駅に向かっていた。

「自分だけしらふのまま、酔った人間が街に散らばっていく様子を見てると、稚魚の放流を思い出します。小学生のときにやった鮭の稚魚の」

座っていたときの印象よりも加賀の背は高く、声は上から降ってきた。ブレーキランプの赤やビルの看板の派手な色が濡れた道にぼやぼやと映って、それをまた白いワイシャツににじませながら遠ざかっていく染井さんの後ろ姿を、カラオケ店の軒先に立ったまま、ふたりで見た。次の信号の前まで行くと染井さんは、傘の中心からふらりと抜け出した。あれじゃあ全身、濡れてしまう。わたしと加賀は顔を見合わせて、また「しょうがないね」の苦笑いをし合ってから、どちらからともなくカラオケ店の中へと引き返していた。歌いたかったのだ。

「染井さんのこと好きなんです」

「うん、すぐわかった」

くぐもった歌声が漏れてくる薄暗い廊下を歩いていた。

「仲間ですね」と言うと、

「仲間、じゃないな。恋敵とか」と加賀は答えた。

「告白したことは？」

「ないです。サナさんは？」

「二回あるけど、だめでした」

「だけどサナさんはまだ可能性あるでしょ、女の人なんだから」

「ないよ。あの人、結婚決まってるから」

「まあ、そうか。相手に会ったことある？」

「ないです」

「俺もない。あっ、染井さんと同じ会社？」

「わたし？　違うよ。染井さんは会社の知り合いの知り合いの、知り合い」

大勢でいたときより、だいぶ狭い部屋だった。エナジードリンクの空き缶を隅に置いた加賀は、何の迷いもなさそうな手つきでリモコンのタッチペンを操った。

「あの曲ですか」

「はい、もちろん」

加賀が、そっとリモコンを戻した。

転がるようなドラムが鳴る。タイトルがモニターに映る。

【香菜、頭をよくしてあげよう】

心のある部分がいっぺんに目覚める。染井さんが、筋肉少女帯というバンドのこの曲を歌っているのを初めて見たときわたしは、呪われたと思った。もうわたしは染井さんを好きになる前の自分には戻れないということが、そのときはっきり、わかってしまったのだ。どうやら加賀も同じらしい。

前奏は比較的平和な調子で、加賀はリズムに合わせて上半身を左右に揺らした。風に身を任せるシカのようだった。目が合うと、わたしにも一本マイクを手渡してくれた。最初のフレーズを加賀が歌った。次をわたし。その先の、サビに向かって盛り上がり始める部分は加賀。すべて目線だけで通じ合えているのが不思議だった。香菜！　そこから、ふたりは声を揃えて合唱した。香菜。香菜。香菜。香菜。サビでは何度も香菜が出てくる。歌の中の香菜は悲しいくらいに愛されている。

加賀が「香菜」の部分を叫ぶようにしたので、わたしも倣った。

染井さんがかけた呪いは、わたしの名前はどうしてサナなんだ、どうしてわたし、香菜じゃなかったんだと思い続ける呪いだ。この先、三十になっても四十になっても、五十になっても六十になっても、きっと解けない呪い、何があっても染井さんを嫌いになれない呪い、染井さんが頭のどこかにいつも居続ける呪い。好きになってもらえなくても、わたしの名前がもしも香菜だったら、香菜である幸運を握り締めて走り続けられると思うのに、どうしてわたしは香菜じゃないんだ。
歌いながら確信した。やっぱり加賀もわたしと同じだ。一緒に香菜と叫ぶと、それは痛いほどわかった。なんで俺は香菜じゃなくて加賀なんだと思い続ける呪いに、かかっている人だ。

わたしが生まれる前に発売された曲だということは、あとから調べて知った。染井さんは筋肉少女帯の曲をこれしか歌わないので、バンド自体の熱心なファンというわけではなさそうだったけれど、わたしは蜘蛛の糸をつかむようにして、筋肉少女帯の曲を片っぱしから聴くことになった。

染井さんが普段よく歌っているのは流行曲か、もしくは大方の人が口ずさめる定番の曲だった。場の空気を壊さない曲選びが上手なその人が、ごくまれに、この曲を選んで歌うときがあり、そのときだけ、まとう匂いや温度が変わるのだった。全部の計算を忘れたようにして香菜の名前を歌う。元から歌が上手いほうだけれど、この曲を歌うときはもっと、何かが乗り移ったかのように特別に見えた。あの人の表と裏の境目みたいな部分を見られるのは、これを歌っているときだけだと思った。その場にいた他の人たちは、その境目に気づいていないみたいで、その曲が始まる前と同じ表情をしていたのだけれど、わたしにはそれが不思議でならなかった。

部屋のドアが開いたのは、最後のサビに入ろうとするときだった。

マイクを握り締めたまま固まった。伴奏だけ、気が抜けたように続いていた。染井さんが立っていた。

「ふたりって前から知り合いだった？」

前髪の濡れている染井さんが、柔らかく笑いながら聞いた。うしろの廊下を、空のグラスと皿が山ほどのったトレイを抱えた店員が早歩きで過ぎ、染井さんは後ろ手でドアを閉め、ほんのわずかの間しんとした。

「きょう初めて会ったけど……」

加賀の、エコーのかかった声がまぬけに響いた。

「そっか、意気投合した感じ？　よかったよかった、幹事冥利に尽きるわ」

「どうしたんですか？」

わたしもマイクを下ろすのを忘れたまま聞いた。その日初めての染井さんとの会話だと気づく。声がかすれてしまっていた。

「スマホ忘れたみたいでさ、取りに来た。そしたら二人が見えたから。じゃあ、じゃましてごめん」

「あ、そうだ、一曲歌ってくださいよ」

すかさず加賀が言った。履歴からもう一度、あの曲をものすごい速さで選択していた。

加賀ってそういえばこの曲好きだよね、じゃあこれだけな、電車行っちゃうから。言いながら、染井さんは、加賀からマイクを受け取って、わたしたちの向かい側で足を広げ、深く座った。

雨とたばこと汗の混ざったぬるいにおいがした。腕まくりされたワイシャツが湿っていた。首元が光っているのは汗だろうか雨だろうか。どっちでもいい、ハンカチ、きれいなハンカチを渡さなければ、これで拭いてと言わなければ、とかばんを漁っているうちに、前奏は始まってしまった。

二度目のあの曲を、三人で歌った。わたしと加賀は身を寄せ合い、一本のマイクを分け合って歌った。さっきよりは控えめに、でも心の奥の奥から声を出した。染井さんの声を聴いていたいのに、自分の心の中の声がやかましかった。こんなことが起きていいのか、いやだめだ、ああもうこれはだめだ、呪いだ、やっぱりこれは呪いの曲だ、これ以上の景色をわたしはこの先、見られるかどうかわからない。

香菜、に差し掛かった。染井さんの奥歯が見えた。表と裏の境目が見えた。加賀の手が震えていた。三人の目線が交差する瞬間があった。あの人の視界にわたしと加賀がいっぺんに入っている瞬間があった。完璧な約三分三十秒間だった。香菜のところを、サナとか加賀とか、今夜だけは替えて歌ってくれるんじゃないかな。その薄い希望はかなわなかったけれど、それでも、あの人が出て行ってから、わたしと加賀は抱き合って少しの間、泣いた。わたしたちはお互いの、奇跡みたいな時間の証人になった。

そのあとは惚けたようになって無言の時間が続いた。壁の電話が鳴った。あと五分ですが延長なさいますか。わたしたちはとりあえず腰を上げた。廊下を歩いているとき、どこかの部屋からバースデーソングが聴こえてきて、ふと、そうだ「お祝い」をしなければと思った。加賀も同意した。ふらふら店を出ると雨が続いていた。終電は行ってしまっているはずなのに、そこかしこに人がいた。その誰もが楽しそうに見えるのは、さっきの歌のせいだろうかと考えた。

すぐそばにコンビニエンスストアがあった。まずはビニール傘を、と入ると、加賀は傘を手に取るより先に、ずんずんとデザートのコーナーに行ってしまった。

「ケーキいるかなと思って」

ひときわ浮かれた光を放つ冷蔵ケースには、プリンやゼリーが数種類と、ちいさなモンブランケーキがひとつ残っているだけだった。

「これ半分にしましょうか」

加賀はモンブランを手に取り、それから、明らかに墓前に供える用のローソクも一箱探し出してきて会計をした。雨は弱くなりはじめていたが、どちらの方向に歩いたらよいのか、途端にわからなくなった。わたしたちはケーキを持ってどこに行くべきなんだろうか。

「家はどこ」

「落合南長崎ですけど」

と加賀は語尾をあいまいにした。奇跡を夜どおし祝い合うという意味では、会場はわたしの部屋でも加賀の部屋でも、もしくはそのへんの適当なホテルでもよかったのだが、きっと、それは染井さんに対する背信行為に当たると感じていたのだと思う。ふたりとも、ビニール傘を開くのにものすごく時間をかけた。濡れた歩道の端を、何匹もねずみが走っていった。

「そうだ、もう一回、歌いたいですよね」と加賀がひらめいたように言った。

ああそうか、さっきのカラオケ店に戻ればよいのかと思ったら、加賀は、

「ちょっと歩くんだけど、俺の家のほうに小さいカラオケ屋があって、そこ行きませんか」

と続けた。

「チェーン店じゃないんだけど、いつも客が居なそうで気になってる店があるんです。何よりそこ、フリータイムがめちゃくちゃ安くて」

わたしは加賀について歩いた。少しずつパンプスの中に雨が染みたが、不快には思わなかった。頭の中にはあの曲の前奏が鳴っていたからだった。高いビルが減り、

二十分くらい経ったころにやっと、あそこだ、と加賀が言った。

大通りからひとつ曲がった路地沿いに、マッチ箱のような建物があるのが見えた。真四角で平屋で、壁が黒い。橙のぼんやりした玄関灯のせいか、その一画だけ妙に街並みから浮いていて、アパートを取り壊した空き地に突然ぽこんと生えてきたかのように見えた。控えめな佇まいはクリーニング店か何かにも見えたが、近づくと確かにカラオケ店で、店先に出た小さな黒板にはチョークで二十四時間営業と書いてあった。

外観のイメージに違わず中も密やかだった。大学生ふうの男性店員が眠そうな顔をしてカウンターにひとりいるだけで、ほかにひと気はなかった。三つある部屋はどれも空いていて、わたしたちは一番奥の部屋に入った。

意外にも設備は最新だった。じゃあ行きますよ、と加賀があの曲を選び出し、ふたりで歌う。三人のときのような高揚はなかったけれど、その分、三人で歌ったのは現実だったのだと信じられるようになっていった。

マイクを置いて、モンブランにローソクを一本差す。

「秋って感じですね」

加賀が、ライターをどこかのポケットから取り出して火を灯そうとしたとき、烏龍茶を持って店員が入ってきた。持ち込みは禁止ですと言われるだろうかと身構えたけれど、店員は一言も発しなかった。

目で合図を取り合ってローソクを吹き消す。歌ったときと同じように、やっぱり息はぴったりで、一度で消えた。加賀は二等分にするのが苦手だと言うので、わたしがフォークで半分に分けた。ひとつだけのっていた栗を、加賀はわたしにくれた。乾燥した喉を粗いクリームがゆっくり落ちていった。

以来、わたしと加賀はふたりで会うようになった。場所はどこがいいと聞くと加賀は、最初に会った新宿のカラオケチェーン店か、マッチ箱みたいなちいさいカラオケ店のどちらかを指定した。そのふたつのカラオケ店が、わたしたちにとって、パワースポットのようになっていたのだった。

だいたい月に一度、会った。加賀は毎回、エナジードリンクとトランペットを持参した。高校時代に音が出なくなったときは生まれて初めてエナジードリンクを飲んでみた次の日に、どうしてか音が復活したのだという。

たばこのにおいが染み込んだ部屋に入ると、まず楽器ケースからトランペットを取り出す。唇を震わせる運動をしてから、慎重に構え、息を吹き込む。その横顔は真剣だった。野生のシカみたいな眼に楽器の色が映っている。ひっそりした鼻も、マウスピースにあてられる唇も、きれいだとわたしは思った。音らしい音は、いつも出なかった。

「きっといつか鳴るよ」

つまらない励ましかたしか、わたしはできなかった。そのあとは、歌う時間よりも話す時間のほうが長かった。八割は染井さんの話をしていて、加賀は自分のことをほとんど話さなかった。

「あの人の話ができる人、ほかにいないから。よかった」

と加賀は言っていた。それはわたしも同じだった。香菜になりたかった気持ちをわかってくれるのは、笑わずに頷（うなず）いてくれるのは、加賀しかいなかった。

会うたび、染井さんの情報が増えていった。

染井さんは中学三年生までピアノを習ってたらしい。今は中国語を習っている。割り箸を割るのを失敗したことがない。小学校時代の友だちが働いている美容院まで片道一時間半かけて通っているらしい。靴下は五本指派。胴上げされたことが六回ある。行ったこともない街にふるさと納税、かなりしてるらしい――。

加賀の情報収集力は尊敬に値した。新しい情報を持っていないわたしは代わりに、片思いをしているときに効く、とっておきの方法を加賀に教えた。かなう見込みのない恋をしたとき、乗り越える方法。

「好きな人と同じ老人ホームに入る未来を想像すること」

「老人ホーム」

と加賀は聞き返した。

「そう。筋肉少女帯の『そして人生は続く』みたいに。わたしも加賀も、あの人と同じ老人ホームに入るんだよ」

「それで？」

「共用の広いお食事スペースに行けば、あの人がどこかに座っていないか目で探す。折り紙とか書道とか映画鑑賞とか、そういうレクリエーション活動の時間には、近くの席になるかどうか、毎回そわそわする。もしも近くにいたら、緊張して何だってうまくできないだろうし、遠くにいたら、そちらばかり見て集中できない。どちらにしたってわたしたち、問題児というか問題老人と見なされる。入浴後らしい濡れた髪のあの人を見かければ……そのころはもう髪がないかもしれないけど、それでも、あの人の素敵さが損なわれることなどないから……」

「うん」

「服を着ていない姿を想像して顔が熱くなる。日記には、きょうあの人を見かけたか、見かけなかったかを毎日書く。見かけた日が三日続いたら、お祝いにモンブランケーキを買ってきて、お墓用のローソク差して、夕食後にヘルパーさんに隠れてふたりで食べよう。夜は同じ屋根の下であの人が呼吸をしているということに幸せを感じながら眠るから、きっとあの人の夢を見る。年が年だから、もしもふいに死んじゃいそうになったら、わたしは、その間際にあの人への手紙を書いてヘルパーさんに託す。自分の名前は書かない。あなたが好きだった、ずっと好きだったとそれだけを書く」

話しながら、ほんとうにばかみたいで、笑われるかもしれないと思ったけれど最後まで聞き終えた加賀は、腕を組み、「いいね」と優しい声で言った。

「いいね。将来あの人と同じ老人ホームに入ることができるって決まってるんだったら生きてたい、それまでの人生の途中で何があったって生きてたい気がする」

「うん」

わたしと加賀は、長く息を吐いた。

季節が進んでも、わたしは香菜じゃなくてサナで、加賀も香菜じゃなくて加賀だから、あの人に頭をよくしてもらうことはできず、ずっと、ばかみたいにあの人のことを好きなままだった。加賀のトランペットも鳴らない。

染井さんの結婚の話はちゃくちゃくと進んでいた。わたしと加賀は、披露宴の三次会に招かれた。二次会でもないことに少なからず落ち込んだが、それよりも、染井さんの結婚相手の名前が「カナ」じゃなかったことを知ってわたしと加賀は打ちのめされた。「香菜」じゃないどころか、別の漢字の「カナ」でもなかったのだ。

「じゃあ、あの人、どうしてあの曲をあんなに心を込めて歌えるんだろうか」

マッチ箱のほうのカラオケ店でわたしたちは言い合ったが、明確な答えはもちろん出なかった。

「三次会、ふたりであれ歌おう」

言い出したのは加賀だった。なんてすてきで、なんてばかみたいなアイデアなんだろうか。心の底から賛成した。鳴らないトランペットと、あの人の話と、「香菜、頭をよくしてあげよう」の練習。これがふたりで会ったときの決まった流れになったが、次の春、あの曲がふたりの持ち歌のように馴染みはじめたとき、わたしと加賀は会えなくなった。

カラオケ店はどちらも臨時休業になり、マスクが売り切れ、外を気軽に歩くこと自体ができなくなった。

「今月は中止で」「り」

「今月も中止ですね」「り」

「暑中お見舞い申し上げます。中止です」「り」

「染井さんの挙式、延期だそうですね。俺たちの余興の練習時間も延びました。また落ち着いたら再開して、地道に完成度を高めていきましょう」「り」

しかしだんだんと、毎月の加賀からのメッセージが来なくなった。「り」だけの返信をしていたことを反省し、わたしから長文を送ってみたりしたが、返事は徐々に滞るようになっていった。

師走に入り、電話をしてみた。染井さんが、グループラインに体温を投稿し始めたことについて、どうしても加賀と話がしたかったのだ。二度かけても繋がらず、深夜に折り返しがあった。ベッドに寝たまま出て、久しぶりと言い合った。

「加賀、染井さんのライン見てる？」

「ああ、最近あの人、毎日、体温計の写真を送るようになったよね」

「何でだろうね」

「きょうは36・5度だった」

「きのうは36・6度で」

「おとといも36・6度」

「元気でなにより」

会話が途切れた。

「加賀は大丈夫？　元気だった？」

「大丈夫。元気。音は出ないけど」

と答える声が前より遠く、細く感じた。

「エナジードリンクだけじゃなくて、ちゃんと食べてね」

「母親みたい」

「だって声が、なんとなく元気ないから」

　奥から、加賀の部屋でついているらしいテレビの笑い声が聞こえた。わたしも体を起こし、テレビをつけた。暗い部屋で、同じチャンネルを探してザッピングしながら、思った。加賀にもずっと笑っていてほしい。

「わたし、歌ってあげようか。香菜のところを加賀に替えて」

　向こうで、ちょっとだけ笑ったような気配がした。「いいよ、歌わなくて」と言うのをさえぎってわたしは、「加賀、頭をよくしてあげよう」をサビだけ歌った。加賀は黙って聴いてから、聞き慣れた優しい声で「ばかだなー」と言い、そのあとでワンフレーズだけ「サナ、頭をよくしてあげよう」を歌ってくれた。アカペラの歌声を聴いて、加賀は染井さんよりも歌が上手いかもしれないことに、初めて思い至った。

　それから電話を定期的にかけ合った。加賀が心配だった。冬が終わって、暖かくなって、夏が近づき始めても、加賀の声はますます張りを失っていくように聞こえた。「元気だよ」と言うが、外に出ることも少なくなっているみたいで、アルバイトも二、三回、クビになったらしい。会って二人で歌えたらいいのに、と思ったけれど、それは言えなかった。

染井さんの体温と同じお湯に入ってみよう。今年の夏のはじまりに、わたしは加賀に提案した。

始業時に体温を報告することが義務付けられて一年と少しが経ち、それまで使っていた脇に挟むタイプの体温計が壊れたことが、きっかけだった。新しく買った体温計に、水面温度の計測モードがついているのを見て、ひらめいたのだ。

本当にばかみたいなアイデアだけれど、ばかみたいだからこそ、わたしたちには必要なことだった。さっそく電話で誘ってみると、加賀は「いいね」と言ってくれた。同じ老人ホームに三人で入る想像のことを話したときと同じ「いいね」だった。

初めて試してみた日、そのあまりのばかばかしさにふたりとも笑った。最初は涙が出るほど大きく笑い、それが落ち着いてからは、お互いの体をくすぐり合っているみたいな忍び笑いに変わった。

「なにこれ、ばかみたい」と染井さんの温度に包まれたわたしは言い、

「犬以下だよ」と、あの曲の歌詞をまねて加賀は言った。

「わたしたち、好きすぎるね」

「好きすぎてばかだよ」

加賀のほうから、ちゃぽんと音がした。そのあとはもう、しんみりしてしまって、笑えなくなってしまった。わたしは伝家の宝刀「加賀、頭をよくしてあげよう」を再び歌うことで場をとりなした。

「ばかだなー」

と、加賀もまた優しい声で言った。

猛暑が続いた。蝉の声が止まない夜に、染井さんの体温はちょうどよかった。

「こちら準備開始しました」「り」

二十四時が近づくと送り合う。態勢が整うと、電話をかける。それが張りのない声だとしても、加賀の声が毎日聞けるようになって、わたしは安心していた。

このまま夏が続けばいいと思っていたけれど、そうはいかなかった。カレンダーは更新され、九月が来ていた。目に入るもののほとんどが自分の部屋、スマートフォンの画面、パソコンの画面、テレビの画面になると、季節は、恐ろしいほどあっというまに行ってしまうのだった。

きょう染井さんの体温は35・8度だったらしいので、わたしと加賀はそれぞれ35・8度の風呂を用意する。

お湯張りのボタンを押す。前日から季節を分ける長い雨が降り続き、外の空気はずいぶんと秋らしくなっていた。久しぶりに一日中、冷房をいれずに過ごした。それに、35度台は初めてだった。風邪ひいちゃうかもしれないな、と思いながら、「り」と送る直前だった。グループラインに染井さんからの新しいメッセージが届いている、という通知があった。体温計以外の投稿は、実に久々だった。脱衣所で開く。

「本日、入籍してきました！」

と、そこにはあった。染井さんにしてはかしこまった文章が続いている。

「挙式と同じ日に、と思い延期してきましたが、もう待ちきれないということで、本日、彼女の誕生日に婚姻届け提出とあいなりました。また皆さんと楽しく集まることが出来る日を楽しみにしています」

72人のメンバーから続々と祝福のメッセージが届き始めて、通知が鳴りやまない。

加賀から電話が入っていることに少しの間、気がつかなかった。

「準備できた？　返事ないから心配になって。さっき染……」

「できた、できてるよ」

余裕のない声が出た。ひどく動揺していた。どうしてだろう、いずれこういう日が来ることはずっと前からわかっていたのに。

わたしは乱暴に服を脱いだ。ざばりとお湯を浴びてから、豪快に波が立つのも構わず一気に湯船に沈んだ。ぬるい。それに、何かがおかしかった。

「大丈夫？」

加賀が聞いている。大丈夫ではない。胸の中の荒れた波の奥をひとつひとつ見ていく。おかしかった。そこは、加賀のことでいっぱいなのだった。

加賀、どうかなるべく、傷つかないでいてほしい。加賀、泣いたりしないでほしい。加賀、今以上、元気をなくさないでほしい。加賀、笑っていてほしい。

染井さんの結婚のことよりも、加賀のことばかりあふれているのだった。

「大丈夫？」

もう一度、加賀が聞いた。

「いや、加賀こそ」

深呼吸をしてから聞き返す。

「別に、結婚するってこと自体はずいぶん前から決まってたしね、今さら……」

遠く水音が聞こえる。加賀が狭い浴槽で動いた音だ。たいせつな音だと思った。

「同じ老人ホームに入ることを思って、やっていくしかないよ。人生は続くんだよ」

きっと加賀は今、あの苦笑いみたいな顔をしている。どうか泣いていませんようにと願う。

「しかし、もうそろそろ、寒いね」

と加賀が言う。35・8度は、今のわたしには染井さんの体温ではなくて、加賀を包む湯の温度になっていることにも、気づいてしまう。

三人で歌ったあとに抱き合って泣いたときの、加賀のTシャツのにおいを思い出す。切ったばかりのゴーヤみたいな、青くて生きているにおい。わたしはやっぱり大ばかだ。犬以下だ。言わないし言えないけれど、加賀だったみたいだ。わたしの心の中にいるのは、いつの間にか、加賀だった。

今度こそ実らない。ものすごく好きな人との恋が、実らない。このどうしようもないことを、どうしたらいいんだろうか。老人ホームの妄想なんて茶番だ、効きそうもない。加賀はずっとずっとこの気持ちと一緒に生きてきたんだろうか。

「あ、でもサナはさ、まだ可能性あるんだよ。サナは女の人なんだから。染井さんがスピード離婚しないとも限らないし」

励ますように加賀が言う。

「ないんだよ」

とわたしは言った。

「わたしは加賀と同じだよ」

しんとした。加賀は間を置いてから、

「同じ、ではない」

ゆっくり、わたしに沁み込ませるように言った。

確かにそうだ、そうなのだ。

加賀に対して無神経な振る舞いを続けてきたような気が、今になってした。染井さんを好き同士だったとしても、わたしと、加賀とは、同じじゃない。

わたしが誰を好きになったとしても、どんなにかなわない恋をしたとしても、男の人を愛する男の人を好きになったとしても、加賀の抱えているものを完全にわかることなど、絶対にないのだろう。わたしが加賀を好きになることと、加賀が染井さんを好きになることは、かなう確率がほぼない恋だという部分が同じでも、結局それ以外は全部、違うのだろう。加賀にはいつも笑っていてほしいのに、こんなことにも今さら気がつくなんて。

「ごめん」

収まり始めた波を胸元に感じながら言った。ぬるい。

「いや、こっちもなんか、ごめん」

どちらも黙った。35・8度がますます冷めていく。泣きたくなるほど、ぬるい。

「もう、大学やめようか、ずっと考えてて」

ぽつり、ぽつりと加賀は言った。加賀が自分のことを話し出すのは、めずらしかった。いつも、そこにはいない染井さんを介してばかりつながっていたから、返す言葉を探すのに時間がかかる。ずっと見ている壁の、橙色の丸い灯りがぼやけていく。

「才能ないんだ。音も出せない人が言うせりふでもないんだけど」

「才能って何」

加賀は質問には答えなかった。才能という名前をつけられている目に見えない何かによって加賀が落ち込んでいるらしいことが、歯がゆかった。加賀の目に今、映っているものを知りたかった。

「加賀のお風呂場の壁の色は、何色」

「水色」

と、それには答えた。

「加賀、そこに窓はある？」

「あるよ。小さいの」

「何か見える？」

「格子と隣のアパートのクリーム色の壁」

「風は入る？」

「うん、少し」

プルタブを引いたような音がした。エナジードリンクだろうか。

「何か別のとりえがあれば、まだいいんだけど」

加賀が、続けた。

「それもない。何もない。自分に向いてる何かを探す気力もなくなったし、探し続ける年齢でもなくなった」

「加賀って、思ってたよりもっと暗いね」

いとおしさでいっぱいになって、わたしは言った。

「思ってたよりって、どういうこと」

知っている、と思った。それを才能と呼んでよいのなら加賀の才能をわたしはよく知ってる。水色の壁と小さな窓と、格子と隣のアパートのクリーム色の壁と風。そこにいる加賀。思い描いて、言おうか迷って、言うことに決める。

「わたしは加賀の才能を知ってるよ」

何も返って来ないので続けた。

「加賀には、人を愛する才能がある」

加賀は笑わず聞いた。

「何。それ」

「加賀に会ってから思うんだけど。この人のことはずっと忘れないだろうって心から信じられるくらいに、ばかになるくらいに人を好きになるのって、けっこう幸運で、誰にでもあることじゃなくて、胸を張っていいことじゃないかと思うんだ。ある種の才能がなくちゃできない。加賀もわたしも、たぶん、人をばかみたいに愛する才能は、ある」

「ねえ」

あい変わらずの優しい声で加賀は聞く。

「その才能は、何かの役に立つ？」

何かの役に立つ？　声を反芻（はんすう）する。確かに医師みたいに命は救えない。スポーツ選手みたいに夢を与えられるわけじゃない。アイドル、俳優、お笑い芸人、歌手、そんなふうに誰かを笑顔にできるわけでもない。芸術家みたいに残るものだって作れない。おいしい料理も、誰かが住む場所も、誰かが着る服も、何も作れない。ただ誰かを、しかも思いが実らない誰かを、勝手に、ものすごくばかみたいに好きだというだけでは、この世の何の役にも立てないのだろうか。

大きな声をあげたくなって、ぬるい湯に潜った。目をつむって鼻と口から空気を全部吐き出す。心配そうにサナと呼ぶ声が湯を隔てて聞こえて、ああそうか、と、静かにわかった。

「加賀、加賀のその才能は、わたしの役に立ってる」

立ち上がって伝える。

「わたしが生きるのに役に立ってる」

体を湯がすべり落ちていく。

「人をばかみたいに愛する才能のある加賀は、同じように染井さんのことを好きなわたしの気持ちを一緒に大事にしてくれた。けなさないでくれた。ばかにしないでいてくれた。だから、わたしはきょうもたぶん生きてる。必要なの。加賀の才能は、わたしに必要」

髪から、あごや指の先から、落ちるしずくが鳴っている。換気扇の生むかすかな風が濡れた体に冷たくて、加賀の反応が怖くて、祈るように待つ。何か言ってくれ。

「ばかだなー」

加賀はいつにも増して、優しい声で言った。力が抜けて、湯の中に戻った。

「じゃあ、俺もサナの才能のおかげで生きてるのかもしれない」

加賀のよくする顔、苦笑いに限りなく近い表情をたぶんわたしも今、している。顔だけが熱くて体はさっぱりあたたまらない。ほんとうに風邪をひいてしまいそうだけれど、通話を切りがたくて言った。

「ねえ、またあれ歌ってあげようか」

「いいけど」

「じゃあ、ロングバージョンでいきます」

「わかった」

サビに向かうメロディーを加賀が鼻で歌う。

湯気のまじった空気を、せいいっぱい吸い込んでわたしは歌った。今夜限りの特別なやつを、才能を使い果たすつもりで歌った。

「加賀、君は頭、頭がとてもいい
だって、人を愛する才能にみちみちてる
加賀、役立たずに思うことがあったとしても
加賀、その才能でわたしは生かされてる

加賀、君は頭、頭がとてもいい
加賀、生きることに君はすごく向いてる
加賀、笑っていて風邪も絶対ひかないで
だから、あした君に熱い風呂に入ってほしい

加賀、生きることに君はすごく向いてる

だから、あした君に熱い風呂に入ってほしい」

音程は常に外れたが声はよく響き、それが消えると自分の荒い呼吸だけ残った。

「ばかだな」

わたしの好きな声が聞こえた。

「でもありがとう」

35・8度の湯につかっていると、その声のあたたかさがよくわかった。その温度を逃さないようにして言う。

「だから加賀、あしたからは、わたしの体温のお風呂に入りなよ」

「どうして?」

「加賀、わたしの平熱、知ってる?」

「知らない」

「42度だよ」

「ほんとうに、ばかだなー」

ふたりで笑った。早くこの目でまっすぐ、その笑っている顔を見たいと思った。

じゃあまたと言い合って電話を切る。グループラインには59件の新着メッセージ、とあった。祝福の言葉があふれていた。

加賀の声のあたたかさが消えないうちに、「ご結婚おめでとうございます」と送信する。

加賀の浴室の窓から見えるらしい、格子とクリーム色の壁を思い浮かべる。加賀の音が、いつか出 màますように。加賀がいつも元気でいられますように。加賀の恋がいつか実りますように。幸せでありますように。わたしは湯船を出て、泡をたくさん立てて祈りながら全身を洗い、あしたはわたしも42度のお風呂に入ろうと決めた。

接待麻雀士

新川帆立

1

卓に散った百三十六枚の牌（パイ）を見つめる。

「本日の接待相手はどなたですか？」

「総務省の小手森（おてもり）総務審議官です」

塔子（とうこ）は答えながら、素早くすべての牌を裏返し、十七枚一列を八列ぶん並べた。

脇のタオルウォーマーを開けて、温かいおしぼりを一本引き抜く。外包のビニール袋の片側をきゅっと握りこむと、中の空気が押し出されて、もう片方のビニールが勢いよく破れた。

洗牌（センパイ）が好きだ。

牌は直方体だから、全部で六面ある。一面ずつ、おしぼりで磨き上げる。右手におしぼりを持って、牌の背面をさっと拭く。そのまま滑らかに、牌を一列ずつ裏返していく。慣れてしまえば、何の造作もなくできる。

「視線だけ、こちらにもらえますか」

正面から声がかかった。

手の動きは止めずに、首を小さく動かして、カメラのレンズを見つめた。

高級雀荘の個室に、かしゃりかしゃりとシャッターの音が響く。

「塔子さん、器用ですねえ」

インタビュアーの由香里が、甘ったるい口調で言った。

由香里は、塔子のプロ雀士時代の後輩だ。今は麻雀雑誌のライターをしている。

「接待麻雀士にとって、手先の器用さが何より重要ですから」

塔子は淡々と応えた。インタビューには慣れている。

「手先が器用じゃないと、イカサマできないってことですかァ？」

由香里はわざとらしく小首を傾げた。

「接待です。お客様へのおもてなしであり、パフォーマンスです」

話しながらも、次々と牌を返していく。卓上で動かしても音はしない。

牌にはそれぞれ個性がある。牌の重心、表面の滑らかさ、角の取れ具合。触りながら、ひとつひとつ確かめて、手になじませていく。

あたかも牌との対話だ。人間と話すより、ずっといい。

だから洗牌が好きだ。

「接待麻雀を通じて、公然と賄賂を渡しているという批判もありますが」

由香里の目が暗く光ったように見えた。

「塔子さんは、どう思われますか？」

「どうって」塔子は口ごもった。

都合の悪い質問は、広報担当者が引き取ってくれる。しかし今日に限って、広報担当者は同席していなかった。

代わりに、接待交際課の上司、清水吾郎(しみずごろう)が脇のスツールに腰かけていた。筋肉質で、四十代の割に見た目もそう悪くない。だが、大きすぎるシャツのせいで、だらしない印象だ。麻雀がべらぼうに上手いが、生活は酒浸りで破綻している。バツ二かバツ三だとも聞く。麻雀の押し引きは上手いのに、人生の押し引きが下手なのが不思議だ。

助けを求めようと吾郎を見ると、吾郎は顎を突き出す動作をした。

どんな質問にも自分で答えろ、と言いたいのだろう。

「自分の仕事をしているだけです。違法なことはしていません」

視線を手元に戻しながら答えた。

「適法なら、何をしてもいいんですか」

由香里がすかさず口を挟む。

「『健全な麻雀賭博に関する法律』、通称、健雀法(けんじゃんほう)は、官邸の強い働きかけで制定されました。認知症予防を掲げていますが、そんなのが建前だというのは、みんな分かっているはずです。塔子さんも、ご存じですよね」

塔子は顔を上げず、洗牌を続けた。

「私は、麻雀を打ちたいだけです」

それだけ言って、黙りこんだ。

由香里は口元を歪(ゆが)めた。軽蔑の色が浮かんでいる。

軽蔑されても構わない。

由香里はもともと夢見がちで、地に足がついていないところがあった。卓上でも脇が甘く、プロ雀士なのにミスを連発した。SNSで批判を受けて、早々に引退したのだった。

目立ちたがりでメディア露出も多かった。チヤホヤされたくて麻雀を打っているような女だ。健雀法のことを指摘するのも、彼女なりのパフォーマンスだろう。政治的なことを口にすれば、目立てるからね。

社会がどう変わっても、雀士がすることはただ一つ。

麻雀を打つ。それ以外の余計なことには、手を出さないほうがいい。それが責任のある大人の在り方だと、塔子は信じていた。

冷和(れいわ)三年、賭け麻雀が合法化された。

「人生百年時代を迎えた昨今、高齢者の労働者供給が不可欠であり、認知症の予防が喫緊（きっきん）の課題となっております」

　プロンプターに表示された原稿をそのまま読み上げる首相会見は、数度放送されたきり、見かけなくなった。次から次へと起こる不祥事に紛れてしまったのだろう。

「スタンボード大学の研究によると、認知症の予防に麻雀は効果的であり、特に金銭が賭かっている場合、脳がより活性化され、認知症予防効果が高いと言われており……」

　つまり、こういうことだ。

　賭博は刑法上禁止されている。賭け事で儲けると、「勤労の美風」が害されて良くない、という理由だ。賭け麻雀も賭博だから、当然禁止のはずだ。

　だが、賭け麻雀には認知症を予防する効果があるという。認知症が予防できれば、高齢になっても働き続ける人が増えて、永年勤労に有益だ。「勤労の美風」を害するどころか有益なのだから、禁止する必要はない。そういうわけで、賭博罪の処罰範囲から賭け麻雀は外されることになった。

　もっとも、これは建前にすぎない。由香里の指摘の通りだ。

　適法な賭け麻雀を通じて、賄賂を収受したい政治家の思惑が裏にあった。

　数年前から、政治家や官僚に対する接待、贈収賄事件が相次いだ。厳しい世論の中、何らかの抜け道が必要だったのだろう。

その意向を素早く捉えた各企業は、それぞれに接待麻雀士を雇い入れ、政治家や監督官庁の官僚に対して、連日、接待麻雀を繰り広げるようになる。高レートで賭け麻雀を実施し、相手方に勝たせることで、適法に賄賂を贈れるのだ。

「そんなアホな話があるか。堂々と賄賂をやり取りして捕まらないなんて、世も末だね」

そう漏らしたのは、塔子の祖父である。

彼は麻雀好きが高じて、孫に「塔子」と名付けたほどだ。

「塔子」は、麻雀の世界では「ターツ」と呼ぶ。

あと一枚牌があれば、ひとまとまりのメンツになる状態のことだ。

「人間は常々、一枚足りないことを自覚して、謙虚でいるのが大事だ」

という想いを込めたらしい。が、きっと後付けだろう。

祖父は最期まで、自分の愛する麻雀が政治家の道具に成り下がったことを嘆いていた。塔子の接待麻雀士への転身にもずっと反対だった。

そんなことを言われても、と当の塔子は思う。霞を食って生きていくわけにはいかないのだから。

「塔子さんは、日本電信雷話社に入社してどのくらいになりますか？」

仕切り直しとでも言わんばかりに、由香里が座りなおして質問をした。

「三年目です」

「プロ雀士を辞めたのはどうしてですかァ？」

由香里が上目遣いで訊いた。

嫌な女だ、と思った。

塔子がプロ雀士を辞めた理由なら、由香里も知っているはずだ。

由香里とは先輩後輩の間柄だが、特別親しくはない。むしろ反りは合わないほうだ。由香里の打牌ミスやマナー違反を注意したこともある。その度ごとに、由香里は不満そうに口を尖らせた。由香里の表情に合わせて、周囲の空気はよどんだ。ミスをした由香里よりも、それを指摘する塔子のほうが悪者のように白眼視された。

ふと、由香里と最後に対局した公式戦を思い出す。

由香里は、胸元が大きく開いたドレスに、派手な巻き髪で現れた。塔子は地味な黒スーツを着ていた。プロ団体の規約には、「対局時はスーツ又はそれに準ずる服装を着用」と定められていたからだ。

由香里は笑いをこらえるように頬を膨らませて、

「塔子さん、今日もスーツなんですかあ。偉いですねえ」

と声をかけてきた。何と答えたのかは覚えていない。

陰で「スーツ女」と揶揄されているのは知っていた。対局時の女子プロはここぞとばかりに華やかな格好をしていたし、ファンもそれを喜んだ。

由香里よりも対局成績は常に良かった。だが、ゲストプロとして大会に呼ばれるときの時給は、由香里の半分程度だ。塔子の集客力は、由香里の半分くらいだから、仕方ない。

結局、女子プロといっても、仕事の半分はキャバクラのようなものなのだ。ファンがついて初めて、お金がもらえる。無愛想な塔子は食べていけなかった。

プロ団体の幹部陣は、塔子を引き留めてくれた。団体の議事録を管理したり、会計を担当したり、様々な雑務に重宝されていた。真面目で硬派な塔子は、麻雀界では珍しい存在だったのかもしれない。

だが、幹部陣の慰留の甲斐なく、塔子はプロ雀士を辞めることにした。生活にも困窮していたし、人との関わりにも疲れていた。

「麻雀というゲームに惹かれて、業界に入りました。ですが、競技外の人間関係に疲れてしまったのです。純粋に麻雀を打てる環境を求めて、転身しました」

「あはは、塔子さんってカンペキ主義だから。衝突も多かったんじゃないですかあ」

由香里が軽い調子で言う。

腹が立ったが、塔子は顔色を変えないように努めた。感情の動きを見せると負けだ。

由香里も引退の一因を築いている。由香里を始めとする女子プロたちからの、嘲笑を含んだ視線が辛かった。それでプロ雀士を辞めたのだ。辞めてなお、馬鹿にされるのは我慢ならない。

塔子はちょうど洗牌を終え、手を止めた。

由香里が手元のノートを閉じて、

「えぇっと、準備は終わりで、あとはお客様の到着を待つんですっけ」

と漏らした。

「それなら私は一旦外で――」

「いえ、対局開始は二時間後です。これから私たちは暗牌（アンパイ）をします」

塔子は脇に控える吾郎へ顔を向けた。

吾郎は頷いて、卓ににじり寄った。

二人で順番に牌を一枚ずつ、しっかり確認する。牌姿（はいし）を暗記するためだ。

一見すると牌に傷はない。しかしよく見ると、微妙に背面の模様が異なる。象牙で製作された牌だからだ。模様の違い一つ一つを覚えて、背面からでも牌の内容が分かるようにしておく。

すべてを覚えるのは難しい。特に重要な三割程度の牌を暗記する。そのうえで、覚えた牌との関係が近い牌を記憶していくと、五割程度は覚えることができる。二時間もかければ、七割まで暗記率は高まる。接待本番で打ち慣らしていくと、終盤にはほぼすべての牌が分かるようになっている。

地道な作業を、由香里は退屈そうに見つめていた。

接待麻雀当日の準備風景を取材したい、と申し入れてきたのは由香里だ。地味な取材になることは予測できたはずだ。

「ガン牌と何が違うんですかあ？」

あくびを嚙み殺しながら、由香里が訊いた。

「ガン牌は、牌に目印や傷をつけて、それを覚えることです。私ども接待麻雀士は、そういったことはしません」

接待用に明らかに印がついている牌や、専用の眼鏡で透視できる牌も市販されている。そういった道具を使用すると、贈収賄としての摘発リスクが上がってしまう。目で見て覚えるのが、一流の接待麻雀士の美徳とされていた。

「イカサマって意味では、同じじゃないですかあ」

塔子は由香里の言葉を無視した。

暗牌もできない雀士と一緒にしないで欲しい。

適法な接待のためには、打ち手の腕が必要なのだ。

本来は被接待者一名と接待者三名で卓を囲んだほうが、容易に接待できる。被接待者を確実に勝たせるためには、グルになる仲間は多いに越したことはない。しかし現実には、被接待者二名、接待者二名で行う「二対二ルール」が浸透していた。賭け麻雀の合法化の移行期に、検察高官が接待麻雀を通じて賄賂を受け取ったという疑惑が持ち上がった。

法務大臣は堂々と国会答弁をした。

曰く、「所属組織が異なる二名同士、四名の対局であれば、故意に敗北し金銭を供与することは事実上不可能であるから、賭け麻雀による贈収賄とは認められない」。同解釈は即日、閣議決定された。

二対二ルールできっちり負けるには、かなりの技量が必要なのだ。

考えてみて欲しい。四人で一緒に小舟に乗って、うち二人は好き勝手な方向にオールを動かすようなものだ。その二人を抑えて、特定の方向へ誘導するには剛腕が必要となる。

由香里は気怠（けだる）そうに伸びをすると、個室の隅にある小型のテレビをつけた。

『現場の、千代田区丸の内に来ています。銀行から搬出直後の現金五百五十万円が奪われ、犯人は逃走中です。銀行の裏口で待ち伏せをしていた模様で……』

「へえ、物騒ねえ」

卓に片肘をついて、ぼんやりとテレビを見つめている。

「ま、この強盗だって、銀行員の自作自演かもよ。使い込んでしまったお金を、奪われたってことにしているのかもね。何でもあり、やったもん勝ちの世の中なんだから」

由香里がクッ、クッ、と詰まった笑い声を漏らした。

塔子は目の前の卓を見つめた。

何も聞きたくない。暗牌に集中しようと思った。

卓上でしか生きられない。外の世界がどれだけ騒がしく、窮屈に迫ってきても、卓上だけはいつも平和だ。麻雀が世界を飲み込んでしまえばいいのに。

牌は自分を見てくれと塔子に語りかけている。一つずつ手に取って、見つめていると、心が凪(な)いでくる。

軽く目を瞑(つむ)ると、いま覚えた牌の姿が次々と浮かんできた。十四枚ずつ思い浮かべて、自分だったらどの牌を切るかな、と想像する。麻雀を打つようになってから、繰り返し見る夢と同じだ。夢の中でも十四枚の牌が浮かんで、何を切るか考えている。いつも溺れるように、牌と向き合ってきた。

「もう、大丈夫か」

どれだけ経っただろう。吾郎の声で、目を開けた。

塔子は頷く。

「あらかた覚えました」

「よし、そろそろ小手森さんのお出ましだ」

吾郎はまくり上げていたシャツを手首まで下ろした。

シャツの袖がたっぷりあったほうが、牌の抜き技やすり替えを行いやすい。だから接待麻雀士はたいてい、袖丈の長いトップスを着ている。

塔子は個室の椅子の位置を整えた。小型冷蔵庫を開いて、ドリンク類が揃っていることも確認する。

由香里は立ち去る気配がない。もうすぐ対局が始まるというのに。

声をかけようか迷っていると、個室のドアが開いた。

真紅のカーペットに、黒光りする革靴が伸びた。

「どうも、どうも」

堅肥(かたぶと)りした小柄な中年男が入ってきた。頭は薄くなっているが、肌艶が異様に良い。ぬらぬらと精力があふれ出ているようで、厭(いや)らしさすらある。

「あっ、小手森さーんっ」

由香里が甘ったるい高い声を出して、小手森に駆け寄り、その腕に絡みついた。

「おう、おう。由香里ちゃんは今日も元気だねえ」

小手森はだらしなく目尻を下げた。

そして、塔子を一瞥(いちべつ)すると、

「へええ、由香里ちゃんから聞いていた通りだなあ」

と言った。

「あの、これは……？」

塔子は小声で吾郎に尋ねた。

吾郎が答えるよりも早く、由香里が口を開いた。

「今日は私が同卓します。塔子先輩の胸を借りようかなァと思って」

小手森がねっとりした目で由香里の胸元を見て、塔子の胸元を見た。比べられているようで不快だった。

2

午後六時、四人は卓についた。

時計回りに、塔子、小手森、吾郎、由香里の順に座っている。

由香里と小手森の顔を交互に盗み見た。

二人は含み笑いを交わしている。いかにも親しげだ。麻雀関係の仕事をしているだけなら、小手森と知り合う機会はないだろう。だが、派手好きの由香里のことだ。色々なパーティやコンパに顔を出して、オジサンを転がしていてもおかしくない。小手森に無理を言って、接待麻雀に乗り込んできたのだ。

プロ雀士として活動していたときも、由香里のような女が邪魔だった。引退してなお、邪魔をしてくるのか。胸の内にムカつきが込み上げた。

だが、塔子にできることは限られている。自分の仕事に集中するしかない。

接待麻雀で使用するルールは、ごく一般的だ。掛け金のレートだけがべらぼうに高い。通常の雀荘でのレートはせいぜい千点百円で、ぼろ負けしても数万円を失う程度だ。今回のレートは千点二万円。通常のレートの二百倍、一晩で数百万円が動く。そうでないと、一度の接待でまとまった金額を被接待者に渡すことができないからだ。

牌を四人でかき混ぜ、山を積む。それぞれのプレーヤーが自分の前に十七枚ずつ二段重ねの牌の山を築く作業だ。自動配牌卓もあるが、接待麻雀は手積みと決まっている。

塔子は速やかに卓を見渡し、自分の前の山を積んだ。

そのとき、吾郎の肘が当たって、小手森のセブンスターが床に落ちた。

「これは失礼」

と言いながら、吾郎は腰をかがめてセブンスターを拾い、小手森に手渡した。

塔子の親番である。サイコロを二つ振った。

出た目の合計は十。塔子から向かって右側、下家(シモチャ)と呼ばれる由香里の山が割れた。割れたところから、打ち手それぞれが四枚ずつ三回牌を取り、最後は一枚ずつ取って、スタート時点の手牌、十三枚が配られた。

山から一枚ツモって、一枚切る。この動作を親番の塔子から反時計回りにこなしていく。

「おっ、これはこれは」

塔子から向かって左側、上家(カミチャ)の小手森が声を上げた。

小手森の第一ツモ。牌を一枚持ってくると、小手森は威勢よく卓に叩きつけた。

「ツモッ」

満面の笑みで、小手森が手牌を倒す。

「地和(チーホー)だッ」

塔子と吾郎は拍手をして、

「お見事でございます」

と囃(はや)した。

地和とは、麻雀の最高役、役満の一つだ。配牌の時点でアガリまであと一歩、第一ツモでアタリ牌を持ってきたときに成立する。とても珍しい役だ。仮にプロ雀士として十年活動しても、一度か二度しか見ることはないくらい、実戦では見かけない。

小手森がいきなり地和をアガったのは、もちろん偶然ではない。

塔子は自分の山を積むとき、左端の二列四枚、中央の二列四枚、そして右端の一列二枚、由香里の山の左端一列二枚に仕込みをしておいた。いずれも小手森の手牌に入る牌だ。いわゆる「地和積み」と呼ばれる古典的なイカサマ術である。

地和積みが成立するには、小手森自身が積んだ山のうち二枚にも細工をする必要がある。これが難しい。吾郎が落としたセブンスターに気を取られている隙に、塔子が山の牌二枚をすり替えた。

サイコロの目の出方もコントロールしている。捻りザイ、置きザイ、ずらしザイなど、様々な方法があるが、いずれも接待麻雀士、キホンのキだ。

「素晴らしいですね」

吾郎がにこやかに話しかける。

「小手森さん、今日はツイてるかもしれませんよ」

今のプレーは小手森の大勝だ。現金換算だと百七十四万円の儲けとなる。

最初の一局は派手なアガリで被接待者を持ち上げるのが通例だ。もっとも、アガリにもバリエーションがないと飽きてしまう。地和積みは最初の局のみだ。

ここから先は、少しずつ勝ち金を積ませる作業となる。

暗牌してあるから、小手森や由香里の待ち牌は十中八九分かる。待ち牌に合わせて打って、ロンさせる。基本動作だ。リーチが入ると、リーチ者の第一ツモをすり替えて、一発ツモを仕組む。当然のおもてなしである。

これを繰り返していけば、ほぼ確実に勝たせることが可能だ。

そのはずなのに、今回はそれすら難航した。

小手森がテンパイしないのだ。

アガリの一歩手前まで手を整えてくれさえすれば、アガリ牌の差し込みができる。しかし、小手森の手牌が整わない以上、こちらからできることはない。

小手森のツモ筋にあたる山に積み込んで、あらかじめツモも良く整えてある。「元禄（ゲンロク）積み」という手法だ。このツモが来たら、たいていの雀士がこう切る、という方向に誘導している。

だが、小手森は独自の打ち筋を展開した。

その打ち筋が裏目に出ると、

「あちゃあ」

と言って、薄い頭をパァンと叩く。その繰り返しである。

こんなに麻雀が下手な人も珍しい。

例えば先ほど、吾郎からアガった手。

「ピンフにドラが二丁。三千九百、サンキューだ」

と本人は満足そうだった。が、塔子は頭が痛かった。

なぜリーチしない。

リーチをすると待ちの形を変えられなくなるが、アガれたときの得点が二倍以上になる。

アタリ牌の数も多く、形の良いテンパイだ。接待麻雀でなくてもアガれそうな場況である。

リーチしてツモり、裏ドラのボーナスがのれば、一万二千点まで跳ねる。もちろん裏ドラがのるよう、事前に積み込んである。ツモれるように、ツモ筋に待ち牌だって潜ませてあった。それなのに、どん詰まりの三千九百点で喜んでいる。

そうやってせっかく集めた点数も、次局には由香里に振り込んで、あっけなく放出してしまった。つまるところ、ド下手につける薬はないのだ。

由香里は由香里で、接待に協力するわけでなく、逆に猛烈に勝ちに行くわけでもなく、淡々と打っている。

見せ場といえば、七十符・二翻（リャンハン）という珍しいアガリを決めて、

「四千五百点です」

と、点数申告したくらいだ。

塔子のほうを見て、挑発するようなドヤ顔だった。

確かに珍しいアガリで、素人には難しい点数計算だ。由香里はもともと点数の誤申告が多かった。以前の彼女なら、この点数申告はできなかっただろう。

成長の成果を見せつけたいのかもしれない。とはいえ本来、このくらいの計算はできて当然なのだ。それをドヤ顔で披露されても、げんなりするだけだ。

三ゲーム目が終わって、時刻は午後八時すぎ。

夕食の出前をとって小休止を入れることにした。

「今日はちょっと、しんどくないですか」

小手森と由香里がトイレに立っている隙に、塔子は吾郎に話しかけた。

今回の目標供与金額は七百五十万円と聞いている。三ゲーム目が終わって、まだ二百万円しか積めていない。小手森は忙しい身だ。徹夜で麻雀をさせるわけにいかない。打ててあと四ゲームほど。塔子は困惑と焦りを感じ始めていた。

吾郎は腕を組んで卓を見つめ、

「もしかすると、何かあるのかもな」

と呟いた。

「何かって？」

訊き返したが、吾郎が目顔で塔子を制した。

ちょうど小手森がトイレから帰ってきたところだった。皺だらけのチェック柄のハンカチを手にしている。不潔な印象で、どうも好きになれない。

由香里はその数分後に帰ってきた。化粧直しをしていたようだ。艶々のグロスを唇につけて戻ってきた。


仕切り直しの第四ゲーム。

吾郎が髪をかき上げた。次は「ダブル積み」を行うというサインだ。

麻雀牌には、索子（ソーズ）、筒子（ピンズ）、萬子（マンズ）の三種類がある。このうち一種類だけで手牌を構成してアガると、面前清一色（メンチン）といって、高い手になる。

今回は、小手森の手牌に筒子、由香里の手牌に萬子が多く入るよう調整する。二人にどの牌種を割り振るかは、吾郎が髪をかき上げたときの指の形で分かる。事前に符号は決めてあった。

そうはいうものの、塔子は不安だった。

面前清一色は往々にして、複雑な形になる。アガリ牌を間違えてしまう人も多い。単純な手も仕上げられない小手森のことだ。面前清一色をアガりきれるとも思えない。

案の定、小手森は相当バタついて、後半になってやっとテンパイした。だがテンパイ直後に、あっさりと由香里に振り込んでしまう。

由香里は綺麗な面前清一色を仕上げていた。

小手森からの出アガリなのに、由香里は塔子を見つめてニヤついている。以前の由香里なら、面前清一色を処理しきれないことが多かった。成長したのだろう。それは認めるが、いちいちアピールされるのはうんざりだ。

由香里は調子づいて、五千八百点、一万二千点と得点を重ねた。いずれも小手森からの出アガリだ。

再び、由香里がテンパイした。このままでは、また小手森が振り込んでしまう。塔子はすかさず、由香里のアタリ牌を差し込んだ。ところが、由香里はこれを無視した。

塔子は困惑した。どうして塔子からアガらないのだろう。由香里は塔子に対抗意識を抱いているようだから、嬉々としてアガりそうなものなのに。

その局はそのまま流局し、次局、由香里は再度、小手森からアガった。傍目(はため)には、小手森を狙い撃ちしているように見える。

吾郎に視線を送ると、吾郎は小首を傾げた。吾郎も困惑しているようだ。

　不可思議な事態は続いた。

　その次の局から、塔子の手牌がやたら良くなった。塔子は勝つ必要はないから、手作りはしない。それでもドンドン良い牌がきて、いつのまにかテンパイしてしまう。

　そしてテンパイ後すぐに、塔子のアタリ牌を由香里が打つのだ。もちろん、塔子は「ロン」と出アガリはしない。接待麻雀だから、塔子自身が勝つわけにはいかない。何事もなかったかのように、見逃した。

　そんなことが二度、三度続いた。

　そしてついに、由香里がアタリ牌を打つときに、

「ねえ、塔子さん、なんでロンしないの」

　と言った。

「これ、アタリ牌でしょ」

　塔子は自分の手牌をちらりと見て、

「ああ、そうだった。うっかりしていました」

　と手牌を倒した。

　ポーカーフェイスを保っているが、内心、戸惑っていた。

　由香里がアタリ牌を正確に読んできた。そんな芸当、暗牌していないと難しい。

塔子や吾郎が暗牌しているとき、由香里は退屈そうにぼんやりしていた。その実、隙を見て暗牌していたのだろうか。

混乱しながらも、塔子は点数申告をした。

どうせ千点の安手だ。変に誤魔化すよりはアガってしまったほうがいい。

プレーヤー全員が接待麻雀と承知していても、抜き技やすり替えがバレたり、接待者が負けに行っていたりすることがあからさまになるのは良くない。

贈賄と見做(みな)されないように、という配慮もある。だが一番は、被接待者の満足感だ。あからさまなイカサマで勝たせてもらっても、楽しくない。不思議と今日はツイていて、バカ勝ちしたなあ。そういう満足感とともに、勝ち金を持ち帰ってもらう必要がある。

もちろん、接待者がイカサマを仕込んでいることは分かっている。どういう仕組みのイカサマなのか分からないから、楽しいのだ。タネの分からないマジックに感心するのと同じ心理だろう。

その後も、ことあるごとに由香里はアタリ牌を出した。

塔子だけではない。吾郎もいくつか安手をアガった。

結果として、小手森の持ち点が由香里を通して、吾郎と塔子に流れている。これでは、吾郎や塔子が小手森から得点しているのと同じだ。

塔子は、由香里の横顔を見つめた。得意げに微笑を浮かべている。塗られたグロスが嫌に光っていた。接待の邪魔をしている。そうにちがいない、と思った。

局と局の変わり目、山を積むときの由香里の動きを注視した。

由香里はさりげなく手元を見て、あくまで自然に積んでいる。が、塔子には確信が持てた。接待麻雀士の目はごまかせない。

由香里は積み込みをしていた。塔子や吾郎のツモ筋に良い牌が来るように調整している。

さきほど塔子自身が行った「元禄積み」と呼ばれる手法だ。

接待返しだ。

塔子は息をのんだ。由香里はいつ、その技を身に付けたのだろう。

塔子たちは、小手森を接待する。由香里は小手森を狙い撃ちして沈めて、塔子たちに接待をし返す。塔子たちの接待麻雀を邪魔しているのだ。だが、どうしてそんなことをするのか、理由が分からない。

塔子はとっさに口を開いた。

「あっ、ちょっと縁起直しに、失礼します」

積んだ後の自分の山に手をかけて、素早く組みなおす。

いわゆる「切り返し」の手法である。通常は、上手く積み込めなかった場合のフォローとして使う。もっとも今回は、一度自分で積み込んだ牌をバラバラにするために使用した。

そして、局の開始早々、

「チー」

塔子は発声した。

チーをすると、山からツモらずに、他の人の切った牌を自分の手牌に取り込める。するると、山のツモ筋がずれる。元禄積みを潰す常套手段だ。

これで由香里の積み込みは封じられる。由香里が塔子のために積んだツモ筋は、由香里自身に流れる。

塔子は塔子で、最初に山を積んだときは、小手森のツモ筋に良い牌を仕込んでいた。チーをして一筋ずらすと、小手森のために塔子が積んだ牌が、塔子自身に入ってしまう。だからこそ、「切り返し」をして、自分の積んだ牌はバラバラにしておいた。

結果として、由香里の積み込みだけが残り、由香里の手牌に入る。自分自身の積み込みで、由香里の首が絞まることになる。

すると由香里が、追いかけるように、

「チー」

と発声した。

もう一度チーを重ねると、ツモ筋がさらに一つずれて、由香里のツモ筋が吾郎に流れる。塔子の積み込み潰しへの、由香里からの反撃だ。

由香里の口元がニヤリと歪むのが見えた。

吾郎は由香里を一瞥して小さく眉尻を上げた。感心しているときの顔だ。そのまますぐに、塔子に視線を投げた。

やるべきことは分かっている。

塔子はこっそり深呼吸をした。

数巡、打牌を重ねた。なんてことはない、普通の麻雀だ。

吾郎が咳をした。

その瞬間、塔子は自分の前の山に手を伸ばした。

上段に積まれた牌の右端の一枚をつまんで右にずらし、ストンと下に落とす。二段に積まれた山の右端だけ、牌が二枚、一段で並ぶことになる。次は流れるように、上段に並んだ牌を右方向へ二枚ぶんずらす。すると今度は、山の左端に二枚、一段の牌が現れる。すぐに左手で、左下段の端牌を一枚摑み、隣の牌の上に載せる。これで、牌がずれて山の見た目は元通りだ。

実に一、二秒の動きだ。山を前に出す動きに混ぜて行えばバレにくい。とはいえ、音を立てずに行う必要がある。「山ずらし」と呼ばれる熟練の技だ。

これでツモ筋はもう一つずれる。吾郎に入っていた良いツモ筋は、小手森に流れる。

小手森がそのツモ筋に乗って、アガってくれれば接待麻雀としては成功だ。

しかしここでも、小手森の独自の打ち筋が足を引っ張る。わざとテンパイを避けているようにしか見えない。小手森はテンパイせず、流局してしまった。

そして次局、小手森が、

「君たちも、気を遣わずにどんどんアガりなさい」

と言い出した。

「手が入ればいいのですけどねえ」

塔子は苦笑した。

明々白々な接待麻雀でも、建前は崩せない。

「今日はなかなか、流れが悪いようで」

答えながら、思案する。

小手森はどういうつもりなのだろう。由香里だけでなく、小手森までもが接待に反する動きをしているように見える。由香里だけなら、何かの嫌がらせだろうと片付けることができる。だが、小手森が接待の邪魔をする理由はないはずだ。

その後、数局のうちに、小手森から塔子や吾郎のアタリ牌がこぼれ始める。

小手森自身で暗牌や手牌読みができるとは考えにくい。あるとすれば、由香里から何らかのサインが送られているのだろう。

小手森も、接待返しをしているのか。

「どうだね、そろそろ頑張ってアガってもらわなきゃ、張り合いがないよ」

と発破をかけてきた。

吾郎が安手を一つアガった。

塔子も吾郎にならって、安手をアガりつつ、様子を見る。

ついに第四ゲーム最終局。

山を積み終えたところで、小手森が急に身体を乗り出した。

「なっ」

と言いながら、塔子の左肩を叩いた。

「そろそろ、頑張ってもらわなきゃあ」

と、塔子の肩を摑んで揺らす。

不快感で顔が歪みそうになった。必死でこらえて、

「そうですねえ」

と返す。

横目で小手森の右手を捉えた。毛深くて、ごつごつした手だ。爪の先が黒ずんでいる。肩をずらして、小手森の手から逃れた。深呼吸を一つ挟んで、気持ちを整える。

次は由香里の親番だ。

由香里がサイコロを振り、出た目は十。

その瞬間、嫌な予感がした。

気付いたときには遅かった。

由香里はすぐに自分の配牌を取りだして、

「大事な局面だから、インチキはなしですよ」

と両の手のひらを広げた。

「みんな、両手を出して、ほら」

「そんな大げさな」塔子は口を挟んだ。

由香里は大真面目な表情のまま、

「いいから、ほら！」

と引かない。

抵抗するのも不自然だ。両手を卓上に出し、ゆっくり配牌を取った。動きひとつひとつに注目が集まるから、すり替えもできない。

配牌を並べながら、やはり、と思った。

手に汗がにじんだ。

最初のツモ牌を取ってくる。

手牌を見て、どれを切ろうか、と逡巡（しゅんじゅん）した。

切るものがない。

アガっているからだ。

地和、役満である。

接待だから、塔子は負けに徹するべきだ。役満なんてアガっている場合じゃない。

幸い、アガリを自己申告しない限り、アガっていることはバレない。切るものがない手牌から、無理に何か切ってやり過ごそうと思った。

塔子が牌に手を伸ばそうとすると、由香里が身を乗り出して制した。

「塔子さん、実はアガってたりしてェ？」

そう言って、覗きこむような仕草をした。

「ちょっと……」塔子が反感をにじませる。

由香里は構わず、

「ね、ねっ、アガってるんでしょ。手牌を見せてよ。いいでしょ？」

「いいわけがないでしょう」

「ねえってば。いいでしょ。私の勘違いだったら、罰金を取っていいから」

と、強引に手を伸ばしてきた。

吾郎の様子を窺うと、吾郎は観念したように渋い顔で頷いた。

塔子は由香里の手を払いのけ、自分で倒牌した。

他人に倒されたくなんかない。せめてもの意地だった。

「ツモ、地和です」

落ち着いた声で言った。

内心は、腹が煮えるようだった。

冒頭で塔子が小手森に披露した「地和積み」を、今度は由香里がやったのだ。

地和積みを成立させるためには、塔子が積んだ山の牌を二枚すり替える必要がある。

あのときだ、と思った。

小手森が塔子に話しかけ、肩を摑んだ瞬間だ。不快感のあまり、気を取られた。

その隙に、由香里がすり替えたのだ。

やられた、やられた、やられた……。このクソ女。とんだカマトト、許せない。

塔子は腹の中で呪詛（じゅそ）を呟いた。由香里を罵（ののし）っているようで、本当は自分の隙が憎い。

結局、第四ゲームは塔子が一着。続いて、吾郎、由香里。小手森がビリだった。接待麻雀として、この上なく悪い結果だ。

小手森の勝ち点も大きく削られて、勝ち金総額は百万円まで減った。

塔子は呼吸を整えようと努めた。怒りがなかなか収まらない。

ふいに、顔に温かいものが流れた。

「あっ、鼻血」

由香里が塔子を指さした。

とっさに顔に手を当てると、手のひらに、さらっとした血が付いた。

「少々、失礼します」

鼻を手で押さえながら、席を立ち、トイレに駆け込んだ。

3

洗面台で鏡を見ると、片方の鼻の穴から漏れた血が、顎下まで伸びていた。

無様だ。

塔子は震えた。

震えながら蛇口をひねり、水で顔を洗った。

もともとメイクなんてしていない。乱暴に顔を洗っても、何も困らない。

由香里の艶やかなグロスが脳裏に浮かんだ。今頃、あの口元が笑っていることだろう。

ポケットティッシュで鼻を押さえながら、口で大きく呼吸をした。肩を上下に揺らしながら、呼吸を続け、気持ちを落ち着ける。

ふと、トイレの入り口のほうを振り返った。

大丈夫だ、誰もいない。今の様子を由香里に見られていたら、最悪だった。

壁に背をあて、体重を任せた。ひと息おいて、やっと頭が冴えてきた。

さっきは迂闊だった。小手森の接触に動揺したのがいけなかった。卓上で大げさな動きをする奴は、たいていイカサマ師だ。

小手森と由香里が組んで仕掛けてきていることは確かだ。打ち筋を見るに、小手森の腕はそう上手くない。それでも、由香里のアシストぐらいはできるだろう。

塔子も駆け出しの頃は、吾郎の助手から始めた。最近は一本立ちしてきて、吾郎がアシストに回ることも多かったが。

一瞬、胸の内に違和感が走った。

小手森が塔子に絡み、その隙に由香里がすり替える。

その間、吾郎は何をしていたのだ？

吾郎ほどの打ち手なら、由香里のすり替えに気付くはずだ。そして、止める。そうしなかったのは、なぜだ。

思い返せば、怪しい点は他にもある。

三ゲーム目で、小手森がアガった三千九百点。ツモ筋にアガリ牌を仕込んであった。もう少し待てばツモアガリできたのに、安手で出アガリしてしまった。

あれは吾郎の差し込みだった。暗牌済みの吾郎は、山を見て、小手森がツモアガリできることを知っていたはずだ。それなのにわざわざアタリ牌を打って、小手森に出アガリさせた。出アガリをすると、ツモアガリよりも得点は低くなる。

小手森が勝ちすぎないように、吾郎が調整していた。

不自然な点はまだある。

由香里がアタリ牌を出して、塔子に出アガリを迫ったときも、塔子の地和を公開させようとしたときも、吾郎から助け船を出そうと思えば出せたはずだ。

「吾郎さんも、接待を邪魔している……？」

塔子は独り言を漏らした。

最初に浮かんだのは、吾郎に試されているということだ。塔子は接待麻雀士として一本立ちが近い。三人相手にきちんと対応できて初めて、一人前なのかもしれない。

ない。

だが、雇い主の日本電信電話社の命令に背いてまで塔子を鍛える義理は、吾郎に

「塔子さァん、大丈夫?」

明るい声とともに、トイレの入り口から由香里が顔を出した。

「うん、大丈夫、大丈夫」

塔子は姿勢を持ち直し、まっすぐ立った。

「鼻血を止めるのに、時間がかかってしまって、ごめんなさい」

塔子は鏡を見て、自分の顔を確かめた。

小さく頷いて、トイレを出ようとすると、由香里が通せんぼをするように、出入り口の中央に立った。

「ねえ、塔子さん。私たちが最後に対局した公式戦のこと、覚えてます?」

塔子は面食らった。「えっと、何のこと?」

「やっぱり、覚えていないんですね」

あの日、由香里は派手なドレスを着ていた。塔子はスーツだった。戦績は、塔子が二着、由香里が四着。対局内容なら思い出せる。あの日、由香里は大きなミスをした。麻雀では反則扱いになるものだ。

「あのチョンボのこと? 他の人は気付いていなかったけど、私が指摘した。でも、

それを恨んでいるとしたら、とんだお門違いで――」

「そうじゃなくてッ」由香里が半ば叫ぶように言った。

「私のヌーブラ拾ったの、塔子さんでしょ？　ねえ、そうでしょ」

　塔子は面食らった。「ヌーブラ？」

「そう。ホックが壊れていて片方落としちゃった私も悪いんだけどさ。塔子さんも塔子さんよね。真面目くさって、大会の運営事務局に届けちゃうんだから。女子トイレにこっそり置いておくとか、やりようが色々あったでしょ」

　由香里は早口でまくし立てる。塔子には何のことか分からなかった。

「観戦に来てたお客さんが、ヌーブラの落とし物に気付いたの。それと、私の片方の胸がスカスカしていることにも。SNSでも、『偽乳（にせちち）』ってあだ名がついて、散々悪口書かれて。それで私、プロ雀士を引退したんですよ。入るはずだったグラビアの仕事もダメになった。塔子さんのせいですよ」

「ちょ、ちょっと、待ってよ」

　塔子は困惑していた。ミスを指摘したことを責められるなら、まだ分かる。だが、それ以外のことには身に覚えがない。SNSでの批判だって、容姿に対する誹謗中傷より、打牌批判のほうが多かったはずだ。数少ない容姿批判が、由香里にとっては致命傷になったのだろうか。

「そもそも、ヌーブラって何？　確かに言われてみれば、ブヨブヨした変なものを拾ったから、運営事務局に届けたような気がするけど。それが何なのかなんて、考えてなかった。試合の合間だったし」

「ヌーブラを知らないんですか？　これまでの人生で、ドレスとかワンピースとか、着たことないんですか？」

「普段、スーツとか、Tシャツとかしか着ないから……」塔子は口ごもった。

「自分で着なくても、ヌーブラくらい、普通知ってるでしょ」

由香里は目を吊り上げて、塔子を睨みつけた。

「塔子さんって、本当に気持ち悪い。麻雀を好きなのは良いけど、それ以外のこと、何にも興味ないのって、どうかと思う。何にも考えずに一つの電灯に群がる蛾みたい。自分では自分のこと、職人肌とか思っているかもしれないけど。キモいよ、マジで」

由香里はそう言い捨てると、トイレから出ていった。

――キモいよ、マジで。

頭の中で、由香里の声が響いていた。同性から向けられる、そういう視線が苦痛で、塔子は引退した。それなのに、由香里のほうは、塔子のせいで引退に追い込まれたと思っているらしい。

それで塔子を恨んで、接待麻雀を邪魔しに来ているのだろう。ヌーブラみたいな些細なことで恨まれても、と内心思う。だが、由香里にとっては一大事だったのだろう。由香里は確か、もともとアイドル志望だった。アイドルの道で芽が出ず、麻雀界にやってきた。麻雀を飛び道具にして、グラビアアイドルとして再起するつもりだったのだろう。それを潰されて、怒っている。分からなくもない。だが、個人的な恨みを超えた、嫌悪を塔子に向けているようにも感じる。

「電灯に群がる蛾って……」小さく漏らした。

麻雀しか、光を知らない。だから、それにすがるしかない。由香里みたいに、他のこともできる人が、塔子の世界を荒らしに来ているのだ。

由香里に負けるわけにはいかない。麻雀だけは、負けられない。

塔子は両手で頬を叩くと、深呼吸を一つ挟んで、席に戻った。

4

席に着くと、仕切り直しと言わんばかりに、吾郎がパァンと手を叩いた。

「さっ、残り時間を考えますと、あと三ゲームほどですかな」

吾郎は卓を見渡した。

「皆さん、当たり前ですが、アタリ牌が出たら出アガリをする。ツモも同様。正々堂々行きましょうや」

小手森たちをけん制する趣旨なのだろうか。塔子には吾郎の意図が摑めなかった。特にサインもない。

下手な証拠を残さないために、接待前や接待中に吾郎とメールのやり取りはしないようにしている。今回は由香里によるインタビューがあったから、接待日当日の塔子の予定は事前に押さえられていた。通常はどの接待者が接待にあたるかも、直前に決まる。接待の日時や場所もテキストデータに残すことはない。すべて口頭連絡だ。

隙を見て、吾郎と話して状況を確かめなければならない。

小手森は薄笑いを浮かべて、塔子の顔を舐めるように見ている。由香里が涼しい顔をしているのも癪(しゃく)に障(さわ)る。

吾郎の親番、サイコロの出目は五。

配牌を終えたところで、吾郎が朗らかな声で、

「ツモ。天和(テンホー)です」

と言った。

塔子は驚いて、目を見開いた。

相手を勝たせるのが接待麻雀だ。吾郎が大きな手をアガってどうする。

「こりゃあ、私にも運が巡ってきたようですな」

吾郎は照れたように笑っている。

天和というのは、最初の配牌だけで、過不足なくアガっている役満、最高役だ。先に出た地和以上に珍しく、実戦で見られることはほぼない。このタイミングのこのアガリ。当然、積み込みによるものだろう。

積み込みで天和を出す場合、卓の内外に協力者がいることが多い。

もっとも、一人で天和をアガる方法もある。

目の前の山から取ってくる配牌は、山を積むときに仕組める。問題は、吾郎から向かって左側、由香里の山から取ってくる牌だ。自分で積むわけではないから、積み込みができない。そこで、由香里の山から取ってきた牌は、自分の前にある王牌にくっつけて、仕込んであった牌とすり替える。「ガッチンコ」と呼ばれる技術だ。

吾郎なら、誰にも気付かれることなく、やってのけるだろう。

もう一度、吾郎の親番だ。

塔子は吾郎の手元を注視した。普通なら気付かない動きも、意識して見ていれば、追うことができる。

やはり、やっていた。間違いなくやっている。

積み込み、そしてガッチンコだ。

「おや、なんと」

吾郎は眉尻を下げた。

「こりゃあ、帰り道に気を付けたほうがいいかもしれませんな」

そう言って、手牌を倒した。

「また天和です」

大きい手が二回出たことで、吾郎以外の三人の持ち点がすっかりなくなった。この時点で、第五ゲームは即時終了だ。

由香里は無表情のままだ。

一方、小手森は、満足そうにしきりに頷いている。

塔子は困惑した。接待麻雀というと、わざと負けて、相手にお金を渡すものだ。それ以外の動きは行ったことがない。だが小手森は、吾郎に負けて嬉しそうだ。

由香里が接待の邪魔をするのは分かる。塔子を恨んでいるのだろう。だが、小手森の思惑は読み切れない。

第六ゲームの配牌を取りながら、塔子は思い切って、吾郎に声をかけた。

「吾郎さん、急に勝負に来ましたねえ」

吾郎は、さも不思議そうに目を丸めた。

「麻雀なんだから、勝ちを目指して当然だろう」

そう言いながら、吾郎は頭を掻いた。

頭を掻くのは、「逃げろ」のサインである。接待麻雀でいう「逃げ」とは、自分たちが勝って、被接待者の勝ち分を減らすことだ。

吾郎はそのあとも好調な戦いを見せて、どんどん得点を積んだ。

理由は分からない。吾郎は勝ちに行くことにしたようだ。少なくとも、勝ちに行くというメッセージを、塔子に対して発している。

勤め先の日本電信電話社からの指令は、

『小手森を七百五十万円ぶん勝たせること』

だった。

吾郎の発するメッセージに従うと、会社の命令に背くことになる。

静かな個室の中で、タオルウォーマーがコトコトコト、と鳴った。加熱を始める音だ。何かのカウントダウンのようにも聞こえた。

その音が止む頃には、塔子の決意は固まっていた。

塔子は不得要領のまま、無理に納得した。吾郎が勝ちを目指すなら、塔子も勝ちを目指そう。悩む必要もない、シンプルな答えだ。

「どうしたんですか、塔子さん」

由香里から声がかかった。

「また鼻血ですか」

由香里の口元がうっすらと笑っている。頬のあたりが小さく引きつっていた。本人なりに表情を隠そうとしているようだ。

塔子は由香里を無視して、打牌を続けた。

勝つ、勝つ、勝つ。麻雀で勝つ。

顔も、スタイルも、愛想も、由香里には負ける。

麻雀だけは、勝ちたい。

塔子は卓上を見つめた。意識がすうっと、卓に吸い取られるように落ちていく。視界が狭まり、卓の外の騒音は気にならない。

既にすべての牌姿を覚えている。どの牌がどこにあるか、正確に分かる。勝つのは簡単だ。

「ロン、五千二百点」

「ロン、八千点」

「ツモ、三千、六千」

塔子は次々とアガった。吾郎からは得点しないように気を付けている。吾郎も着実に点数を稼いでいた。

第六ゲームは塔子がトップで、吾郎が二着、小手森が三着、由香里が四着だった。

そして第七ゲームも同じ順位で終局した。

「いやあ、今日は稼がせてもらいましたなあ」

吾郎がおしぼりで顔を拭きながら言った。

「帰り道に、気を付けないとなあ」

塔子は七ゲーム分の戦績を素早く取りまとめ、複写式の用紙に記入した。一枚目を切り離して、小手森に渡す。正確に記録に残して保管しておくことで、警察や税務署に詮索されずに済む。

塔子と吾郎の勝ち金は、合計で五百五十万円になった。一時は六百万円ほどまで勝ち金が膨らんだが、後半に吾郎が失速して、そこそこの勝ちに落ち着いた。

「ええっ、私、そんなに払えない」

由香里がわざとらしく小手森に寄り掛かった。

小手森は、にやにやと笑いながら、

「いいんだよ。いつも色々と払ってもらっているから、今回の負け分と相殺しよう」

と言う。

だ。アタッシュケースを一つ、ポンと差し出した。大学ノートくらいの、小型のもの

アタッシュケースを受け取って、吾郎が中を検(あらた)めた。

脇から覗きこむと、札束がぎっしり入っている。

塔子は驚いた。通常、勝ち金は銀行振り込みで支払われる。現金で渡してしまうと、いくら渡したのか疑義が生じて、警察や税務署に怪しまれかねないからだ。

「はい、五百五十万円ぴったりあります」

そう言って、吾郎はアタッシュケースを閉じた。

時刻は午前零時を回ったところだ。

特に話すこともなく、散会となった。

由香里は小手森の腕にぶら下がるようにしながら、部屋を出て行った。去り際、塔子のほうを振り返って、勝ち誇ったように笑った。

塔子は腹が立った。何で笑っているんだ。麻雀では塔子が勝った。それなのに由香里は笑っている。たとえ麻雀で負けても、負け額を払ってくれるパパがいることを誇りたいのだろうか。

五分ほど時間をおいてから、吾郎とともに雀荘を出た。

周囲を見回して、吾郎がぼそりと口を開いた。

「小手森には、国税が張り付いているようだ」

「国税？」

「ああ。あの店も、盗聴されていたかもしれない。だからあくまで、真剣勝負という体(てい)だったし、小手森も何も言わなかったが」

「どうして国税だって分かるんですか？」

吾郎が肩をすくめた。

「同業者、他の接待麻雀士から聞いたんだよ。小手森は接待麻雀を通じて、現金を色んな会社にバラまいているらしい。一旦資産を隠しておいて、折を見て再度受け取るつもりなのだろう。何も言われなかったから、今日の前半は俺も普通に接待麻雀をしていた。が、小手森たちの様子、おかしかっただろ」

塔子は頷いた。

「それで、由香里は接待を邪魔するようなことばかり、していたのですね」

塔子を逆恨みした由香里の、嫌がらせだと思っていたが、違ったようだ。

吾郎は、現金の入ったアタッシュケースを塔子の前に突き出した。

「これ、会社に持って行って、金庫に入れておいてくれ。俺は直帰するから」

「分かりました」

塔子はアタッシュケースを受け取って、大通りまで歩いた。吾郎もついてくる。

タクシーを止めたとき、吾郎が後ろから急に、

「おい、お前」

と声をかけた。

塔子が振り返ると、吾郎はうつむいた。長い前髪が一筋、吾郎の浅黒い額にかかった。月明かりで、彫りの深い目元に暗い影ができている。吾郎はすねた子供のように口をすぼめて、ポケットに両手を突っ込んだ。

「お前が誠実に真剣に麻雀をしているのは分かる。腕も相当なものだし、すごいと思う。けどさ、もっと卓の外のことを見ろよ」

「えっ？　どういうことですか？」

「いや、まあ、さ」

吾郎は一度口を開いたが、言いよどんだ。

顔を上げて、今度は塔子の目をまっすぐ見て言った。

「本当の接待は、卓の外にある。と、いうか、何というか」

言い終わると、すぐに視線を外し、乱暴に頭を掻いた。

吾郎の大きすぎるシャツが夜風に揺れた。

「今日の接待だってさ、勝ちに行かなきゃって決めたの、結構遅かっただろ。あのままお前が負ける方向で続けていたら、どうなっていたか」

「すみません……」

塔子は頭を下げた。

「いや、謝る必要はないんだけど」

確かに対応を変えるのは遅かったかもしれない。しかし、吾郎の動きもどこかチグハグしていて、メッセージを受け取りきれなかった。それに吾郎の腕があれば、塔子の動きは無視して一人でも勝ち切ることもできただろう。

「もし、私が負ける方向で打ち続けていたら、どうしました？」

「うーん、それはなあ、俺も考えていたんだけどなあ」

歯切れの悪い調子で続ける。

「もしだ、もし。お前が負ける方向を選んで、俺を押し切って、負け切ったなら、それはそれで良しとしようと思っていた。お前の勝ちだ。でも、お前はそうしなかった。自分で考えろ。人の言いなりになるな。卓の外を見ろ」

止めたタクシーの運転手が、怪訝そうな顔で塔子たちを見ている。

「お客さん、乗りますか」

運転手が、ぶっきらぼうに言った。

「さあ、先に行きな」

吾郎は手の動きで乗車を促した。

塔子は一礼して、タクシーに乗り込む。

「気を付けて帰りな。達者でな」

吾郎は背を丸めて、両手をポケットに突っ込んだ。どこか物悲しそうな風情だ。しょげているようにも見える。

ドアがパタンと閉まり、タクシーは走り出した。

振動に揺られながら、吾郎の様子を思い出していた。悲しむような、すねているような。大事なものを取り上げられたときの子供の顔のようだった。大きすぎるシャツを揺らしながら、頭を掻く吾郎。

不出来な弟子と思われただろうか。吾郎を失望させてしまったかもしれない。

自分で考えろ。人の言いなりになるな。卓の外を見ろ。

「本当の接待は、卓の外にある、か」

塔子は口の中で呟いた。

どの時点で、どうすれば良かったのだろう。塔子には分からなかった。麻雀のルール、会社のルール、上司のルールで生きてきた。自分で考える必要なんてなかった。考えないようにしていたのかもしれない。考え始めると、しんどいから。

答えが出ないうちに、会社に着いた。

タクシーを降りて、アタッシュケースを小脇に抱えて歩き出す。深夜通用口は社屋の裏側にある。

と、そのとき、急にまぶしい光に包まれた。

数筋の強い光の矢が走り、視界がもうろうとした。

塔子は身を固くして、周囲を見回した。目を細めると、数本の懐中電灯がこちらに向いているのが分かった。

「三田村(みたむら)塔子さんですね」

紺色の警察制服を着た男二人と、スーツ姿の男三人が近寄ってきた。五人は速やかに塔子を取り囲んだ。

スーツ姿の男一人が、警察手帳を開いて掲げる。

「荷物を調べさせてください」

「荷物って？」

上ずった声が出た。

「そのアタッシュケースです」

警察官が、塔子の小脇のアタッシュケースを指さした。

「何が入っているんですか？」

「何って、何でそんなこと訊くんですか」

「まあ、いいから、見せてください」

警察官がアタッシュケースに手を伸ばした。

見られてまずいものではない。適法な賭け麻雀で得たお金だ。

しかし何が何だか、状況が飲み込めなかった。

「理由を教えてください。何を調べているんですか」

警察官同士、顔を見合わせた。そのうちの一人が、

「妙な通報があったんです」

と口を開いた。

「今朝がた、銀行強盗があったでしょ。現金五百五十万円が裏口で盗られたというやつ。あれの現金を、この時間にここに来る三田村塔子さんが持っているって」

「銀行強盗？」

二の句が継げなかった。

確か、暗牌の際に流れていたテレビで、取り上げられていた。現金五百五十万円が盗まれた。

そして、塔子がいま手にしている現金は五百五十万円。

嵌められた。

血の気が引くのを感じた。

そもそも、負け額が五百五十万円になるなんて、本来は予測できない。負け額ぴ

ったりの現金をアタッシュケースに詰めて、小手森が持ってきているのはおかしい。吾郎もグルだ。塔子に現金五百五十万円を持ち帰らせるよう、仕組んだのだ。途中、六百万円ほど勝っていたが、吾郎のペースが落ちて最終的に勝ち金は五百五十万円に落ち着いた。吾郎が勝ち金額を調整していたのだ。

小手森と由香里、吾郎の三人がグルになって、塔子を嵌めた。

銀行から盗られた金の記番号と、アタッシュケース内の金の記番号は一致するだろう。そして、接待麻雀の話をしたところで、他の三人は「そんなものはなかった」と口を揃えるにちがいない。

なるほど、思い返せば、今日だけは取材の際に会社の広報担当者が同席していなかった。口裏合わせをする人間はなるべく減らしたかったのだろう。

すべてがつながった。

手の震えを抑えながら、アタッシュケースをしっかり握った。

次の瞬間、勢いよく放り投げた。

ガンッ、と大きな音を立てて、数メートル先にアタッシュケースが転がる。

警察官たちの視線がアタッシュケースのほうへ流れた。

そのときには、塔子は走り出していた。

警察官の脇をすり抜け、アスファルトを勢いよく蹴りだした。

逃げろ、逃げろ。進め、進め。

そうやって念じておかないと、足が止まってしまいそうだ。

塔子は足を回し続けた。息が上がってきた。後方からは、バタバタという駆け足の音が遠く聞こえる。警察官たちが、追ってきているのだろう。

走りながら、吾郎の言葉を思い出した。

——本当の接待は、卓の外にある。

そうだ、そういうことか。

由香里は塔子を恨んでいた。恨みだけではない。塔子のことを見下し、嫌悪していた。羽虫を潰して捨てるように、塔子のことを消し去りたかったのだろう。塔子を破滅させるよう、愛人の小手森に頼み込んだ。

小手森は、由香里の歓心を買うために、塔子を罠にかけた。一連の計画に協力することが、日本電信雷話社から小手森への真の「接待」だったのだ。

日本電信雷話社は、社の利益のために一介の接待麻雀士である塔子を切り捨てることにした。そしてその実行を、上司の吾郎に命じた。

吾郎にとっては、会社の命令で、三年育てた弟子を破滅させることになる。

吾郎は悲しそうな顔をしていた。

小手森に国税が張り付いているというのは、塔子に現金を運ばせるための作り話だったのだろう。

――もしだ、もし。お前が負ける方向を選んで、俺を押し切って、負け切ったなら、それはそれで良しとしようと思っていた。お前の勝ちだ。

塔子がカラクリに気付いて負け切って、現金を受け取らなかったなら、それはそれで良し。自分の接待は失敗でいい。そう割り切っていたのだろう。

――でも、お前はそうしなかった。自分で考えろ。人の言いなりになるな。卓の外を見ろ。

むしろ吾郎は、塔子を逃がそうとしていた。だから別れ際に引き留めてまで、塔子に声をかけた。吾郎の大きすぎるシャツが風に揺れていた。吾郎は頭を掻いていた。頭を掻くのは、「逃げろ」のサイン。

自分は何も分かっていなかった。麻雀以外、何も見ていなかったから。

走りながら、涙があふれて目の前が霞んだ。

まばらに行き交う人々が、怪訝そうに塔子のほうを振り返る。

どのくらい走ったのだろう。たどり着いた駅前の繁華街は、雑多な煌(きら)びやかさに満ちていた。上下左右、あらゆるところから、怪しげな看板が飛び出ている。

塔子は足を止めて、顔を上げた。

無数のネオンが浮かんでいた。涙でぼやけた視界の中では、蛍の光か、あるいは人魂（ひとだま）のようにも見えた。

世界がこんなに、得体のしれない光で満ちているなんて、知らなかった。塔子の光はただ一つ、麻雀だけだった。カラオケ、スナック、居酒屋、キャバクラ、風俗……ネオンに浮かぶ文字が頭の中に雪崩（なだれ）のように入り込んでくる。人の欲望の生々しさに当てられて、眩暈（めまい）がした。

視線を落とすと、目の前の小料理屋の古びた看板に、一匹の蛾が突進していった。看板の割れ目から中に入り込み、蛍光灯の周りを飛んでいる。看板から出られなくなって、そのうち死に絶えるのだろう。あるいは、奇跡的に逃れることも可能だろうか。

背後に迫る足音を聞きながら、祈るような気持ちで、蛾を見つめていた。

じりりり、と羽音が大きくなった。次の瞬間、看板の割れ目から蛾が飛び出した。

塔子は息をのんだ。ふと我に返り、弾（はじ）けるように走り出す。

逃げろ。吾郎の声を、背に聞いた気がした。

オリーブの実るころ

中島京子

このマンションには十年以上住んでいるので、近隣の変遷も多く目にしてきた。路地を挟んだ向こうは、何年か前から駐車場で、その隣には、古くからこの地にいると思われる老人の住む古い木造の家があり、お世辞にもきれいとは言えないながら、つたがからんで壁を覆いつくしたその家にはちょっと風情があった。しかし、その家の持ち主も亡くなったのだろう。更地になって、囲われて、売地の札が立ち、写真付きの間取り図が貼り出されて、とうとう、間口のそう広くない、三軒並びのテラスハウスが建ったのは、二年ほど前のことだったか。

そんなふうに土地も家も小さくなると、若い世代の手に入るというわけで、たいがい小さな子どものいる若い夫婦が住むようになる。

だから、新しく建ったその家の一軒に、前の持ち主と似たような年恰好の、白髪頭の老人が引っ越してきたのは、少し意外な印象があった。小柄で、でも、わりにしっかりした頑丈そうな体をしていて、七十代の後半から八十代前半くらいには見えた。とてもきれいな白髪をしていた。

三軒のテラスハウスにはそれぞれ小さな前庭がある。その老人は越してきて間もないうちに、その前庭にオリーブの木を二本植えた。平日からかいがいしく庭仕事をしているので、仕事はリタイアした後なのだろう。

地植えを終えると玄関に折り畳みの小さな椅子を出して、満足そうに腰を下ろして、麦茶かなんか飲んでいる。

　買い物の帰りにその姿を見かけて、

「オリーブ、素敵ですね。実は生るんですか？」

　と、声をかけると、

「さあねえ、日当たりがいいから生るんじゃないでしょうか。わたしも初めてでね。違う種類のものを二つ植えると実をつけるというから、そうしてみたんです。生るかどうかは、まあ、やってみてのお楽しみってことで」

　と、意外にきさくな返事をくれた。

「オリーブは、木があるだけでもおしゃれですから、実が生ったら、めっけもんくらいの感じですよね」

「ご近所ですか？」

「ええ。隣の駐車場の向かいのマンションです」

「じゃ、オリーブが生ったら取りにいらっしゃいよ」

「ええ？　ほんとですか？」

「どれだけ生るか、知らないけどね」

「ありがとうございます。なんだかとても楽しみです」

　そんな言葉を交わして、会えば挨拶する仲になった。

ツトムさん、というのが、老人の名前だった。関西のほうで事業をやっていたのだけれども、経営をすべて次世代に譲って、東京に出てきたという話だった。

「会社の引継ぎに思いのほか時間がかかってしまいまして。もう、ほんとなら、介護施設にでも入居する年齢なんですけどね」

たしかにツトムさんには品のいいところがあって、テラスハウスはそんなに大きな家ではないけれども、ご本人は裕福な家の人という雰囲気がした。

そんなツトムさんと食事をするまでの仲になったのは、じめじめした梅雨がまさに明けたというその日に、青大将に出くわしたことが大きい。

東京は、山手線の内側の住宅地だから、そんなものとは無縁と思うのは、あきらかに間違いだ。住宅地には庭もあるし、神社や寺の裏にはうっそうとした雑木林もあるから、ここらはあんがい、生物多様性に満ちている。

見えないところにいてくれるぶんには、長くてもにょろにょろしていても、こちらとしてはかまわない。問題は、ひどく雨の降った日の翌日に、低層のうちのマンションに侵入し、のたりのたりと階段を上って、我が家の玄関の前の壁をよじ登っていたことで、それを見つけたわたしはパニックを起こすことになった。

あいにく日中で夫は留守にしていたし、なにをどうしたらいいかわからない状態で、バタバタと階段を駆け下りた。マンションの一階の共有部分には柄の長い箒と塵取りが置いてある。とりあえず、その柄の長い箒を手にして、いったんは階段を上りかけたが、どうしても踊り場より上に行くことができない。

階段を途中まで上がったり下がったりを繰り返したあげくに、どうしたらいいかわからなくて、箒を持ったままマンションのエントランスにある植栽を囲む低いレンガ塀にボケッと腰かけていたら、そこにツトムさんがたまたま通りかかったのであった。

「どうかされましたか？」

「あ、はあ。じつは、うちのマンションに、いま、蛇がいて」

「蛇？」

「はい。けっこう大きな」

「長さはどれくらい？」

「さあ、くねくねしてる姿で、一メートルくらいはあったから」

「ああ、それじゃあ、青大将でしょう。青大将なら、心配ないですね」

「心配ない？」

「毒がありませんから。いま、どこにいます？」

「それがよくわからないんです。十分ほど前には、二階のわたしの部屋のドアを開けると、壁を上ってたんです」

「じゃ、ちょっと、見てみましょうか」

ツトムさんは大股で階段を上って行った。わたしはおそるおそる後からついていったが、案の定、蛇は二階の壁を天井に向かってのんきに這い上っている。ツトムさんは長いものを見据えると、わたしから箒を取り上げ、ちょっと後ろを振り返って言った。

「なにか、袋を持ってきてもらえませんか。紙袋でも、ビニール袋でもいいんですが」

「入れるんですか。じゃあ、少し大きいのがいいですね」

「そうですね。持って歩くと近所の人に驚かれてしまいますからね」

「はい、じゃあ、取ってきます」

わたしは蛇とにらみ合っているツトムさんの横をすり抜けて、家に袋を取りに戻った。

大きめの紙袋を手にそっとドアを開けると、ツトムさんが、箒の柄の部分でそいつの胴をつんつんと突っついていた。

すると、あの長いものが、なにを思ったか胴体の下半分を壁にくっつけたまま、ぐわんとその上半身を伸ばして垂れ下がってきた。それから、大胆に身をひねって、箒の柄にぐるんと巻きついてきたのだった。

蛇は、まずは下半身もその箒にしっかり巻きつけ、それからまた上半身を自由に振り回して、箒をさかさまに構えている老人男性を威嚇する態度に出た。わたしはそいつが箒の柄からジャンプして老人に飛び掛かるのではないかと気が気ではなかった。

しかし、案外、蛇という生物も気弱なようで、そのうち自ら体を知恵の輪のように複雑に折りたたんで箒の柄に巻きつけておとなしくなった。

「袋に、入れますか？」

「だいじょうぶ。うまくやりますから、口を広げて持っててください」

わたしは袋の口をできるだけ広げ、万に一つもわたしの手に蛇のにょろにょろした胴体が触れませんようにと願いながら、へっぴり腰で距離を取った。

ツトムさんは左手に持った箒の柄を、軽く空中に投げてつかむことを繰り返してだんだんと自分の手と蛇の距離を短くしていき、警戒してじりじりと身を縮めていく蛇に向かって、右手をすっと伸ばしたかと思ったら、首のところをあっという間に素手でつかんだ。そう、素手で。軍手すら嵌めていない。

「うわっ」

と思わずわたしは声を上げて後じさった。

それから箒の柄を回して、絡みついた蛇の胴体を柄から外していく。蛇のほうは、この新たな展開にまだ気持ちがついていかないのか、されるがままにだらりとその体を箒から外して垂直に体を垂らした。

いまだとばかりにツトムさんは箒を投げ出すと、さっと左手で蛇の胴体を持ち上げた。

「袋、お願いします」

内心、非常に動揺してはいたのだが、ともあれ、へっぴり腰のまま口を開けた紙袋をさっと差し出すと、ツトムさんは両手で持っていた青大将をぽとりと袋の中に落とし、間髪を入れずに、わたしから袋を引き取った。

「なんか、お見事って感じです！」

と、わたしは称賛した。ツトムさんが紙袋の口をしっかり握ってしまったので、蛇は戦意を失ったのか、袋の底でじっとしていて、出てこようとはしなかった。

「どうしましょうね、その蛇？」

おそるおそる尋ねると、ツトムさんはとくに困ったような表情も見せず、

「このあたりに住んでる青大将なんでしょうから、草や木のあるところへ持っていけば自分で帰り道を見つけるでしょう。梅雨が明けたらあんまり暑くて、マンションの壁で体を冷やしていたのかもしれないね」

と言った。

ぎらりと太陽の照りつける暑い日だった。わたしは紙袋を持ったツトムさんといっしょに表に出て歩き始めた。

わたしはこの界隈に住んで長いという自負があり、ツトムさんはついひと月かそこら前に引っ越してきたばかりのはずなのに、彼は悠然とわたしの入ったことのない路地を通って、小さな祠のある場所に出た。十年以上住んでいるのに、こんなところには来たことがなかった。祠の手前には一対のお狐様が祀られていて、朱塗りがかなり剝げてきた鳥居とお神酒のように見える徳利を置いた祠が、雨ざらしになって建っている。ただ、誰も世話をしていないわけでもないようで、しめ縄に下がった紙垂は、そう古いものでもなさそうだった。ツトムさんは持ってきた袋を祠の脇に下ろし、口を開けてそっと揺すった。

蛇はそれを合図におとなしく出てきて、するすると線を描くようにして祠の裏の雑木林に消えていった。

「ずいぶん変わってしまったけれど、ここらあたりは変わりませんねえ」

ツトムさんが、少し感慨深げに見回した。

雑木林が陰を作っているので、暑い日なのに多少の涼が感じられて、静かな中に葉擦れの音だけが聞こえて、自宅の近くの空間にいるのを少しだけ忘れさせられた。

ともあれ、蛇が叢（くさむら）に去って行ってしばらくしてから、わたしたちは来た道をたどってマンションの建つ場所に戻った。

「このあたりのこと、よくご存じなんですね、ひょっとして、ここに引っ越される前も、お近くにお住まいでしたか？」

あまりなにも考えずに尋ねると、ツトムさんは照れ笑いのような、困り顔のような、不思議な表情をしてみせた。

「ええ、以前に」

「なんだ、そうだったんですか！　どうりで。わたし、さっきの祠があるところなんて、はじめて行ったんですよ、もう十年以上ここに住んでいるのに。ツトムさんのほうがお詳しいですね、きっと」

話の流れでそんなふうに言ったわたしは、それに対して次のような言葉が返ってくるとは思わなかった。

「以前といっても大昔です。半世紀以上も前のことです」

「半世紀以上？」

「いやもう、あんまり昔過ぎて、ほんとにあったことだかどうかもわからなくなりますよ」

ツトムさんは、笑って手を振って、帰って行った。

「昔、わたしはこの近くで、ある人と結婚生活をしていたことがあるのです」

ツトムさんが、蒸かしたトウモロコシを食べながらそんなふうに話し始めたのは、蛇事件から少しして、我が家に大量に野菜が送られてきた週末のことだ。

夫の仕事の関係の方から、お中元がわりに段ボールいっぱいの野菜が送られてきたので、ばったり出会ったツトムさんに、少しお分けしましょうかと声をかけたら、ツトムさんも、一人ではぜったいに食べきれない量のラム肉が家にあるという。それじゃあ、週末、いっしょにジンギスカンでもしましょうか、という話になって、我々夫婦はツトムさんのテラスハウスにお招きにあずかることになったのだった。

うちからは夏野菜と水蜜桃、やはりもらいものの焼酎を一瓶抱えていき、ツトムさんは、すでにタレに漬け込まれたラム肉たっぷりと、白飯、茗荷を散らした豆腐の味噌汁を用意して待っていてくれた。テラスハウスの中は、簡素な家具が置かれているだけだったが、そのぶん、生活感がなかったので、老人の一人暮らしという寂しさは感じられなかった。わたしたちはちゃぶ台を囲んで三人で床に座った。窓の外に、前庭とは別の、小さな庭があって、置き型の照明器具が芝を照らしていた。

なんだか優雅な夏の夜だった。

「結婚をされていたんですね？　それが、半世紀前？」

好奇心にかられて、少しぶしつけな質問をすると、ツトムさんは、うんうんと、首を縦に二度振った。

「わたしはまあ、その、言ってみれば、前科者です」

ツトムさんは、少しお酒に酔い始めたのかもしれない。前科というのは、その遠い昔の結婚が破綻したことを言っているのだろうかと思い、わたしと夫はあいまいに微笑(ほほえ)んで見せた。あまり、気の利いた相槌を打てそうに思えなかったからだ。ところが、

「ほんとうにそうなんです。刑事事件になっていれば有罪になったでしょう」

と続けてツトムさんが言うに至っては、ほんとうにわけがわからなくなった。

ただ、表情からは、半世紀以上前だったというその結婚のことを、この地で懐かしく思っていることが感じられたので、

「まあ、ここだけ。わたしたち、三人だけでこっそり」

とかなんとか言いながら、水割りの焼酎を入れている染付の蕎麦猪口をかちんと合わせて、その短く終わったらしい結婚と、思い出の地のために乾杯をした。

ツトムさんは、ひょっとしたらこの話を誰かにしたかったのかもしれない。あるいは、わたしが小説家だと名乗ったので、話のタネを提供してやろうという親切心だったろうか。お酒が回ってくると、ツトムさんはまた、話し始めた。

「当時は二十代で、わたしたちも若かった。わたしたちの出自は、北海道です。どことは申しませんが、もう廃線になってしまった鉄道の終着駅があった、小さな漁港の町でしてね。わたしたちが子どものころは、まだ、ニシン漁が盛んでした」

わたしたち、というのは、結婚相手とツトムさんのことらしかった。話が進むとツトムさんがその女性のことをノエさん、と呼んでいることがわかった。

「知り合ったのは二十代の初めのころです。わたしの家は小さいが漁場を持っているニシン漁師の家でしたが、わたしは親の意向で仙台の大学に行かせてもらいました。専攻したのは経営で、親との約束どおり、卒業して家に戻り、漁師の見習いを始めました。ノエさんと出会ったのはそのころです。ノエさんの家は食堂をしていました。港の近くの食堂で、高校を出てからずっと親の手伝いをしていたんです。わたしたちは、出会ってすぐにお互いを好きになりました。六〇年代の初めごろのことです」

となると、五〇年どころか、六〇年近く前になるのかもしれない。

「昔、昔のお話ですよ。ロケットが月に飛び始めていましたが、まだまだ、窮屈な時代だった。田舎ではとくにそうです。わたしたちは、出会う前から引き裂かれていたようなものです」

「出会う前から?」

「はい。わたしには当時、妻がおりましたので」

「え？」

わたしの口は、驚きのために、ぱかっと開き、せっかくのジンギスカンがなかなか口の中に入ってこなかった。

「妻がいた？」

おなじようにびっくりしている夫が問いただした。

「はい。わたしには、当時、妻がおりました。わたしの家の本家にあたるのは、ニシン漁で大もうけした旧家でして、跡取りがいなかったものですから、幼少の時分から、わたしが婿入りをして継ぐと決まっておりました。大学で本州に行くにあたって、故郷の地でいなずけと結婚式を挙げ、妻のいる身となって仙台へ行ったのです」

「ちょっと待って。それは」

また、夫が口をはさんだ。

「それは、ノエさん、ということではなく？」

「いえ、ノエさん、ではなく、別に妻がおりました」

ほほお、と、我々夫婦はため息を漏らした。

「ノエさんの前に、別の人がいたんだ」

「おりました」

「大学を卒業して故郷に戻って、父のもとで漁師をしていたのは、本家がその地方の大きな網元だったからでもあります。父は本家から少し漁場を分けてもらって漁をしていたのですが、いずれにしても漁業の仕事をするなら、現場も知るべきだというのが、父と本家の意向でもあったのです。しかし、大学に行く前に籍を入れていましたから、そのころはまだいっしょに暮らしていないとはいえ、わたしは妻帯者でした」

「妻帯者！」

「わたしとノエさんは人目を忍んで会い続けました。わたしは葛藤しました。いっしょにいたいのはノエさんなのです。しかし、わたしには妻がいるのです。そしてとうとう、わたしは船を降りて、本家の経営を手伝う婿として、妻と名実ともに夫婦となるように命じられました。わたしは動揺しました」

「なんだろう、この、ロミオとジュリエット感！」

「というか、どちらかというと、江戸時代的な、と言っては失礼ですが」

「いまから半世紀以上前のことです。しかも地方の、古い因習の残る町の話です。ロミオとジュリエットとか、そんなかっこいい話ではないんです。そうですねえ、江戸時代的かもしれないですねえ。だって、あれですよ。わたしの役割は、跡取りを作ることだったんだから！　本家の大きな家に、移り住む日が刻々と近づいてきました。わたしは舅に呼び出され、こんこんと、婿としての心構えを説かれました。妻と妻の両親は、わたしに子孫を作ることを要求しました。非常にわたしは、苦しかった」

「それはなんだか、想像を超える苦しさですね」

夫はほんとうに、苦しそうに相槌を打った。

「うーん、いまから思い出してみても、あれくらいしかできることはなかったと思いますよ。我ながら、大胆な行動でしたけれどもね」

わたしと夫はジューシーなラム肉を咀嚼し、焼き野菜を皿に取った。大胆な行動について聞く前には、しっかり腹ごしらえしておかなければならないような気がした。

「なにを、なさったんですか？」

「まず、わたしは失踪しました」

「シッソー？」

「はい。昭和三十年代初頭には、乱獲の影響か、ニシン漁がまったくだめになっていましたが、戦後、GHQによって規制されていた北洋漁業が復活しており、本家はこちらに活路を見出そうとしておりました。わたしはこれからの家業のためには、どうしてもサケ・マス漁に出ておく必要があると、親や本家を説得したのです」

「サケ・マス？」

「サケ・マス」

ツトムさんとノエさんのラブストーリーは、どこに行くのだろう。しかし、きっとこの、いま食べているラム肉も、そうすると北海道から来たのかな、というようなことを、ぼんやり考えながら、わたしは話を聞いていた。サケ・マス？

「ほんとは、なんでもよかったのです。船に乗って、遠くへ行くことが目的でした。本家の呪縛から逃れるには、中途半端なことではだめだ。遠洋漁業に出て、ぼくは失踪する。しかし、かならず君のもとへ戻ってくる。そう、わたしはノエさんに話しました」

どうやらラブストーリーは続いているようであった。

「わたしは、昭和三十六年に北洋漁業の船に乗りました。そして遠くベーリング海でのサケ・マス漁に従事したのです。サケ・マス漁は、春から夏にかけて三ヵ月ほど北洋に出ます。そのときしか、チャンスがないと思ったのです。というのも、当時は、ソ連の国境警備隊やアメリカの沿岸警備隊が、日本の漁船に目を光らせていて、よく、拿捕事件というのがあったものですから」

「ダホ？」

「はい。拿捕事件です。領海侵犯で捕まってしまうのです。よくありました。とくにソ連に捕まると、なかなか戻れない。失踪といえば、拿捕されて帰ってこない人のことが、すぐに頭に浮かんだものです」

「え？　では、その、ツトムさんは、ソ連かアメリカに捕まりに行ったのですか？」

「本家の呪縛」とやらがどのくらい大変なものなのかは想像しかねたが、だからといって、わざわざ外国の警備隊に捕まろうというのは、いくらなんでも無謀だろう。

「いえいえ、さすがにそんなことは。ほんとに捕まったら、それこそいつ帰れるかわからない。捕まったことにして失踪しようと、計画したわけですね」

「なるほどー」

わたしと夫は安堵のため息をつき、喉に水割り焼酎を流し込んだ。

「当時のサケ・マス漁は母船式ですからね」

「ボセンシキ？」

「知りませんかね。巨大な母船といっしょに、独航船が船団を作って漁に出るわけです。母船は海の上の巨大な加工工場ですね。独航船が流し網で魚を獲ってきて、母船に揚げる、そういう方式なわけで、いくつもの船が一斉に出航するのです。わたしは独航船の一つに乗って出かけたわけです」

「独航船というのは、一人で乗るんですか？」

わたしがまぬけな質問をすると、横にいた夫が迷惑そうに答えた。

「そんなことはないだろう。覚えてないの？　昔は北海道から北洋漁業の船団が出るときはニュースになってたじゃない。独航船っていうのだって、かなりでかいんだよ」

「まあ、そういうわけです。一人ではありません。わたしはその独航船から脱出し、別の独航船に乗って帰ってくる計画を立てました。自分の船の仲間には、いなくなったと思わせて、知り合いの船に乗せてもらって、本州のどこかにでも下ろしてもらう」

「うまくいったんですか？」

「獲った魚を母船に届けるときに、行方をくらましました。もとの船からは、救命用のボートを一つ、沖に放しておく小細工などもしましてね。あれはあまり役に立ちませんでしたかね。ともあれ、誰が信じたかはわかりませんけれども、あいつはレポ船に乗ったというデマも流しておきました」

「レポセン？」

「はい。レポ船」

「レポセン、とは？」

「さきほども言いましたように、そのころの北洋漁業は、ソ連やアメリカとの追いかけっこがよくありました。しかし、北方の海は、日本の漁師にとっては勝手知ったる自分の海です。漁がしたいわけですね。ですから、ソ連の国境警備隊と仲良くなって、彼らの欲しがるものを提供することで、ソ連領の海での漁を見逃してもらうというのは、じっさい、あることだったのです」

「欲しがるものってのは」

「まあね。社会主義の国ですからね。禁じられてる雑誌みたいなのだったり、日本製のビールとか、そんなものもありましたし、警察やなんかの情報を売ってる連中もいたそうですね。スパイってことでしょうかね。公安の内部資料を流したという話もありました。情報、レポートを売るというので、レポ船と当時は呼んでました」

スパイ！

わたしと夫は、また、ほおおと息をつくことになった。

「しかし、スパイになったみたいなことを、デマであれなんであれ、故郷に伝えられては、お立場が悪くなりませんか？」

ツトムさんは、ほどよく赤くなった頬をゆるめて笑った。

「若かったもんですからね。それこそ、立場がうんと悪くならないと離婚できないと思い詰めたわけです。レポ船に乗ったあげく、ソ連あたりに行ってしまった婿なら、いくらなんでも離縁だろうと」

「なるほどー」

「そのころね。失踪して三年すれば離婚できるという話を聞いていたんです。夫が生死不明のまま三年間見つからなければ、妻は離婚するというか、廃嫡のようなイメージですね」

「はいちゃく……」

「誰かから、そんなことを吹き込まれたものですから、よく調べもせずに、三年の我慢だ、三年すれば自然に離婚になると、こう、思い込んだわけです」

「まあ、離婚というものは、自然現象ではないわけだから」

「それで、三年経って、離婚を？」

「いや、それが、とにかく大きな家だったもので、そんな噂は意地でも立たせないように、いろんなところへ釘を刺したり、お金も出し惜しみせずに使ったようで、わたしの筋書きは、あまり成功しませんでした」

「じゃあ、まあ、スパイというような噂は立たずに」

「そうですねえ。どこかで立ったにしても、それで離縁というようなことにはなりませんでしたし、わたしは噂を聞くようなところにいませんでしたから」

「噂を聞くようなところにはいない、と」

「わたしは失踪には成功したのです。八戸のほうから稼ぎに来ていた船に乗せてもらって、本州へ上陸し、そのまま姿をくらましました。ノエさんにだけは、偽名で手紙を書いて送りました」

「偽名、ですか！」

「武藤殿悦というんですよ。ばらばらにしますとね、ノエとツトムという言葉になるんです。めちゃくちゃなことをしているのに、どこか遊んでいるような気持ちもあったんですね。考えてみれば、変な名前だな」

ツトムさんはそう言って、白髪頭を掻いた。

「若いときというのは、浅はかなものですね。ともかく、いっしょになりたい。わたしは東京に出ました。失踪者にとっては、田舎町よりも都会のほうが、隠れやすいですからね。そして、唯一、心を許せる高校時代の友人が東京におりましたので、事情を話して、彼の名前で部屋を借りてもらって、このあたりに落ち着いたんです。この場所を選んだのは友人で、大家さんとのつながりかなんか、あったんでしょう。わたしは満を持して、ノエさんを呼び寄せました」

「ああ、じゃあ、そのときに、お二人はこの近くに住まわれたんですね」

ベーリング海まで行ってしまった話が、ようやく近所にもどってきた。

「はい。先日、蛇を逃がした、あの祠のすぐわきにあったアパートでね」

ツトムさんは目を細めて、少しあごを上げ、なにか思い出すような表情で黙った。ノエさんとの日々を回想しているに違いない。わたしと夫は話の展開に呑まれるような気分で、しばらく無言で肉をつついたり、水割り焼酎に口をつけたりした。

それから夫が、ふと思いついたことを口にした。

「ノエさんは、ツトムさんといっしょになると言って、家を出られたんですか？」

「いや、そういうわけにはいかない。そんなことは言えないです」

「すると、ノエさんも、失踪、みたいな感じ？」

「ノエさんも考えましてね。考えた末に、どうしても、坂本九ちゃんを生で観たいんだと言って、日劇ウエスタンカーニバルのチケットを取りましてね」

「九ちゃん？」

「日劇ウエスタンカーニバル？」

「そう。それを口実に、親を説得して東京に出たんです。それはもう、ほんとに、周到に、虎視眈々と。ファンクラブの人に頼みこんだりして、ノエさんがひとりで計画してがんばってくれましたので。漁港の食堂の、のんびりした娘が東京へ出る口実なんて、ほかに考えつかなかったのでしょう。まあ、それで首尾よく、ノエさんも東京に出てきまして、そのまま、北海道には帰らず、二人で暮らし始めたわけなんですよ」

「それで、そのう、行かれたんですか、その、坂本」

「九ちゃんですか？　日劇ウエスタンカーニバルですか」

「いや、そこは本筋とは関係ないような気もするけれども」

「ノエさんがひとりで行きました。チケットは一枚しかなかったから。そのころの大スターが夢の競演だったそうで、この大スターたちが、わたしを東京に呼んでくれたんだと、何度も言ってましたね」

　ベーリング海から失踪したことになっているツトムさんと、坂本九ちゃんを追いかけて日劇ウエスタンカーニバルを観に東京に出たノエさんは、東京の一角の四畳半のアパートで暮らし始めた。

　そして、二年が過ぎ、三年が過ぎた。しかし、四年が過ぎようとしても、いっこうに、北海道の海辺町の本家にいる妻が、不実な夫と離婚して、もっといい人を迎えることにしたという話が聞こえてこない。

「あのまま静かに東京で暮らしていればよかったのかもしれません。結婚しようと考えたのが間違いだった」

「見つかってはいなかったわけですよね」

「ええ。ただ、やはり、部屋だって他人の名前で借りている。住民票もない。逃亡生活というのは不自由なものです。船に乗っていたときに貯めた金と、知人に回してもらう仕事の報酬で暮らしていましたが、かつかつの生活でした。三年過ぎれば離婚になると思い込んでいたのが、間違いだったこともわかりました。可能性としてはあるんでしょうが、妻が離婚したいと思ってくれなきゃ、どうしようもない」

ああ、それはたしかにそうだ、と、わたしと夫は思った。

「あのころ、結婚したくてね。毎日の会話だって、そのことばっかりです。それで、思いつめた末に、まあ、バカなことをしましたかね」

「バカなこと、とおっしゃいますと」

失踪の上に、いったいまたなにをしたんだろうと、聞いているこちらは身構えた。

「結婚することにしたのです！」

宣言するような口調のツトムさんは、すっかり両頬が赤くなっていて、なんだか声も大きくなってきていた。

「結婚、することに？」

「そう。もう、結婚したくってね。だけど、そのためには離婚しなくてはならないわけですよ」

「まあ、それは、そうですね」

「それで、矢も楯もたまらず、離婚届を出してしまったんです」

「離婚届を！」

「はい。有印私文書偽造ですかね」

「ゆういんしぶんしょぎぞー！」

「そして、なぜか受理されてしまったんです！」

ツトムさんの赤い顔は、酔いにまかせて左右にゆらゆら揺れていた。

「受理された？」

「はい。離婚届は、わたしたちが勝手に書いて、勝手に判子を押して、知人を証人にして、友人に頼んで出しに行ってもらいました。はい、本籍地のある役所で出しました」

「でも、その町では知られた家なんでしょう？　役所の人は、おかしいと思わなかったのかなあ」

夫はいぶかしげにあごひげを撫でた。

ゆらゆらしている赤い顔のツトムさんは、ほんとにわからないというふうに首をひねった。

「ねえ。わたしもね、うまくいって驚いたくらいなんですよ。だけど、もしかしたら、知られた家だったから、うまくいったのかもしれないですね。わからんものです」

「知られた家だったから？」

「出しに行ったのは、友人の、そのまた友人でしたが、黙っていると、たいへん、どう言いますか、そのう、含むところを感じさせる顔の方だったそうです」

「含むところを感じさせる顔！」

「三年も四年も、夫が失踪していることは、その町の人間なら誰でも知っていました。そして、その家の人間が、家の事情をあまり公にしたくないことも、暗黙に了解されていました。だからね、役場の人が、勝手に事情を汲んじゃったのかもしれない」

「忖度というか」

「本家が秘密裏にことを進めたがっている、ここはなにも追及せずに、黙って受理するところだぞと、勝手に思ってくれたのかもしれない」

「なるほど。そんなこともありますかね」

「なぜ受理されたのかは、謎です。若い、なにも知らない職員がぼんやり受け取ってしまったのかもしれません。いずれにしても、離婚は成立しました」

「うわあ、それじゃあ、裁判したら有罪に、というのは、ツトムさん、重婚ですか！」

わたしは思わず声を上げ、夫がたしなめるように腕をつかんだが、赤ら顔のツトムさんはとくに動揺もせずに、そうなんですと、うなずいてみせた。

「正式な結婚でした。本籍地は東京に変えました。逃亡生活の間、ノエさんはこっそり、親に心配しないでほしいという手紙を書いていましたが、結婚のことも手紙で知らせ、いろいろなことが落ち着いたら、ちゃんと夫に会わせると伝えました。差出人の住所は書きませんでしたが。ノエさんのご両親は誰にも言いませんでした」

「それで、ツトムさんとノエさんは、お幸せだったわけですね？」

「夢のようでした。わたしたちはとうとう、いっしょになることができたのです。昭和四十年の春のことでした。ソ連の宇宙飛行士が宇宙遊泳に成功したりしていました。わたしたちも、宇宙を遊泳しているような気持ちでした。なんと言いますか、ふわふわした新婚生活でしたね」

「それまでもいっしょに暮らしていらしたけども、結婚されるとまた、違うもんですか？」

「そりゃもう、ぜんぜん違いますね。もう、なんだか、いまから考えると、おとぎ話の中の出来事のようですけども。あれです。昔話の、結婚してめでたし、めでたし、みたいな感じです。ハッピー・エバー・アフターです。きっちり、二ヵ月と三日ね」

「きっちり、二ヵ月と三日？」

うん、と言うように、ツトムさんは首を下げ、それからぷっつり、話をやめてしまった。ふと気づいたように立ち上がって、ツトムさんはCDで音楽をかけた。わたしの知らない曲だった。女性の歌手が歌っている言葉は、フランス語のように聞こえた。

それからしばらくして、ツトムさんはもう一度話し始めたが、先の話は淡々としていて、あまり楽しそうではなかった。

奇跡的にうまくいったかに見えた離婚と結婚だったけれど、やはりそれは露見したのだった。ツトムさんが勝手に離婚届を出した行為は有印私文書偽造、同行使、公正証書原本不実記載、同行使、および重婚という罪にあたる。本家がやとった「こわい人たち」が、ツトムさんの居場所をつきとめて、連れ帰った。民事訴訟で離婚が無効と認められ、ツトムさんとノエさんの結婚は取り消された。

ひとり東京に残されたノエさんとは、連絡が取れなくなった。

「それから本当の離婚が成立するまでに、十年かかりました」

ぽつん、とツトムさんはそう言って、庭の灯りに視線を投げた。

住宅街の夏の夜は静かで、ツトムさんが音を絞って流しているシャンソンだけが聞こえていた。よくわからないながら、モナムール、みたいな言葉が入っているのが聞こえた。

しばらくしてツトムさんはまた口を開いた。

その後、ひとりになったツトムさんは関西に移住し、友人が立ち上げた精密機械だかなにかの会社にかかわることになり、事業をかなり大きくして、つい最近まで会長職をしていたのだそうだ。その後、一度も結婚することなく。

「ノエさんは」

ツトムさんは、大きく首を左右に振った。

「連絡も、なく？」

今度は、こっくりとうなずいた。

「北海道のご両親のところには、不定期に手紙や小包が届いていたようなのですが、わたし自身が北海道とは疎遠になりましたのでね」

ときどき恋しくなるのはジンギスカンくらいですと、ツトムさんは笑ってみせた。

そのジンギスカンは、すっかり食べつくされて、わたしたちは汚れた皿を台所に運んだ。

それから、冷やしておいた水蜜桃を切り、ちゃぶ台まで運んだ。ああ、ありがとうございますと言って、ツトムさんは一切れ取って口に入れた。

「でもね」

頬の赤みが引いて、酔いも醒めてきたようなツトムさんは、ちょっといたずらっ子のような目つきをした。

「彼女は幸せに暮らしたんですよ。ハッピー・エバー・アフターですよ。わたしは最近、それがわかったんです。あれから半世紀経ってね」

「ノエさんの消息がわかったんですか？」

ツトムさんは、満面の笑みを浮かべた。

わたしたち夫婦は続きを聞こうとしたが、ツトムさんはにこにこしているだけで、話してくれなかった。

「それはね、またの機会にお話ししましょう。今日はもう夜も更けましたから」

時計を見ると十一時を回っていたので、それもそうだと思い、わたしと夫はあわてて立ち上がった。ツトムさんはそのままにしておいていいと言ったけれど、ざっと洗い物を済ませ、ジンギスカン鍋だけはツトムさんにお任せしてテラスハウスを出た。

それから何度かツトムさんと会ったけれど、ノエさんの話になることはなかった。そのうち、ゆっくり、今度は我が家にお招きして、またのんびり夕ご飯でも食べながら、などと思っているうちに時間が経った。

世界を席捲したウイルスのせいもあって、なかなか人と会いにくくなってしまったというのもある。とくにツトムさんのような高齢男性を、おいそれと食事に誘うわけにもいかないので、いつのまにかそのままになってしまった。

胸の痛いことだが、今年の春になって、ツトムさんは肺炎で入院して還らぬ人となった。新型ウイルスとは関係ないようだったが、おひとりで不自由はなかったのかと考えると、近所に住んでいながらなにもしなかったことが悔やまれもする。

ツトムさんは関西のほうにある会社の元会長だったので、葬儀は社葬となって、西のほうで行われたことを、新聞の告知で知った。ほかに何も思いつかなかったので、わたしたちは、その会社宛てに、お香典を送ることにした。

ノエさんの消息について聞いておかなかったことも、夫婦の間で何度か話題にした。ツトムさんはノエさんに会ったのか、二人はなにを話したのか、ノエさんのその後はどんな人生だったのか。

わたしがそれを知ることになったのは、ちょっとまた、奇妙ないきさつによる。

奇妙といえば奇妙だが、わたしたちはようやく、あの日のツトムさんの笑顔の意味がわかった。ここから先は、ツトムさんに聞いたのではなく、わたしが多少、職業的関心のもとに調べたことなのだけれど、わたしが調べたようなことは、ツトムさんはとっくに知っていたようである。

ツトムさんが亡くなってひと月ほど経って、関西の会社から香典返しが届いた。

会社の名は記憶になかったが、香典を送ったことは覚えていたから、ツトムさんが会長をしていた精密機械かなにかの会社からだということはわかった。

包みを開くと、印刷されたあいさつ文が入っていた。もちろん、香典返しに必ずついてくる定型文だったが、品物は「故人が生前に好んで取り寄せていたもの」だとあった。好んで取り寄せていたというだけで、香典返しの品にはならないだろう、ツトムさん本人が、自分になにかあったときのことを書いておいたかなにかして、香典返しも指定したに違いないと、のちに、わたしたち夫婦は結論づけた。

その品物は、小豆島のオリーブオイルだった。

製造元は昭和五十一年創業のオリーブ農園とあり、商品写真や収穫風景の脇に、農園の沿革も書かれていた。創業者夫妻の名前に、「野枝」という文字を、わたしは見つけた。

わたしは、テラスハウスに引っ越してくるなりオリーブの木を二本植えたツトムさんの、作業を終えた満足げな姿を思い出した。

オリーブ農園の創業者の野枝さんは、当時はまだ職業安定所と呼ばれていた公的な職業あっせん機関で、住み込みの仕事を見つけて東京から移住した。

当初は収穫時期限定の雇用のはずだったのだが、気候が温暖なその土地が気に入って、野枝さんはそのままそこで暮らすようになった。農園での季節労働のほかに、旅館で働いたり、飲食店で働いたりして、だんだんとその地に根づいていった。そして、オリーブ農園の独立経営を計画している男性と出会い、二度目の恋に落ちたのだ。

農園は息子夫婦が継ぎ、その息子の代のときに、観光農園やオンラインショップも持つ事業に成長した。野枝さんは孫にも恵まれて、五年前に亡くなった。

「母が北海道の漁港で生まれ育ったことは、聞いたことがないわけではありませんが、あまりよく知りません。わたしの知る限り、母は小豆島のお母さんで、小豆島のおばあちゃんでした。言葉の訛りもこのあたりのものでしたから、言われなければ、北のほうの出身だなんて、気づく人もいませんでした」

と、農園主の男性は、話してくれた。

似たようなことを聞きに来た人が以前にいませんでしたかとたずねると、三、四年前に、どこかの会社の偉いさんをしている老人がやってきて、自分は野枝さんの同郷のものだ、と名乗った。その偉いさんはそれ以来、よく注文をしてくれた、その人が亡くなったときも、会社が香典返しにと大量に発注してくれて、コロナのせいで観光農園がからきしダメになっているときに助かりました、と言うのだった。

ツトムさんの名前を言い、友人だと名乗ると、

「ああ、そうです。その方ですよ。品のいい紳士という感じの人でした」

と、その農園主は言った。

「そうだ、その人が東京に引っ越したときには、うちから苗を買ってくれたんですよ!」

まだはっきりとわからないのは、ツトムさんがいつ、どのようにして、その小豆島のオリーブオイルとノエさんの関係に気づいたか、ということで、これは本人が亡くなってしまったので、謎のままに残っている。

ツトムさんがあの夜、「ノエさんの消息がわかった」と言って笑った理由だが、それは長年知りたかったことが解明した喜びのほかに、ノエさんが幸せになったと知ったことが、彼を長年の自責の念から解放したのだろうと、わたしと夫は話した。

あの、三軒長屋のようなテラスハウスの一軒は、前庭にオリーブの木を二本植えたまま売りに出された。

オリーブの木はまだ実をつけないが、農園主の言葉を信じるならば、あと一年もすればきれいな実が生り始めるだろう。

呼ぶ骨

パリュスあや子

「呼ばれる」ことがある。そういうときは不思議と続く。例えば二週間前の、春休み最終日。

まだ少し肌寒いけれど、青空の広がる絶好のお出かけ日和だった。特に希望もない大学生活三年目が始まる前に、少しは実のあることをしようと朝から張り切って出かけた。午前中はミニシアターでポーランド映画、午後はナビ派の展覧会。せっかく都心で一人暮らしをしているのだから、地元にはなかった文化的体験をしなきゃ損という焦りがこびりついている。

お昼ご飯は満開の桜を愛でながら公園ランチにしようと閃いた。代々木公園まで足を伸ばすとかなりの人出で、空いているベンチを探すのも一苦労だった。ネットで検索して高評価だったパン屋さんの「当店イチオシ」サンドウィッチは、パンはふわふわ、具はぎっしりでなかなか好み。口コミなんて当てにならないけど、やっぱりがっかりしたくない。

私はデザート代わりのクリームパンに手を伸ばしつつ、桜には目もくれず芝生でバドミントンをしている若者たちを眺めた。同い年くらいかな。夢中で青春をまきちらしているけど、荷物はどこに置いているんだろう？

「ここだよ」

ベンチから近い木の根元に無造作に置かれたリュックやカバン。そのなかの小型のショルダーバッグが、私に呼びかけていた。

おしぼりで指先をぬぐって立ち上がると、ごみ箱にランチの残骸を捨て、回れ右して木の前でしゃがむ。靴紐を直しながら若者たちを横目で見ると、相変わらず大はしゃぎで羽根を追っていた。私はショルダーバッグを手に、のんびり立ちあがる。

美術館も平日の割にそこそこ混んでいた。展覧会のメインビジュアルになっているモーリス・ドニの絵の前では人だかりができていたくらいだ。春の幻みたいに淡くて儚い色使い。白いドレスをまとった女性たちは、ほほ笑みを浮かべているのにどことなく悲しそうで、この世には存在しない幸せを願っているような気がした。

企画展の後、しっかり常設展まで見て回ったら疲れ切っていた。昔から、外にいるだけで消耗する。本当は早く家に帰ってごろごろしたかったけれど、思い切ってカフェに入った。美術館帰りに一人でお茶、というのはちょっとカッコいい気がしたし、充実した時間を過ごしているように感じたかった。

チェーン展開しているカフェは三階建てで、二階席には参考書を広げてこれ見よがしに勉強している女性と、不機嫌そうにパソコンを睨んでいるサラリーマンが、それぞれ狭いフロアの両端に陣取っていた。私は二人の真ん中に座り、カフェオレを飲みながら展覧会で買った分厚い図録を広げた。

解説を読んで眠くなってきた頃、女性が携帯を手に席を立った。階段を登っていくということは、お手洗いだろう。それを待っていたかのように、サラリーマンが音を立ててパソコンを閉じ、眉間に皺を寄せたまま降りていった。

「イケるよ」

女性のトートバッグがくったりと形を崩し、無人になった席から私を呼んでいた。

最寄り駅前のスーパーは、夕飯の買い物客で活気があった。できるだけ自炊、がモットーだけど「今日は無理」とお気に入りの冷凍パスタをカゴに放り入れた。ついでに大量買いして有料レジ袋に詰めていると、隣にいた主婦が走り回る幼い子どもたちを怒鳴った。小心者の私は身を縮め、はち切れそうなエコバッグを抱えて大股で去っていく逞しい後ろ姿に圧倒されてしまった。当たり前のように、買い物カゴは置きっぱなし。しょうがないな。私が片付けてあげるか。

「ありがとう」

カゴの中に忘れられていた財布に、お礼を言われた。

呼ばれたら、抗えない。抗おうとすると、脳みそが沸騰して頭の中の圧力が急激に高まるのがわかる。鼻血が噴き出して、目玉が飛び出すんじゃないかと心配になる。いてもたってもいられない。このままだとおかしくなるんじゃないかと本気で思う。

呼ばれた瞬間は、緊張で身体が震える。突然囚われの身になり、死と隣り合わせになったようなプレッシャー。それから永遠のような数秒間で精神が研ぎ澄まされていき、周囲の状況を肌で感じる。呼び声に応えるにはどうすればいいか、瞬時に理解できる。動き方、道筋、タイミング――あの万能感はなんなんだろう？

　気付けば手の中に、私を呼んでいた物がある。私は心身ともに解放され、湧き上がる生を噛みしめる。でもその瞬間、もう手にした物は死んでいる。何も訴えてこない。後悔と罪悪感に苛(さいな)まれて、心臓が潰れそうになる。

「呼ばせないでよ！　皆、もっとちゃんとしてよ！」

　悪いのは私。最低なのは置き引きした私……わかってはいても、胸の内で叫ばずにはいられない。あの人が隙さえみせなければ！　心底恨まずにいられない。

　ぐちゃぐちゃに乱れた心で、死んだ物を捨てる。そのときの私は、きっと酷い顔をしていると思う。

〈置き引き多発！　注意！〉

　大学構内の掲示板には、極太ゴシック体のポスターが貼ってある。入学したときからずっと。つまり、常に置き引き犯がいるということなんだろう。確かに学生たちは無防備極まりない。その気になれば盗みたい放題だ。でも私は構内ではしないと決めている。うずうずして喉を掻きむしりたくなるときもあるけれど、できるだけ誰かと一緒にいるようにして、自分を人の目という監視下に置く。一人にならない。これが一番簡単で安全な「呼ばれない」方法だ。

「真白(ましろ)、今夜のゼミ飲みなんだけど……」

色褪せたポスターを眺めていると、ゼミ仲間の加奈(かな)に腕を突かれた。ストーンびっしりのネイルが今日も尖(とが)っている。まばたきする度に音を立てそうな長いつけまつ毛に、つい見とれてしまう。

「実はおばあちゃんの具合が急に悪くなっちゃって。ホントごめんなんだけど、欠席でいいかな」

「もちろんだよ、気にしないで。早く元気になるといいね」

今夜は新二年生の歓迎会を兼ねたゼミ飲みがある。私も進んで参加したくはないが、幹事だからそうもいかない。例年、幹事は三年の仕事らしい。でもやりたい人なんていないから、なすり付け合いになる。皆が必死に面倒な役を逃れようとする淀んだ空気に負けて、結局引き受けてしまったのだ。

私はいつもこんなかんじ。自分の意志で決めるというより、様々な外的要因から選ばされている。進学した経済学部だって、就職に有利と親に勧められたから。数字を追いかける授業はけっこう好きだけど、ちょっと派手目の子が多くて、入学してからずっと背伸びしているかんじ。飲み会も頻繁で、気を使う。

でも、キャンパスライフを楽しめるようになりたいとは切実に願っているのだ。そのための努力だってしているつもり。

「ありがと！　真白が幹事で良かったぁ」

加奈は大げさに胸をなでおろして、無邪気に笑った。無事に飲み会をキャンセルできたことが、よほど嬉しいらしい。

「新しい髪型、やっぱイイね」

ついでにリップサービスで、私のウェーブヘアまで褒めてくれた。前はピンクベージュのロングボブだったけれど、就活も始まるから黒髪に戻したところ、ずいぶん重たく見える。正直、全然似合ってない。それでもありがたくお世辞を受け取っておく。

新学年は軽やかに、気分一新して始めよう！　と、気合いを入れてイメチェンを図ったのに、鏡を見る度に、丸顔にワカメが張り付いてるみたいだな、とため息が出てしまう。

「明らかにドタキャンする奴が悪いだろ。本人に払わせろよ」

百%かかるキャンセル料を参加者から少しずつ徴収しようとしたら、早速先輩に怒られてしまった。これ以上お願いして喧嘩になるなんてバカらしい。私が払えばいいや。

「加奈のおばあちゃん、心配だね」

引っ込み思案で小柄な朋子が、レトロゆえに今時っぽい黒縁丸眼鏡をずり上げながら、中ジョッキ片手につぶやけば、

「例の男とはどうなったのか、ゆっくり聞けると思ってたのに」

個性的な銀のメッシュが決まっている噂好きのみくりが、長身を折り曲げて、カシスソーダで顔を真っ赤にしながら言う。

私たちは仲良し四人組ということになっている。時々、ちょっと方向性の違いを感じるときもあるけれど、ゼミのなかで居場所ができたことに感謝している。友達は大切にしなくちゃ。

氷で薄まった黒酢サワーを飲み干して、居酒屋の入り口にあるレジで会計をしていると、外でタバコを吸っていたらしい門脇先輩が戻ってきた。

「幹事お疲れさま。加奈から、ちゃんともらえよ？」

ひょろっと細身の門脇先輩は、あまり目立たない。集まりがあれば必ず顔を出すマメなタイプだけど、輪の中心にいる人じゃない。むしろ影が薄い。でもさりげなく行き届いていて、優しい。

「理由が理由ですし、加奈に問題ないって安請け合いしちゃったのは私なので。今月は特にお金を使う予定もないし、大丈夫です」

思わずそんな回りくどい愚痴をこぼしてしまうのも、門脇先輩が私を心配してくれるとわかっているからこそだった。

「それじゃだめだよ。真白は人が好すぎる」

慌てたように尻ポケットの財布を取り出されて、私のほうが慌てる。そこまでしてほしいとは思ってない。ただ、ちょっと親身になってもらいたかっただけ。優しくされたかっただけ。

先輩の出したお札を受け取るまいと、押し付け合いになる。そういうことを望んだわけじゃないんだってば。でも私が受け取らないと悟った先輩は、レジカウンターの上に音を立てて置いた。

「俺のためだから。俺の気が済まないから」

そう言いながらビシッとお金を指さした先輩の顔には、照れくささの中に誇らしさが見え隠れしていて、ちょっと引いた。

「ところでさぁ……」

急にもぞもぞし始められて、困る、と直感的に思う。

「ところで、なんですか」

つい素を出して冷たく問い返すと、先輩は私の無表情すら気付かなかったようで「いや」と含みある笑顔で去って行った。

困る。先輩のお金も、好意も、困る。

自分の財布に先輩のお金を入れることはできない。好意まで受け取ったことになってしまいそうだし、借りを作りたくない。こうなったらレジ横の募金箱に全部入れてしまえ。この平和で無益な飲み会が、少しでも他人のためになるなら素晴らしいじゃない？

「真白も行こうよ」

「カラオケ苦手だから」

「とかいって、本当は歌うまいくせに」

私は朋子とみくりに両脇から絡められた腕を、さりげなくほどく。

「あれッ、行かないの？　付き合い悪いなぁ」

門脇先輩が冗談っぽく口を尖らせたので、半笑いで会釈する。

上機嫌の酔っ払いたちに手を振って、今夜のミッション終了。できるだけ人といるようにしてはいるが、そろそろ限界だった。二次会組と別れて一人熱くなった頬を夜風にさらして歩いていると、ようやく深く息を吸える心地がした。

まだそう遅くない時間なのに、帰りの電車に爆睡しているスーツの男性がいた。三十代くらいか、カバンを抱え込むようにして頭を落とし、カーブの度に上半身を盛大に揺らしている。頭上の網棚には、白い大きな直方体の紙袋が載っていた。結婚式の引き出物かな？

何本もの路線が交わる大きな駅に到着すると、どっと乗客が降りた。でも乗ってくる人はほとんどいないなぁ……なんて思っていると、ドアが閉まる直前に男性がぴょんと跳ね起きた。ドアに突進し、一度挟まれ、周囲の失笑を誘いながらもどうにか下車したのには感心する。でも、あれ？　網棚の荷物は――？

呼ばれた。

心拍数が上がる。お酒を飲んだときとは比較にならないほど身体が熱く燃える。カッと血が沸く。今夜一番の、最上の酔い。

世界の輪郭がほどけて揺れるなか、白い紙袋だけがくっきりと光り輝いていた。優しい声に意識を摑まれる。「今夜もよく我慢したね」……極度の緊張に身を強張らせながら、ゾクゾクするような興奮がせり上がってきて唇を舐めた。

車内を見回すと、周囲はスマホに熱中しているか、寝ているかだ。最寄り駅に近づく。アナウンスが流れる。私は降りる間際、落ち着き払って網棚に伸びあがる。紙袋に触れた瞬間、指先から身体全体に痺れるような恍惚が広がった。

重ッ！　食器？

下ろした袋の予想もしていなかった重量に驚いた。それでも眉毛一本すら動かさなかった自信はある。百年前から自分のものだったような自然さで手にして、当たり前のようにホームに降りた。

駅の女子トイレは最近改修工事がされて、個室の荷物置きも綺麗で広くなり、なにかと便利に使わせてもらっている。いつもの個室で紙袋を置いたところで、目がくらむような達成感と疲労を感じた。

私はこの時が、いつも怖い。これから先に感じるのは、鉛を飲み込んだような罪の意識だけだと知っているから。

それでもあさましい好奇心は抑えきれず、袋の中を覗いた。濃い紫の風呂敷に包まれた四角いもの。嫌な予感がした。でも怖いもの見たさに、つい風呂敷をほどく。

木箱だ。おそるおそる蓋を開ける。これって、もしかして……

骨壺⁉

白くつやつやした磁器が顔を出し、ギョッとして蓋を閉めた。気が動転して、風呂敷を包み直すことすらうまくできない。

どうしよう。

また心拍数が跳ね上がったけれど、今度は身体が冷たくなる。どうしようもできない。置きっぱなしにして立ち去るしかない。

トイレの個室を出て、改札に向かう。気が急いて早歩きになる。

「ちょっと！　ちょっとあなた！」

親切そうなおばさんの大声が追いかけてきて、無視しようとしたけれど足がすくんでしまった。

「ほら、忘れ物。良かった、間に合って」

息を弾ませたおばさんは、額の汗をきらめかせながら満面の笑みで紙袋を突き出してきた。私はなすすべもなく、まごついたお礼を述べ、両手でしっかり受け取ってしまった。

どうしようどうしよう。

こうなったら、途中で捨てていこう。お骨には申し訳ないけれど、私を恨まないでください。

近くに人気がないことを確かめて、暗い夜道のごみ収集場所にそっと置いた。黒いごみ袋が山になっている横で、白い紙袋は居心地が悪そうだった。一目散にその場を離れてみても、冷や汗が止まらない。祟られそうで怖い。

どうしようどうしよう。

ほとんどパニックだった。走って戻って紙袋を回収すると、一人暮らしのマンションまで、全力疾走した。持ち手の紐が指に食い込む。なんで見知らぬ人の骨を、家に持ち帰らなきゃいけないわけ？

そんなの、「呼ばれたから」としか言えない。

オートロック。防犯カメラ。JRとメトロ、両方使える好立地。ベランダ付き高層階。1Rだけどバストイレ別。ここに来た友達は必ず「すごく良い家だね」と言う。

家賃は親持ち。去年働いていたバイト先を人間関係で鬱っぽくなって辞めてから、毎月多すぎる仕送りまでしてもらっている。恵まれた贅沢な暮らしだってこと、私が一番よく知っている。

だからもうこの家を、誰にも知られたくない。

お風呂にゆっくり浸かると、ようやく気持ちが落ち着いた。使い捨てパックを顔に貼りつけ、気分転換にマニキュアを塗る。明るい色をと思い、オレンジを選んでみた。爪を伸ばしていないから、あまりかわいくならない。でも綺麗に塗れれば、単純に嬉しくなる。

爪が乾くのを待ちながら、つい部屋の片隅に目が行ってしまう。骨壺の入った紙袋。指を広げてひらひら振りながら、こそ泥歩きで近づく。当たり前だけど、骨はうんともすんとも言わない。でも不思議と、いつもみたいに「死んで」はいない。

この骨は、一体どんな人だったんだろう。どんな人生を送ってきたんだろう……

遺族に忘れられたのだろうか。だとしたら探しているだろうな。今頃、心配して号泣しているかもしれない。

「だけど普通、遺骨を網棚に置く？　忘れるってありえる？」

ツッコミを口にしていた。一人暮らしを始めてから独り言が増えたのは自覚している。

「じゃあ、わざと放置……？」

言葉にすると、胸がひび割れるような痛みが走った。もしそうだとしたら、なんてむごい話だろう。私という赤の他人の手に渡ってしまって、骨は、故人は、嘆き悲しんでいるに違いない。

つやつやの爪で、風呂敷包みを取り出した。せめて床ではなく、棚の上に置いてあげよう。孤独な骨を思うと、なんだか泣きたくなってくる。そして遺族に対して、真剣に腹が立ってきた。

「なにやってんのよ、私を呼ばせないでよ！」

翌日の五限、ゼミ室に入ると重苦しい空気が漂っていた。いつも声高におしゃべりに興じている先輩たちは静かだし、新二年生も気まずそうに顔を寄せ合っている。加奈とみくりは神妙な顔で、気落ちした様子の朋子を囲んでいた。悪いニュースしか予感させない状況に、このまま逃げ帰りたくなる。

「どうしたの？」

私の声に顔を上げた朋子の瞳が、動揺したように揺れた。

「昨日、真白が帰った後ね、朋子のお財布がなくなっちゃって」

みくりがこの時を待ちかねていたように、一気にまくしたてた。

「皆で探したんだけど見つからなかったの。どこかで落とした可能性なんてほとんどなさそうだし、盗まれたんじゃないかって――」

呼吸を忘れた。

身体を刺し貫かれたピン止めの蝶のように立ち尽くす。でもなにか、なにかこの場にふさわしいことを言わなくちゃ……

「そうだったんだ。ショックだよね。見つかるといいね」

骨から脆そうな朋子は、少女のようにこくりと頷いて、引きつったような痛々しいほほ笑みを浮かべた。

ゼミが始まっても教授の話は何も入って来なくて、混乱した頭でホワイトボードに書き込まれては消される文字を見つめていた。

私じゃない。私がやったんじゃない……

初めて間近に「盗み」を経験したのは、大学一年の初夏だった。上京して数ヵ月経っても満員電車に慣れなくて、毎朝げっそりしていた頃。その日も車内は鮨詰め状態だったのに、一部の空間だけ奇妙に空いていた。乗客に圧し潰されながら、くたびれたスーツの肩越しに、だぼだぼのスエットやらヒョウ柄やら、一般的感覚では躊躇しそうな服装の男たちが見えた。床にしゃがみこんだり、短い脚を偉そうに広げて場所を取る、「いかにも」なオニィサンたち。

誰か注意してくれないかな……私は祈るような、試すような気持ちで車内を見回したけれど、誰もが無言で「迷惑」という静かな怒りを発するだけだった。

そりゃ下手して絡まれたらヤダもんね。沈黙は理解できますよ。ただ、自分にも周囲にも少しだけ失望した。

私は伏し目がちに男たちを観察しながら「早く降りろ」と念じた。こちらに背中を向けていた男は目を疑うレベルの腰パンで、丸出しの真っ赤なブリーフがまばゆすぎ。脱げそうなズボンの尻ポケットにはブランドものの長財布がぎりぎりのところで引っ掛かっていて、今にも転げ落ちそうだ。

ようやく駅に着くと、どばりと乗客が吐き出された。降りようとする人の波が私を押しやり、流された目の前でドアが閉まった。

「財布がねぇ！」あの取り乱した叫び声は、きっと一生忘れない。

振り向けば、あの腰パン男が周囲に嚙みつく勢いですごんでいた。でも、明らかにスリ。とっくに犯人は下車しているだろう。

私は見てもいないのに、長財布を引き抜いたスリの手つきを鮮明に思い描けた。

そのあまりに美しいイメージに震えた。

見苦しく騒ぐ男に対して、車内から「いい気味」という声が聞こえてきそうな気がした。私も心底スカッとして、笑いたくなった。

——隙をみせた腰パンが悪い！

それからは満員電車にも密(ひそ)かな楽しみが生まれた。もみくちゃにされながら、あれは盗(と)れそう、これは難しいかも……そうやって品定めをして妄想を膨らませる。だからって別に、本当に盗みをしようと企んだわけじゃない。ただ他人の隙を探して、心の中でそれを指摘するゲーム。それだけで充分満足できていたのだ。

　呼ばれるまでは。

　その年の年末、夜のメトロは忘年会帰りらしい赤ら顔の乗客が多かった。私の隣にやってきたOL風の女性は、座った瞬間に眠りに落ち、しな垂れかかってきた。酒と香水のまじる強烈な匂いに眉をひそめて睨んだとき、私と女性の間にエナメルのバッグがあることに気付いた。

「持っていく？」

ぴかぴか光沢を放ちながら、バッグは私に呼びかけていた。

未知のボルテージがぐんぐん高まることに慄きながら、導かれたように指先でそっとバッグに触れると、ビリッときた。血の気が引くような快感。あとはほとんど無意識だった。

U字型の持ち手を握りしめ、立ち上がった。女性は支えがなくなって倒れそうになり、私は突き上げてきた恐怖から呼吸が浅くなった。振り向いたらオシマイ……なぜか強くそう感じた。

ホームに降りても、前だけ見てまっすぐ歩いた。誰かに操られて動いている自分を、手に汗握って遠くから見守っているような、身体と心の乖離。それでもメトロが発車すると、去っていく車両を目で追ってしまった。女性は体勢を立て直し、幸せそうに腕を組んで眠り続けていた。

私は深呼吸して、ぺたりと冷たいエナメルバッグを持ち直した。呆気ないほど簡単で、眩暈がするほど興奮していた。

自分の家に知らない人の骨があるのは、変な気分だ。だけど怖くはない。ホラー映画も見られないし、お化け屋敷にも入れないくせに、なんでだろう。骨をどうにかしなくちゃと思いながら、ぐずぐず置きっぱなしにしていた。

棚の上で異様な存在感を放っている風呂敷包みをほどくと、素朴な木箱を両手で持ち上げ、丁重に揺すってみた。ことこと、と控えめな音がしてドキリとする。

この骨は男か女か。いくつで亡くなったんだろう。老人の骨にしては重すぎるような気もするけれど、単に壺が重いのかも？

そう考えると、壺をじっくり拝みたくなってくる。

「失礼します……」

一応お声がけして、木箱を開けた。骨壺をテーブルに置いて眺めてみる。白くてシンプルな壺。円筒で蓋の中央はふっくらしていて、昔おばあちゃんがお茶のお稽古に使っていた、棗(なつめ)の形に近い。そういえば親族のお葬式に参列したこともないし、骨壺の実物、初めて見たかも。こんなに綺麗なんだな。

「あなたは忘れられたんですか？　捨てられちゃったの？」

死んだ後もみじめだなんて。私はまた泣きたくなってくる。でも、実はものすごい悪人で、骨自身「自業自得」と諦めていたりするのかもしれない。

唐突に朋子のうっすら青ざめた顔が思い出されて、首を絞められたように苦しくなる。朋子の財布を盗ったのは私じゃない。でも、その他大勢から置き引きをしてきた常習犯だ。

「私が死んでも、似たようなものかな」

私は骨に語りかけていた。骨壺の曲線を指の腹でなぞる。すべすべして気持ちいい。こんなにも痛切に親近感が湧く相手も、初めてかもしれない。

四月も後半に差しかかり、就活スーツというのを買ってみた。しかしなんでこう真っ黒なんだ？　微妙なひざ下丈スカートもダサい。一日中歩き通せる黒い革靴も必要になり、面白みのない黒トートバッグも探すはめになる。

私のワカメウェーブは半月もすれば落ちてきて、こうなったら後ろで一つに結うことにした。まとめるにはまだ短くて、毛先が跳ねてカッコ悪いけど。

揃えたコーディネートを活用して合同企業説明会はどんなものかと偵察に行くと、やっぱり全身黒ずくめの学生がうじゃうじゃいて気が滅入った。営業スマイルを張り付けた人事担当の話に頷きながら、それらしくメモを取ってはみても、今現在もままならないのに未来なんて描けるわけない。

でも、私のようなぼんやり学生ばかりじゃないらしい。説明会で一番衝撃的だったのは、参加学生のキリリとした意欲的な顔つきだった。手を挙げて質問する人まで
でいる。

私は就職できないんじゃないか……不安だけ煽られて、会場を後にした。ぼろ雑巾のようになりつつ大学の女子トイレで化粧直しをする。スーツでゼミに出席するのは気が引けるけど、着替える余裕もない。鏡の中の私はあまりに生気がなくて、ちょっと焦る。チークでも足そうかな。

「もう就活？　張り切ってるね」

「いつもちゃんとしてるもんね、真白は」

加奈とみくりがやってきて、咄嗟に笑顔を作ったものの、二人の声の微妙な棘に気付いていた。私はふたつの冷笑を前に緊張してしまって、必要以上に明るく言う。

「全然だよ！　今日も他の学生に圧倒されて逃げ帰ってきたとこ」

ふーん、とどうでも良さそうな返事。加奈は顎をしゃくって私が手にしているマスカラを示した。

「また新しいの買ったんだ？　バイトも辞めたのに、リッチじゃん」

なんと返事をしていいのかわからなくて、曖昧にニヤニヤしてマスカラをポーチにしまう。自分の卑屈な態度が情けない。

「去年のクラス会でも、お財布なくなった子いたよね。あのときも真白、先に帰っちゃって」

「えッ⁉」

声が裏返ってしまった。なに？　もしかして朋子の財布のことで、私を疑ってるわけ？　くらついて、思わず洗面台に手を突く。

「居酒屋を出る前、朋子がトイレ行ってるときに荷物を預かってたのが真白だったなぁと思って。幹事だから一人で立ってあちこち行っても、誰も気にしなかったしね」

過呼吸に陥りそうな私とは視線も合わせず、みくりはまるで独り言みたいにしゃべった。

「私のこと疑ってるの？　私じゃないよ？　友達の財布を盗るなんて、絶対しない」

否定しながら目が泳ぐ。うわ言のように繰り返すほど、二人の視線が冷たくなる気がする。

違うのに。それは違うのに。

涙が溢れそうになったとき、話題にされていた朋子が入ってきて、この緊迫した状況に目を丸くした。

「お財布、私が盗ったんじゃないよ。荷物は預かったけど、中も見てないし、他の人も触ってない。本当だよ、信じて」

恥も外聞もなく懇願した。私に縋（すが）りつかれた朋子は、ますます驚いて身体を硬くした。

「そんなの当たり前でしょ。真白じゃない。荷物受け取ったときは、まだあった気がするし」

「会費払った後は、財布のこと覚えてないって言ってたじゃん」

みくりが不服気に言うと、加奈はシラケた顔で肩をすくめた。

「別に真白がやったなんて、誰も言ってないしね？」

私は唇を噛みしめた。悔しい。

でも何も言い返せない。

みくりと加奈がプイと出て行ってしまうと、朋子は心配そうに私の顔を覗き込んできた。潤んだ哀し気な瞳が、大丈夫？　と問いかけてくる。その思いやりが、私をさらに追い詰める。

「今日は就活で疲れちゃったから、やっぱりゼミ休むね」

朋子は私のサボり宣言になにか言いかけたけれど、実際あまりにひどい顔をしていたせいか「お大事にね」と泣き笑いになった。

「真白？　帰んのか？」

校舎を出たところで呼び止められた。いつも遅刻ギリギリの門脇先輩だった。

「ちょ、顔色悪すぎるぞ。どした？」

私がうつろな顔で振り向くと、しどろもどろになりながらも必死に声をかけてくれて、鼻がツンとしてしまう。

「なんか、勘違いされちゃったみたいで……」

またた。つい甘えたことをぬかす。私は先輩の優しさにつけ込もうとしている。でも止まらない。聞いてほしい。言わせてほしい。

先ほどトイレでかけられた疑惑について語っていると、怒りや悔しさ、情けなさ、全ての負の感情が波立ち、私を身体の底から激しく揺さぶった。

いつも穏和な先輩が、珍しく顔を歪めている。苦しそうに眉根を寄せて頷きながら、一生懸命私の話を受け止めてくれている。今ここに私の味方がいることが、頼もしかった。

だからって、この虚しさは消せない。

友達に疑われるなんて……全力で大切にしてきたのに。いつも感じ良くしてきたのに。面倒な頼み事をされたって、嫌な顔もせず引き受けてきたのに。

私がどれだけイイ人ぶっても、疑われるようななにかが滲み出てるってこと？骨の髄から腐ってるって？

まぁ、そうなんだけどね。

「なんだよそれ！　ひどいな！　真白が人のもの盗むなんて、するわけないだろ。真白はそんな奴じゃない」

門脇先輩は、顔を真っ赤にして怒っていた。怒ってくれた。私もこうやって、素直に感情をぶつけられればいいのに。なによりも私自身がやってきたことのせいで、身動きが取れない。

「俺は、真白を信じてる」

その言葉は、妙に台詞っぽく空々しく聞こえた。なぜか置き引き注意ポスターの、極太ゴシック体を思い出す。

門脇先輩の真顔を初めて見た。茶化すことのできない、ひたむきな強い視線。先輩はその誠実さで、悲劇のヒロイン役に酔っていた私の頰を引っぱたいた。目が覚めた私は、今まで以上に途方にくれる。この人に、なにを求めていたんだっけ。どうしてほしかったんだっけ。

気付けば先輩に肩を抱かれていた。その腕が生温かい。重い。優しくされたいのに、されたくない。

「失礼します」

先輩の腕をすり抜け、小走りになる。独りになりたい。この世界から逃げ出したい。

校門を抜けて駅までの一本道は桜並木で、もうほとんど散ってしまったなかでも最後の桜が舞い散っていた。私は白くちらちら視界を騒がす花びらさえ煩わしくて、大声で叫び出したかった。

外に一歩も出ず、ずっと独りで家に籠っていたら、人に嫌われないかビクつかないですむし、「呼ばれる」こともない。でもイライラする。

帰宅してまず脱ぎ捨てた黒いスーツを、乱暴にハンガーにかけた。肩の後ろに桜の花びらが一枚くっついていることに気付き、苦々しい気持ちでそれをつまみあげる。桜に罪はないが、憎しみを込めて指先でよじった。汚らしくなったそれは、生ごみだ。

現実逃避にネットでドラマを見始めても、集中できない。頭を空っぽにできそうなコメディだと思ったのに、どうして主人公がこうも底抜けに明るくて無神経なの？

いつもより丁寧に入れたはずのミルクティーもおいしくない。袋を抱えてクッキーを食べ始めても、もそもそ味気ない。

あの感じ。

頭の中が沸騰して、このまじっとしていると気が変になりそう。私は立ちあがり、掃除をする。洗濯もする。整理整頓もやり直す。でも収まらない。熱い。喉がカラカラだ。冷めたミルクティーには目もくれずに、水道水をがぶ飲みする。氷をかみ砕く。自分の脳みそをひきずりだして、冷凍庫に突っ込んでやりたい。

どうしよう。

置き引きしたくてしたくてしたくてしたくて、できなきゃ死んじゃう！　アル中患者みたいに震えている手が、自分のものだという実感がない。

「隙をみせるほうが悪いんだ。皆がもっとちゃんとすればいいだけ……」

衝動に負けた。

急かされるように出かける準備をする。誰かの荷物を持って歩いていても不審に見えないように、小さなポーチひとつに身の回り品と定期券を入れ、スプリングコートを羽織る。玄関に屈（かが）みこんでぺたんこ靴を履きながら、ゼェゼェと荒い息をしている私は、一体なんなんだろう？

ダメ。出かけちゃダメ。

わかっているのに、制御できない圧倒的な力に押し流されてしまう。

「がんばれ私。家にいなさい」

自分を叱咤し、踏みとどまろうとする。歯を食いしばる。なのに指先が勝手に家の電気を消していた。

私はまた自分自身に絶望を深めながら、それでも置き引きを続けないではいられないのか。

脂汗を流しながら暗い室内を振り返ると、テーブルの上がポッとほの明るかった。真っ白な骨壺が、柔らかに発光しているように見えた。

呼ばれた。

呼び止められた。

「……このままじゃダメだよね？　私、ビョーキかな？」

苦しい。苦しいよ。

立っていられなくて、胸を押さえてその場でしゃがみこむ。頭を低くして丸まると、小さい頃、近所の子どもたちの輪に入れなくて、ひとり離れて砂場で丸くなっていた記憶が蘇った。

きつく目をつぶる。現在も過去も、未来だって見たくない。真っ暗な世界に逃げ込んで、祈る。誰か。誰でもいい。

助けて……

ふと、まぶたの裏にチカチカと白いものが動いた気がした。それは先ほど目にした桜吹雪の舞いのようにも、もっと確固としたもののようにも思えた。その白いものの正体を見極めようと集中する。暗闇に目が慣れていくように、徐々にそれが見えてきた。

骨だ。

高校の理科室にあった模型のようにヒト形になった骨が、かくかくと動いている。どこかユーモラスで、踊っているみたい。性別も年齢も不詳。誰でもなく、誰でもある、骨。

まぶたの裏の骨のダンスを眺めているうちに、いつのまにか嫌な汗が止まっていた。心が穏やかになって、少し呼吸が楽になっていることに気付いた。

あの日逃げ帰った授業がゴールデンウイーク前の最後のゼミで、しばらく加奈やみくりと顔を合わせないですむことにホッとした。朋子は心配してメールもくれたけれど、連休に遊びに行こうという誘いは、適当な理由をつけて断ってしまった。私は一週間、家で静かに骨とすごした。食品の買い出しとごみ出し以外では一歩も外に出なかった。

また発作のように置き引きの衝動がやってくることだけが怖かった。でも不安になりそうなときは、骨壺を両手で包んでじっと気持ちを落ち着ける。手のひらに吸い付くみたい。温かみすら感じる。私は霊感もないしスピリチュアルとか信じていないけど、孤独な骨が寄り添ってくれているという想いは日に日に強くなった。

毎日スケジュールを立てて、それをきちんとこなそうとすると、意外にも時間はあっというまにすぎる。スケジュールといっても、ネット二時間、フィットネス三十分、みたいなゆるい予定だけど「骨研究一時間」は毎日欠かさなかったし、結局オーバーすることも多かった。

私はこの休みのおかげで「遺骨問題」についてだいぶ詳しくなったと思う。調べてみればみるほど、私を呼んだ骨は、やはり故意に置き去りにされたのだという確信が強まった。でも遺族が骨を、いや、故人を嫌っていたとか恨んでいたのではなく、供養してあげたくてもできない経済的理由があった可能性に気付かされ、切なくなった。

明日こそ、骨とお別れしなきゃ。

寝る前にいつもそう思う。でも私が届け出たら、この骨は正式に「無縁遺骨」となってしまうだろう。そうしたら、どこか専用倉庫みたいなところに押し込められて、忘れられてしまうのか。そんなの辛すぎる。

私が骨のためにできることって、あるのかな……

行きがかり上、と言っていいのか、私の骨研究は最終的に葬儀研究に発展した。

連休が明ける頃には、散骨業者の人材募集ページのお気に入り登録が相当数になっていた。

何事もなかったかのような顔で、皆に会おう。

そう心に決めて、何度も鏡の前で笑顔の練習をしてから大学に出陣した。久々に「仲良し四人組」が揃うことに少し緊張しながら、学生で賑わう学食内を探す。みくりから「ランチ集合！」とメールをもらったものの、どこにいるんだろう……

「真白！　こっちこっち！」

二階席から身を乗り出して手を振ってくれたみくりは屈託ない笑みを浮かべていて、私も自然に笑えたと思う。

二階には朋子もいて「元気だった？」とまずは軽い近況報告会。

「良いニュースと悪いニュース、どっちから聞きたい？」

連休にアウトレットでゲットしたという雫型ピアスを揺らしながら、みくりは黒目を輝かせて聞いてきた。

「良いニュース、かな」

悪いニュースは聞きたくないな、と思いながら答えると、みくりはニィッと真っ赤な唇を横に広げた。

「朋子のお財布、見つかったんだって！」

「本当⁉　どこでッ？」

自分でもびっくりするくらい大声をあげてしまった。朋子は私の険しい目つきに責められていると感じたのか「警察から連絡があって」と恥じ入るような小声で言った。

「公園に落ちてたんだって。スリってお金だけ抜いて、他は手を付けないで捨てたりするんだってね。盗られたのは災難だったけど、免許証とか無事に戻ってきて本当に良かったよねぇ」

仕切り屋のみくりは早口で補足しながら、スマホをいじり出した。

「そうなんだ。ホント、良かったね……」

私はしぼんでしまった。良かった。安心した。すごく嬉しい。なのに笑顔を維持できない。針でほっぺたを一突きされたみたいに、少しずつ空気が抜けて口角が下がる。なんだろうこのモヤモヤは。

「騒がせちゃってごめんね」

何も悪くない朋子は何度も何度も謝ってくれるけど、みくりは私を疑ってたことも忘れちゃったわけ？

わかるよ、私だってあの一件はもう蒸し返さないって決めてたし。わかってるよ、私は謝罪されるべき人間じゃないことくらい。

でもさ、一言くらい。せめて、ちょっとは申し訳なさそうにしてもいいんじゃないの?

「それで、悪いニュース。ってか最低なんだけど」

私の内なる悪態に気付くわけもなく、みくりが鼻息を荒くしながらスマホ画面を押し付けてきた。加奈の写真だ。夜景をバックにした爽やかイケメン風とのツーショット。

「これ、ゼミ飲みの日」

みくりが吐き捨てた言葉の意味を理解するのに、少し時間がかかった。

「じゃあ、おばあちゃんの具合が悪いっていうのは——」

「嘘! コイツとのデート優先するためだよ! でも鍵アカでリア充ぶって実況中継とか、頭悪すぎ。加奈さ、連休も体調悪いからって約束ドタキャンしたんだよ。ありえなくない? 彼氏できた途端に変わる女って痛いよね。あ、でもこの感じだとまだ彼氏じゃないのかも。モノにしたくて必死なんだろうね。ダサ~」

かろうじて残っていた、我慢とか理性とかそういう類が、パン! と音を立てて砕けた。

アホか。おまえらアホなんか。

加奈、なによりもまず、おばあちゃんに謝れ。

みくり、あんたの剝き出しの憎しみは、根本的に嫉妬だってバレバレだから。

そして私。おまえはなんで死に物狂いで、こんなズッコケ四人組にこだわってきたんだ。なにを守りたかったんだ。

「ちょっと真白、鼻……」

朋子に呆然と指を指されて、ようやく鼻血が出ていることに気付いた。上を向いて、鼻を揉むようにこする。頭の中の圧力が、最高潮に達していた。これから目玉も飛び出るかも。もう無理。

「もう無理」

あれ？ いま私、心の声を口に出してた？ でもいいや。もう、いいや。鼻をつまんだまま、階段を駆け下りていた。

イライラする。

構内をずんずん進みながら、気が違ったような高速眼球運動で周囲に視線を走らせる。隙だらけの学生たち。アイツも、コイツも、胸倉を摑んでブンまわしてやりたい。

——もっと注意してよ！ ちゃんとしてよ！

私は怒りのど真ん中に立ち止まって、鼻から手を離した。もう止まったかと思ったのに、足元に鮮血がしたたり落ちた。

「真白！　待って、ちょっと話させて！」

朋子が泣きそうな顔で走ってきた。そのわりに、怯(おび)えた仔羊のように腰が引けている。私が黙ったまま鼻をつまんでマヌケ面をさらしていると、朋子は大きなトートバッグの中をかきまわし始めた。顔をつっこむようにして何を探しているのかと思えば、駅前で配っているキャバクラ求人のティッシュを差し出してくれた。

大学はいくつかの校舎の群れでできていて、たまに独りを満喫したいときは一番古い校舎にある中庭に行く。いつも日当たりが悪くて春でも肌寒く、学生の姿はほとんどない。でも小さな池の金魚は減ったり増えたりしている。死ぬのもいれば、新たに放たれたりもするのだろう。私の癒しスポットで友達と来たくはなかったけれど、鼻にティッシュを詰めながら密やかに朋子の話に耳を傾けるのに、ここより良い場所は思い付かなかった。

二人で隅っこのベンチに腰かけると、私はまず鼻のティッシュを詰め替えようと朋子から顔を背けた。

「財布、なくなったと思ったの、勘違いだったの」

不意打ちだった。ティッシュを丸めていた手が止まる。

「すごく酔っ払っちゃってて、本当になくしたか盗まれたと思って大騒ぎしちゃったの。何度も確認したのに、バッグの底にあったのに、中が汚すぎて気付けなくて。家で見つけたとき、死ぬほど恥ずかしかった。すぐに謝らなきゃって思ったけど、みっともなく泣いちゃったし、あれほど皆に心配かけといて『私の勘違いでした』って言えなくて……」

のろのろ作業を終えて朋子を振り向くと、涙が溢れる瞬間を目の当たりにしてしまった。

「黙っててもイイや、あとで見つかったことにしても変わらないって思った。でも真白が疑われるなんて……みくりも加奈も怒ってて、ますます本当のこと言うのが怖くなっちゃって――」

耐え切れなくなったように、朋子は眼鏡をずり上げて目を押さえた。ひぐっひぐっと苦し気な嗚咽が漏れてきて、私の爆発寸前だった頭は急速に氷点下まで冷えていった。

「ごめん。ごめん真白……私のせいで嫌な思いさせちゃって、本当にごめん。私、ズルいよね。ひどすぎるよね」

身体全体を震わせてしゃくりあげる朋子を、ただただ眺める。朋子は守ってあげたいと他人に思わせる、わかりやすい弱さがある。弱いけど、心根の優しい子。そして甘い。徹底的に甘い。こうやって人前で泣いて「ごめんなさい」って謝って、真実をさらけ出せば許されると思ってる。

「大丈夫、気にしないで。このことは誰にも言わないし、朋子も黙ってればいい。お財布見つかって、良かったね」

その甘さが、朋子が羨ましいよ。

私はポケットティッシュを返した。

どうにか泣き止(や)んだ朋子にハグをして別れると、機械的に三限の大教室に急いだ。いつもの後方窓際の席に腰を下ろしてから、お昼を食べ損ねたことに気付く。別にいいけど。食欲もわかないし。

鼻呼吸すると、血の止まった鼻梁のあたりがスースーした。外を眺めると、澄んだ空。九十分間の授業で、鳥が横切ったのは一度だけだった。ペンを動かしたのは出席カードの記入のみ。こういう時間を無駄っていうんだろうな。

チャイムと同時に二百人以上の学生がなだれ出て行き、私も下を向いたまま黙々と駅へ向かう。一ヵ月前は桜の花びらで埋まっていた道も、今はすっかり掃き清められていた。すれ違う人たちの足元は、スニーカーやパンプス、それにブーツにサンダルもちらほら交じっていて、曖昧な季節を物語っているみたいだ。

尖ったピカピカの黒い革靴が、私の前でぴたりと止まった。

「元気？」

顔を上げると、スーツを着た門脇先輩のどことなく気まずそうな笑顔があった。就活か。だけど黒ではなく、淡いグレーのスーツを選んでいるのが意外だった。しかもネクタイはピンク。悪くない。似合ってる。

「スーツ、カッコいいですね」

感じたまま素直にそう口にすると、先輩は頬を染めた。

「ありがと。就活でコレは浮きすぎだろって突っ込まれたりもしたんだけど、やっぱり自分のスタイルでがんばろうって……ところでさ、番号交換しておこうよ」

また「ところで」か。先輩の口癖なのかもしれない。私は促されるまま携帯を取り出して、教えられた番号を打ち込む。

「あれからどう？　心配してたんだよ。でも真白の連絡先知らないし、休みの間もずっと気になっててさ」

「あぁ、お財布の件なら、無事に見つかったらしいです」

そういえばこの前、先輩に愚痴るだけ愚痴って逃げたんだった。私は淡々と答えたのに、先輩の顔がパァッと華やいで、そのあまりに嬉しそうな顔にたじろぐ。

「良かったなぁ！　朋子も喜んでたろ。これで真白の濡れ衣も晴れるよな。ホント、ホント良かった！　安心した」

なんで先輩は自分に無関係なことに、ここまで喜びを全開にできるんだろう。その純粋さが眩しくて、妬ましい。

「しかしアイツら……友達を疑うとかありえないよな」

「もういいんです。この前は私も取り乱して愚痴っちゃって、ごめんなさい――誰にも言ってないですね？」

「もちろん。俺、こう見えて口は固いから」

良かった……私は小さく安堵のため息を吐く。もうこれ以上、この話を大きくしたくない。できれば全部なかったことにしたい。でも先輩は納得いかない顔だ。

「真白は本当に、人が好すぎるよ。俺だったらそう簡単に許せない。もっと怒ってっていいのに」

いいや、私は怒っている。猛烈に怒っている。

「お人よしなのは、先輩ですよ」

私を心配してくれるなんて、見る目がない。かわいそうに。

私がなにより許せないのは、怒っているのは、私自身だ。

木々がわさわさしている場所で、思いっきり新鮮な酸素を吸いたくなった。血液の循環を良くして、全身の細胞を一秒でも早く入れ替えたい衝動に駆られ、九段下で途中下車する。

皇居のお堀端沿いを行くと、新緑の瑞々しい桜の木々が水面に映えて綺麗だった。もしかしたら私は、桜の花が散った後の葉桜のほうが好きかもしれない。

北の丸公園は午後の半端な時間のせいか、あまり人がいなかった。ほっつき歩き、立ち止まり、深呼吸。これを繰り返していると、頭が冴えてくるのがわかる。あと五十回くらい繰り返せば、新たな自分としてスタートできそうな気がしてきた。いや、「気」じゃダメだ。変わらなきゃ。あと百回やったら、私は生まれ変わる。

たかたか、ぴたっ、スーハー。

個人的儀式を続けて陽が傾いてきた頃、東屋にちょこんと座っているおばあさんに気付いた。どくん、と心臓の音が耳に届いたけれど、気付かないふりをする。小高くなった芝生を登って近づいてみると、おばあさんは長椅子でまどろんでいた。横に藍染の手提げが置かれている。でも大丈夫、私は生まれ変わりつつあるんだから。こんなものに興味はない。

なのになんで、隣に座ってるんだろう?

息を詰めておばあさんの横顔を見つめる。しっかり目を閉じて背を丸め、規則正しく薄い胸を上下させている。完全に、寝てる。

呼ばれた。

頭のヒューズが飛ぶ。だんだん視界が狭くなって、真っ暗な舞台の上で手提げだけにライトが当たっているみたいだ。手提げしか見えない。欲しい。あれが欲しい。大丈夫、これで本当に最後にするから――

指先が手提げに触れそうになったとき、白いものが視界の片隅に舞った。

あれ？

伸ばした手は手提げではなく、おばあさんの肩に置いていた。

「危ないですよ、荷物」

これ、私の声？　用意していた台詞のようになめらか。でも、これを言わせたのは私自身じゃない。

「本当に危ないわね、こんなことじゃ。ありがとう、ありがとうね」

起こされたおばあさんは、あたふた手提げをたぐりよせながら、何度も何度も、哀しくなるほど頭を下げた。

私は礼儀正しく東屋から退場したけれど、ふらついていた。手にかいた冷たい汗ごと握りしめる。またちらッと白いなにかが動いた気がして、目をつぶった。

骨が楽し気にカタカタ踊っていた。

今までに何回、骨壺の蓋に手をかけただろう。でもそれを持ち上げることはできないでいた。もし私が蓋を開けてしまったら、骨は今度こそ本当に「死んで」しまう気がした。

私はもう柔らかく光る壺を、両手のひらで記憶している。ふっくらした形を、すべやかな質感を、不思議なぬくもりを。そこで眠っている骨を、そっとしておいてやらなきゃいけない。できるかぎりの慎重さで骨壺を木箱に戻し、大判の風呂敷できっちり包む。

この人が誰だか、どんな人生だったかは知らないけれど、どうもありがとう。私はあなたみたいにはならないよ。

本当は知ってる。何も、私のことなんて「呼ばない」。盗みは盗みでしかない。無防備で幸せそうな他人が羨ましくて、その人たちを少し不幸にしたかった。それが快感になって、蝕(むしば)まれてる。

だけど都合よく解釈させてほしい。骨のあなただけは、本当に私を呼んでくれたって。おまえが一番ちゃんとしろ。このままじゃダメだって、怒ってくれたんだよね？　私は生きてる。だからやり直すことができるって、教えてくれたんだよね。

私が骨のためにできることって、生き直すことだけだよね。

帰宅ラッシュが始まる時間で、明日にしようかと一瞬弱気になったけれど、もうふがいない自分は嫌だ。いつかの夜、寝ぼけた男性がドアに挟まれつつ下車した大きな駅に向かった。

今まさに見つけた素振りで、駅の窓口に骨壺入りの紙袋を届け出る。記入例を参考に「拾得物件預り書」を埋めていると、袋を覗き込んだだけで、中年の職員は苦笑いした。

「驚きましたでしょ。実はこういうの、増えてるんですよ。罰当たりな奴がいるもんだね」

その呆れ声には、どこか下世話な話題を楽しむようなねっとりした厭らしさがあった。

私は忘れ物である「品名」欄に書いていた「骨」の文字を二重線で消す。そうなんだけど、しっくりこない。別の言葉で書き直し、すぐに恥ずかしくなって塗りつぶす。その一文字も黒丸にして消してしまうと、用紙を裏返しにして窓口を飛び出した。

陽が落ちた駅のホームから、ピンクや橙、紫のグラデーションになっている空が見えた。スマホをいじっている人、音楽を聴いている人、本を読んでいる人、おしゃべりしている人……たくさんの人で溢れているのに、この逢魔が時に、雲の縁が光っていることに感激しているのは私だけみたいだった。

大丈夫。私はもうしない。やり直せる。

ぷわぁーと尾を引くような音を立てて、電車が滑り込んできた。ホームでぼんやり降りる人を待っていると、私の瞳がオートフォーカスのように、ギュンと絞りをまわした。降りてきた男性の尻ポケットから飛び出した長財布に、ピントを合わせていた。

熱い。身体中の水分が一気に蒸発したみたい。脳みそも干上がって何も考えられない。男性の動きだけがスローに見える。

私を盗みの世界に誘い込んだ幻のスリの手つきが鮮やかに浮かびあがった。指揮者のように優雅に私を促す。すれ違い様に財布を引き抜くなんて楽勝だ。やらねばという使命感に酸っぱい胃液がこみあげてきて、ぐっと飲みくだす。

大丈夫。イケる——

ぐらりと男性に身体を寄せた瞬間、誰かにぶつかった。私と男性の間に割って入るようにして乗車した女性だった。体当たりをかましてしまったおかげで、我に返ることができた。

すみません。私も電車に乗りながら、反射的に謝った瞬間、

「おい！　泥棒ッ！」

その女性の手首が掴まれ、男性に引きずり降ろされた。あっというますぎて何が起きたかわからないまま、ドアが閉まった。

車内は騒然として、ホームの騒ぎを見守っている。男性は顔中の筋肉をつり上げ、どす黒い顔をしていた。

私は膝がくがくして、ドアにへばりついていなければ立っていられそうになかった。

「なんだなんだ?」

「スリだよ、怖いねぇ」

「あの女の人? おとなしそうな、普通の人なのに」

手首を掴まれて髪を振り乱している女性の横顔は、真っ白だった。その生気のない顔が、ふと私に見えて息が止まりそうになる。電車が出発すると、その女性はすぐに見えなくなってしまった。

さっきまで燃えていた身体が、今は頭から泥水をかぶったみたいにじっとりしていた。ドアにおでこを押し付けて身体を預ける。目をつぶって喘ぐと、まぶたの裏から骨がこちらを窺っていた。表情はわからないけど、そもそも頭蓋骨って悲しそうな顔だ。ぽっかり空洞になっている眼と、すぼんだ顎のせいだろうか。

骨は踊りもせず、心配そうに、ただじっと私を見ていた。

ポーチのなかの携帯が震えて、私は震えるまぶたを押し上げた。

〈本当にごめんなさい。これからはもう絶対こんなことにならないように気を付けます。自分のしたこと、忘れません。〉

朋子からのメールだった。すかすかした黒一色の文面がどこか新鮮だ。そういえば友達とは、いつも絵文字でカラフルに飾ったテンションの高いやり取りしかしていなかった。

着信も入っていて確認すると、門脇先輩だった。メッセージでもいいのに、わざわざ電話なんて。また心配させちゃったのか。

呼びかけてくれている。

私は臆病な自分を守ろうとして、人の声には耳を塞いでいたのかもしれない——

家に戻ると、がらんとしていた。骨がいない部屋は、光がひとつ消えたみたいに寂しい。本当は全てわかっていたはずなのに、現実を前に胸が重たく塞がれて苦しかった。

たとえ東京の汚い空気でも、外の風が欲しくてベランダに出る。空はあたたかなグラデーションを失い、薄墨になっていた。夜の帳（とばり）に向かって両手を突き出す。最近はマニキュアもせず放ったらかしで、少しかさついている。時々、この手は誰のものだろうと思う。

唐突に涙がこぼれて止まらなくなった。押し寄せてきた恐ろしさに耐え切れず、ふにゃりと膝をついてしまう。

大丈夫じゃない。私はきっとまたやる。一人ではやり直せないかもしれない。どうすれば止められる？　罰を受ければ、生まれ変われる？

私を呼んでくれる人たちを、呼んでくれた骨を、もうこれ以上裏切ることだけはしたくないよ。

また視界の端で白いものが舞った気がしたけれど、像を結ばずに消えてしまった。もう一度それが見たくて、乱暴に袖口で顔をこすると、睨みつけるように天を仰いだ。

キドさんとドローン

湊 ナオ

キドさんが「おれ、さいきんドローンにつけられててさ」と言い出したとき、やっぱり忙しすぎたんだ、かれはとうとうおかしくなってしまったのだな、と、わたしも有栖（ありす）くんもそこでぴたりと会話を止（や）めた。

鶴舞公園で秋バラを撮った帰り、駅で偶然キドさんと会ったのだ。キドさんは中途入社の新人だという部下を連れていて、わたしはひとりだった。

柿崎（かきざき）ちゃんと会えるなんてやっぱ俺たち赤い糸で繋（つな）がってるね、そっちはなんの帰りなのよと肩を叩（たた）かれ、ちょっと時間あいたから素材撮りしてたんです、バラとか撮ってきた、と答えると、いいね、うつくしいものはほんとうにいいよねえと白髪の混じったひげを撫（な）でながらキドさんは言う。

「むかしさ、鶴舞公園のなかに飲み屋なかったっけ？」

そんなの知らないですよ、とかわしたつもりがちょっとだけと丸め込まれて、なぜか高架下の串カツ屋へ一緒に入っていた。

あいちトリエンナーレの会期がやっと終わって、そのほかの仕事も納品のピークを越えて時間的にはゆとりがあるけど、かれと飲むのは気が進まない。まだ陽も落ちきらない、あまりにも気持ちのいい夕暮れだったのだ。

キドさんは、とある芸能プロダクションの名古屋統括マネジャーだ。

弱小映像制作会社代表のわたしとしては、ふたまわりも年上のかれに声をかけられただけで「よろこんで！」と返事をし、進んでかれらと情報交換すべきなんだろうけど、今日は気分じゃないなあ、納品近いからと言って早めに切り上げようかなという気分になっていた。

さっきまで嗅いでいたバラの芳香を惜しむ気持ちもある。

でも、一緒にカレー串カツとか食べているうちにわりとどうでもよくなって、お花と八〇・九〇年代のミュージックビデオはいつまでも、いつまでも観ていられるよね、もっと早く生まれて『スリラー』をリアタイで体感したかったな、なんて話を自分から振っていた。さすがにキドさんは話しはじめちゃえば楽しい人で、弾幕(だんまく)みたいに張られていく話題のなかにちょいちょいこちらのアンテナにひっかかる話題を混ぜ、裏話みたいなものにわたしがあまり乗ってないとみるや、今のミュージックシーンへの愛と毒とをジャブのように交互に繰り出してくる。若いころからざぶざぶとエンタメ業界の水で洗われているだけあってその場に奉仕する精神があるというか、サービス精神旺盛だ。

わたしも、新人部下だという有栖くんもいい感じに酔ってしまって、キドさんが自分用の焼酎ロックを自らつくるのを見ながら、これ何杯目だったっけな、とぼんやり思っていたタイミングでその〝ドローンにつけられてる〟発言は出た。

「こうなってやっと、うちの冬奈(ふゆな)っちがストーカー怖い怖いって言ってた気持ちがわかったっつうか？　得体の知れない視線って怖いんだなっつーのが、やっとさあ」

とまで続いても、わたしは言葉が出なかった。

キドさんまでアッチ側のヒトになっちゃったんなら淋しいなあ、と思ったのだ。

この業界では、いや、この業界でなくたって、三十年以上生きていれば、イロコイやハードワークなどの諸事情により酒やおクスリで身を持ち崩す人、精神の変調をきたす人、みたいな話は、なまなましく身近に見たり聞いたりすることではあるから、頭の片隅のそういう人たちの列のいちばん後ろに、無意識にキドさんを連ねてしまったのだと思う。

有栖くんはすかさず営業担当の新人っぽく気まずい沈黙を埋めた。

「またキドさん、そういうこといってすぐ人のことかつぐから」

「いやいや、これがマジなんだよ、ふぉーん、って？」

キドさんは頭の斜め前で指揮をするように人差し指を振った。腕のアップルウォッチのバンドが以前見たときと変わっている。

「それって、今もついてきてるんですか」

内心どきどきしながらわたしは尋ねた。キドさんは困ったように頭を振り、いや、今はいないよ、おもに家の周りだね、犬のさんぽのときに……などと言いだした。

「え、住宅地ってドローン飛ばせましたっけ」

「キドさんのうちって、そういう、飛行許可の出る地域なんですか」

「てか、犬のさんぽって」

とまで矢継ぎ早に二人で質問すると、かれは頭を振って、恥じらうようにしてから、いきさつを語りはじめた。

キドさんは、毎朝六時には犬とさんぽに出ているのだと言う。

「意外と早起きなんですね。キドさんは」

「年齢的なアレだよね。そのかわり日中ずっと眠い……ほら、柿崎ちゃん、見てみてよ」

かれはタブレットを取り出し、その整理整頓された写真フォルダから慣れた感じで一枚の写真を選び出してわたしたちに見せた。きょとんとした顔つきの小型犬が、庭らしき広々した場所の芝生に立ち、こちらを向いて歯を見せて笑っている。おおさすが、犬まで宣材写真っぽい、と、その写真の出来映えにまず見入ってしまう。

「うちの犬。見せたことなかったっけ。ぽぷりって言うんだ。可愛いだろ？」

「ポプリちゃんか。かっわいい。ポメラニアンですか？」

ポプリって、あの花びらを乾かして香りをつけたやつ？　きらきらすきとおったガラス瓶に入ってたり、レースたっぷりのちっちゃな布製の袋に入れてリボンでしばってあるような……？　キドさんのプロデューサーとしての目というか、令和にしてはややフェミニンに寄りすぎの審美眼の一端をそのネーミングにも見た気がして、つい微笑（ほほえ）んでしまう。

「なになに？　かわいすぎてつい微笑んじゃう？」

「かわいいですけどね、ネーミングもかわいいなって」

「やっぱり？　俺がつけたの。名前って呪縛になるからね。こんなちっちゃな仔だけど、できるだけイメージの広がる、香気が漂うような名前にしてあげたかったの。やっぱわかる人にはわかるよね。でもヨメが柴犬カットにしたらどうかってうるさくてさ。ポメラニアンなのにだよ？　このままでぽぷりのいいとこ、十分出てると思うんだけど……」

　このままだと話が永遠に終わらないなと思い、強引にカットインする。

「さんぽは毎朝ですか？　夕方も？」

「夕方はヨメが」

「夕方もついてくる？」

「いや、俺のときだけ。ヨメは見てないし、朝起きられない人だから、信じてくれなくてさ」

　かれはこころなしか肩を落とす。

「ポプリちゃんは、ドローンを怖がったりしないんですか？」

「今はほとんど気にしてないよね。ほら、アイツ視点が低いから。それに、小さいドローンなんだよ。こう、なんか……この皿ぐらいかな？」

キドさんは目の前にあった串カツの載っていた白い皿を目の高さまで持ち上げた。奥さんが見てないならやっぱり幻なんじゃない？　ユングがUFOについて心理的なものだ、人類の元型がどうとか言ってたよな？　そんなことを考えていると、いつのまにか皿は机の上に戻されていて、すわった目でかれがわたしを見据えていた。

「そうか、柿崎ちゃんならわかるかもしれないんだよな」

「どんなドローンか、ですか？　わかんないですよ。そんなの」

「ちがうよ。プロの目から見てこう、判断できないかな。アレがどういうもので、どこからコントロールされているかとか」

コントロール、という発音が不穏な響きを帯びている。焦って言った。

「プロの目、って言ったってドローン系の空撮はほぼほぼ外注ですから！　まあでも、素人さんが飛ばしてるようなヤツなら、ほぼ、そのモノが目視できる範囲内に操縦者はいると思いますけどねえ」

そらすような気持ちで言ったのに、調査してよ、見積もりちょうだい、柿崎ちゃんのところにロケハンって名目で発注するからさ、と、かれの鼻息はいつのまにか荒い。

「ほら、映像作家としての目で見ればなんかピンとこないかな。お願い。気味わるいんだよ。一度ダメ元で柿崎ちゃんの目で確認してほしい」

「高くつきますよ？　ワタクシの早朝料金は」

冗談めかして断ったつもりだったのに、かれは本気で身を乗り出してきた。

「友だち割引はないの？」

キドさんが一番嫌っているセリフを自分で吐いたので、そこでわたしは、かれが本当に弱っていることを知ったのだった。

まあ、そこまで言うなら現地で確認してみてもいいです、真面目に仕事として見積もり出しますし、友だち割引はないし、出張料金と早朝料金もつけますけど、それで本当にいいんですか、と念押しすると、うん、とかれは殊勝にうなずく。

交渉が成立すると、自然と席を立つ流れになった。キドさんのトピックがあまりに突飛すぎて、有栖くんの話はあまり聞けなかったような気がする。会計を済ませ店を出て、今度ゆっくりご挨拶させて下さいなどと有栖くんに話しかけているうちに、キドさんはもうふらふらと歩き出し、地下鉄駅の出入口をスルーし、鶴舞公園のほうに向かっていく。

「キドさん、なんでそっち行くんすか」

有栖くんがあわてて叫ぶ。

「飲んじゃったからさあ、ヨメ用に、一本バラ盗んでくる」

バラどろぼうは罪ですよう、とわたしが叫んでも、ひゅっと後ろ手を上げて去っていく。多分まだ飲み足りなくて別の店に飲みに行ってしまうだけだと思うが、なかなかニクい。

配偶者を大事にしてる人というのは、個人的にポイントを高くつけてしまう癖がある。ベッカム、マクロン大統領、あと誰がいたっけ、と考えているうちにキドさんの姿はもう見えなくなった。

ヨメさん大事にしてますトークなんて口先だけの可能性もあるし、言葉づら的には古めかしくてひっかかりは感じるものの、この業界にいるのにイロコイ関係不得手なわたしみたいな女性からすると、配偶者ひとすじなんだ！　って感じは安心できるし、何よりかけがえのない美徳に感じてしまったりする。でもそれって、あまりよくない癖なのかもしれなかった。

そんないきさつがあって、キドさんの朝のさんぽにつきあってみることにしたのだった。

教えてもらった住所で行き方を検索すると、かれの家は名鉄小牧線沿線、駅から徒歩七分程度の閑静な住宅街にあるようだ。意外すぎた。なんとなくキドさんには名古屋市内、御園座あたりのタワマンに住んでそうなイメージを持っていて。

その日の朝の空気はよかった。

電車の車窓から見る空には、薄いうろこ雲が空いちめんにかかっている。風もない。ドローンがよく飛んじゃいそうな日ではある。

キドさんはもより駅でわたしを待っていてくれた。

「おはようございます」

「いや、ほんとにおはようの時間におはようやな」

電車が過ぎたあとの、しんと静まったちいさな駅のロータリー。上下黒のナイキのジャージで立つキドさんは、なぜかちょっとだけ気まずそうだ。

足元におすわりしているのは例の犬、ポプリだろう。名を呼んで、キドさんから指定されたおやつを与えると他愛無く尻尾を振りわたしにからだを撫でさせる。さすがにキドさんのしつけがきいているせいか、従順すぎてちょっと悲しくなる。

二人と一匹でのさんぽがはじまった。

「どうよ、今、こんなのんびりした時間ないでしょ」

キドさんがからかうように言う。答えずに苦笑いした。酸いも甘いもかみ分けたおっさんに、俺もむかし通ってきた道だよ、激務ツラいよね、みたいにわかったふりされるのムカつくな、と思ったのだ。

立ち上げた映像制作会社は、年月が浅いなりに軌道にのっていた。それはもちろん、その小さなサイズの事務所にしてはということで、わたし自身が死に物狂いで働いているから成り立っているのは明白で、なんとかしたいなと実は思い悩んでいるところではあった。

資金繰り。雑務。外注と中でやる仕事の振り分け。気持ちが休まる時間、なんて実はほとんどない。やりはじめたらやめられないサーカスのようなものだった。納期と質のバランスのシーソーゲーム、資金の綱渡り。曲芸をこなしながらの笑顔。

ずっと肩肘張って、なめられないように気も張っている。だから朝なんて一分一秒でも長く寝ていたい。仕事という名目があれば確かに起きられることは起きられる。でもそういう、早く起きなければいけない日の前夜は、やっぱりどこか緊張しながら眠っている気もした。

そんな気持ちも知らず、ポプリはわたしを見上げ、ぱたぱたと尻尾を振る。

静かな住宅街を抜けていくと、小さな川ぞいに出た。草が繁った土手の奥にちらちらと朝の光をはじく水の流れが見えている。土手ぞいは歩きやすく整備されていて、ポプリは慣れたかんじでそのあたりの匂いを嗅ぎまくる。

「今は、なにも、ついてきてませんか」

首をめぐらして後ろを見ながらわたしは訊いた。今ついてきてる、と言われれば、キドさんがわたしに見えないものを見ていることがはっきりする。

「いやあ、今日はまだ来てないね。駅に寄り道したから警戒されたかな」

その川の向こう岸には、どうしてだか一匹の白いヤギがいた。

ポプリはそちらの方向をちらっと見つめたが、見慣れた風景らしくそっぽを向き、相変わらず近くの草の匂いを嗅いだりしている。わたしは違う。そんなところにいきなりヤギがいるのが珍しくて、二度見、三度見した。

「あれは……ヤギ？　なんでこんなところに？」

「近くの高齢者施設で飼ってるっぽい。除草も兼ねて、じゃないかな」

「エコですね」

「そ。持続可能なSDチーズってやつだ」

微妙に違わないか。そのヤギは我関せずと向こう岸の草むらのなかにゆったりと座っている。

「逃げないんですかね」

そうつぶやくと、キドさんはかぶりを振った。

「たぶん、彼女は、そういうふうに生まれついていない」

「女子……メスなんですか？　あのヤギ」

彼ではなく彼女、と言ったところに引っかかったのだけど、キドさんはそのへんは気にしていないような顔でうなずいた。

「たぶん、ここで十分なんだ、彼女は。ここにあるものを食べ、ここで生きていくんだよ」

ヤギは座ったまま、キドさんの言葉と呼応するようにこちらに首を伸ばした。

「そんで、いつものんびり草を食(は)んでるの」

「のどかですね」

「そ、のどかでしょ。いっつもガツガツして、なんか足りねえなあ、なんか足りねえなあってうめいてる俺たちとは違うよ」

キドさんが主要取引先の統括マネジャーであることを一瞬忘れかけ、余裕のある横顔にむかついていると、かれは急におどけた。

「なんつってねー。実は、中部圏在住のまま、ポップミュージックに関わって生きていきたいですなんて俺たちのほうが、かなり牧歌的かもしれないんだけどね……おっと」

いつのまにかポプリのリードがキドさんの右足に巻き付いている。縄抜けのようにもそもそとリードの輪から抜けだしたかれは、こいつはやんちゃすぎるんだよ、と、照れたように笑った。

いつものコース、とやらは、何気に長距離だ。

小型犬ってこんなに歩くものなのだろうか？

雲はやわらかく流れ、川面が明るさを増してきた。朝練でもあるのか、自転車で走る学生とひんぱんにすれちがう。川沿いを離れ、踏切も越えて、わたしたちは公園へと向かった。

「出ませんね」

「昨日も、おとといも飛んでたんだけどなあ。今日は出ないのかな」

出るとか出ないとかおかしい、やっぱりキドさんだけに見えるモノなんじゃないか、と思いかけたところで、かれは公園のこんもりした森のあたりを指さした。

「あっち、古墳なんだよ。見てく？」

「いつものコースじゃないんなら、いいでーす」

軽く流した。古墳って、見るだけでは萌えないような気がする。

このあたりにある古墳って、過去の豪族とか、歴史的にはそれなりに意義のあるお墓なんだろうけれども、見かけ上はただの盛り上がった森にしか見えない。楽しめるような、見方のコツなんかあるんだろうかとぼんやりと考えていると、視界のすみをしゅっと白いものがよぎった。

「あ……！」

ドローンだった。

四つのプロペラをつけた飛行体だ。青空の下、私たちから十五メートルほど距離を置いた、公園の木々の高さより高い位置でホバリングしている。小型。白。カメラ内蔵型。そこまでは一瞬でわかった。

なんとなく、今、ドローンはわたしを見ているような気がした。

焦りながらポケットに入れてあったコンパクトカメラを取り出し、起動させた。明確なストーカー行為なら証拠が必要だ。ドローンにカメラを向けると、一瞬高さがぶれたような気がした。キドさんも、わたしが息をのむ気配に振り向き、急に引き締まった表情をする。

十秒ほどにらみあった。いや、にらんでる、っていうのは主観だけど。

「プロが動かしてる感じじゃないですね」

「なんでわかるの？」

「なんとなく、ですけど」

水平がとれずにふらふらしてるし、大きさから見てもトイドローンっぽい。カメラ搭載で二百グラムを切る軽量タイプ。単にいたずらで、あるいは操縦の練習のつもりで、キドさんとポプリのさんぽについてまわっているのかもしれない。

目視飛行しているなら、操縦者はドローンが見える範囲にいるんじゃないか。ゴーグルやヘッドマウントディスプレイをつけてやってるガチ勢の可能性もなくはないけど……すかさず周囲に視線を走らせた。

こんなにさわやかな朝の公園なのに、わたしたちの周りにはまるっきり人がいない。

「きっと、近くで操縦してますよ、あれ」

早口で伝えると、あ、そうなの？　とキドさんも緊張した声で言って、きょろきょろと周りを見渡した。

「あ、逃げちゃう……？」

キドさんが言い、わたしも視線を戻した。ドローンは少し高度を上げて、こんもりした木々の向こうに姿を消そうとしている。

「てか、今日はなんで逃げるんだよ」

いつもは俺が見ようが見まいがうざいぐらいついてくるんだよ、とぼやいている。後を追うように走りかけると、追わなくていい、とキドさんはするどく言う。

ドローンは、あっさりと視界から消えた。

ドローンを巧みに使用したミュージックビデオ、プロモーションビデオというのは今やたくさんあって、ヒキの絵が強いインパクトを残すものがわたしは好きだ。

あと、チャレンジングな使い方をしているものも好感が持てる。

うちの会社は、ドローン操縦と撮影については今のところポイントで外注している。でも、機体がもっと簡単に扱えるように進歩すれば、うちでやれるかもしれないと思う。

わたし自身は、テクノロジーはまだまだだけどパワーとアイディアでなんとかしよう、というミュージックビデオで育ってきた。

もともと、わたしが小学生のとき母の姉、つまり伯母が離婚前のごたごたでうちに転がり込んできたのがミュージックビデオ沼のつかりはじめだった。彼女は心の癒しだといって録りためた、厳選されたＶＨＳビデオをうちに持ち込み、家事の合間にはいつもそれをかけていたのだから。

それらランダムに流される映像と音楽に触れていたのは実質二、三年ほどであったと思うが、確かにある種の基礎教育らしきものはほどこされた。伯母はマイケル・ジャクソンをこよなく愛し、そのころの人間の多くがそうであったように、その周辺のカルチャーを一通りたしなんでいたのだから。

たしなむと言ってもその沼は広い。彼女は、わたしが母のお腹にいたころのミュージックビデオであるa-haの『Take On Me』を再生しつつ、実写と鉛筆で描かれたコミックアニメの融合がいかに画期的であったかを『ごんぎつね』を朗読するわたしの横で熱く語ったかと思うと、当時流行していたジャミロクワイの『Virtual Insanity』を流してネギを刻みつつ、これなんて床が動いているようで実は人力で壁を動かしてるらしいよと分数の計算ドリルをやっているわたしに訴えかける。

そう、面白いもの、うつくしいもの、楽しいものが心を救ってくれるというのを、わたしは彼女を見て学んで、そしていつしか、自分も作ってみたい、そのスキルを学びたいと思いはじめたのだった。その当時は、テクノロジーが進歩して、誰でも……素人さんでも気軽に映像や音楽が作れるようになる時代になるなんて、もっともっと、もっともっともっと先のことだと思っていたので。

さいきんはいつも考えている。今日はうちの会社に映像制作を発注してくれているけど、いったい明日はどうなるんだろう？

「だから、また行きますよ。こんどは追っかけて、犯人、捕まえます」

翌日、わたしは自分からキドさんに電話をかけていた。

昨日はなんだかぼうぜんとしてしまって、お互いその後の仕事も詰まっていたので自然解散という流れになったのだけれど、どう考えても一回足を運んだだけであの見積もり金額分を請求するのは、暴利をむさぼったような気がしたのだ。

じっさい、さんぽしただけ、だったりするし。

と言うか、真っ先にキドさんの精神のバランスを疑って申し訳なかったよ……と心で謝りながらまた行きますと力説すると、かれは電話の向こうでのんびりと答えた。

「いや、幻じゃなかったってわかっただけで、けっこうスッキリしたよね」

自分でも疑ってたんだ、と驚きつつ、小声で訊いた。

「毎日ついてきてるなら、ストーカー行為じゃないですか。誰がやってるか、気にならないんですか」

「いや、雨の朝と風の朝には」

ないからね、案外気持ちのいい晴れの日って少ないもんだよ、と、歌のタイトルを読み上げるみたいな声で言ったかと思うと、こんどはかれも声をひそめた。

「ドローンって、音声は聞こえてるんだっけ？　向こうには」

「あのタイプは、さすがにマイクは搭載してないと思いますけど」

「フリップでも出すか？　見るなよって？」

「逆効果なんじゃないかと」

いや、困ったよねえ、とキドさんはあまり困ってなさそうに言う。

「機体は判別ついたんですよ。でも、誰が監視してるのか、なんのためにって、わたしは気になります」

「監視されるような悪いこと、した覚え、ありすぎるからさぁ」

キドさんはそらすような様子で言ったあと、急に口調を変えた。

「それより、時間あるなら午後、新人挨拶、連れてっていい？　ショートのV作りたいからちょっとヒアリングしてみてよ。面白い子だからさ」

キドさんの言う〝面白い子〟は、まだ海のものとも山のものともわからない子ってことだ。だいたい事務所の正所属にしようか迷っていて、いろんな人の意見を聞きたいときもそんなような言い方をしている。承知しましたと答えて電話を切ってしまってから、話をはぐらかされたことに気づいた。

夕方、有栖くんがはたち手前ぐらいに見える女の子をつれて事務所にやってきた。事務所にぱっと入ってきた段階でその子に光があるかないかってある程度わかりますよね、などと、うちのスタッフの梢さんは言うし、一理あるとは思うのだけど、どんな子でも魅力的に撮るのがわたしの仕事だ。それを昭和のおっさんたちは〝原石を磨く〟と言ったのだろうけど、令和のわたしたちはもっと違う言葉で言わなければいけない気がしている。

そんなことを考えていると、目の前の女の子は、おはようございます、と静かに頭を下げたままだ。

さらりと落ちかかったストレートロングの黒髪に小顔に黒目がちの瞳。かわいいはかわいいんだけど量産型に見えて目がすべってしまうかも、と思いながら応接セットに二人を通した。

「明神綾乃です。よろしくお願いします」

宣材の名前と年齢だけさっと見て、目の前の本人を注視する。

代表の柿崎です、と名乗り、さっそくヒアリングに入る。

キドさんから「会ってみて」と言われたところから実は仕事はスタートしていて、それは面通しの意味だけではなく、どこがその子のアピールポイントになるかを映像の人間として見きわめてほしいという意味も含んでいる。

まず、その子の第一印象でのチャームポイントとウィークポイントを見る。たとえそういうキャラクターだとしても、だるそうだったり、めんどくさそうだったり、疲れたりしているのは論外だ。だっていっしょに仕事しなくちゃならないのだから。なにもしてないうちから態度がなってない子となんていっしょに戦えない。

「まだ慣れてない子なんで、いろいろ教えてやってください」

有栖くんのそんなフォローが入りつつも、話ははずまない。

困ったな……と思いつつ、どんな音楽が好きか、という部分で口ごもったのにはさすがに驚いてしまった。

「どういう音楽が好きか、は明確に言えたほうがいいよ？　安室ちゃんだって、ジャネット・ジャクソンっていう目標があったから、あんな羽化を果たしたんだし」

ああ、たとえが古くなっちゃってる、さいきんの事例を仕入れなきゃ、と焦って宣材に視線を落としたら、趣味の欄に〝マスコット作り〟とあった。マスコット作りって、今また流行っているのだろうか？

「趣味は、マスコット作りなの？　かわいい趣味だね」

「ああ……はい」

「明神ちゃん、見せてあげたら」

また沈黙しかけたところで有栖くんが助け船を出した。彼女がゆったりスマートフォンを取りだすと、スマホと同じぐらいの大きさのマスコットがずるずると飛びでてきた。

「これは……」

かなり微妙だった。ただ丸く切った白いフェルトを縫って綿を詰めて、目鼻をつけたオバケのようなものがそこにある。

一週間後、ハロウィンを絡めた音楽イベントの会場でキドさんと会った。

「明神ちゃん、面白い子でしたね」

撤収の邪魔にならないように舞台袖を素早く移動しながらわたしは言った。

ショートVの見積もりはもう提出済みなのにキドさんからGOがまだ出ていない。通常、GOが出れば打ち合わせしてすぐ撮影、という流れで進む。そんななかで、わたし自身が彼女にどんな第一印象を持ったとしても、自分のところの商品を悪く言われて喜ぶ人はいないということぐらいはわかってる。受注、取りこぼしたくはないし。目をつぶったってやれるから。プロだから。

メイン照明の光が落とされ、一瞬めまいのような感覚に襲われた。じょじょに目が慣れ、いつもの撤収作業の光景が目の前に広がる。

明神ちゃんをどう撮るかについていくつか言葉を交わしたあと、キドさんはその場で腕組みし、首をかしげた。

「よく、アーティストが脱皮することを、あかぬける、って言うじゃない」

「言いますね」

「あれは、芯としてのキャラクターがあってこそだよね。以前、柿崎ちゃん、デビュープロモでは、その子が歌いはじめたんだというストーリーを見せられればいい、本人の持つキャラクターを精鋭化して見せるのはそのあとだ、って言ってたよな」

「よく覚えてますね」

目の前を横切る機材を眺めながらわたしは驚いていた。そのあとはキドさんはなにも言わない。しばらく、二人で撤収の台車が行き交うのを眺めていた。

「それに、困っててさあ」

なにになってすか、と舞台が空っぽになっていくのを見ながら訊いた。明神ちゃんのアピールポイントについてだろうか。

「誘うみたいな動きをするようになったんだよね」

「え？　誰が？」

「ドローンが」

驚いてキドさんを見ると、かれが暗がりのなかで苦く笑っているのだけが見えて、その言葉の真意ははかりかねた。でも。

「捕まえにいきますよ。ドローンの人を」

下請け業者としての矜持をこめてわたしは言っていた。

わたしがさんぽに同行した翌々日からまたドローンはキドさんを追うようになり、あのハロウィンイベントの日にはとうとう、誘うような動きをするようになったのだと言う。

「誘うような動きって……」

「なんだろう……口ではうまく表現できないけど、こう、ぐるぐる回ってみたり、すっとあおるみたいに目の前で上昇したり？」

そんな会話を思い出しながら早朝の名鉄小牧線に乗り、キドさんちのもより駅で降りて、まだ静かな朝の住宅街を歩いていく。

ポプリのさんぽコースの、川べりで落ち合うことにしていた。

週間天気予報を見て決めただけあって、肌寒いものの雲一つない快晴の日よりになった。フードパーカーの前を閉め、ウェアラブルカメラをオンにしてから川沿いの盛土の階段を駆け上がると視界が開け、少し先の斜面にキドさんとポプリが川に向かって腰かけているのが見えた。

ゆるやかな、ちいさな川の流れをはさんだ向こう岸に、前見かけたヤギも草を食んでいる。

「おはようございます」

おはようさん、わるいな、と言いながらキドさんは振り向いた。ナイキのジャージ姿、素足にスニーカーのかかとを踏んだキドさんがゆるゆると立ち上がる。スポーツウェアのキドさんは普段より野蛮な雰囲気がある。ポプリはリードがぴんとはられるまでに駆け寄り、無邪気に飛びついてくれた。覚えててくれたのかと思うとめっちゃかわいい気がしてくる。

「それ、ウェアラブルカメラだね。いつものゴープロじゃないんだ」

キドさんはめざとく訊いてきた。わたしの顔を正面から見れば、左頰のあたりから筒のようなものがぴょっと飛び出ているのが見えるだろう。動きやすいように、両手が自由に動かせるように、いわゆるヘッドマウントのカメラをつけている。

「今日こそ気分変えて頑張ろうと思って。でもまだドローン、いませんね」

しゃがんでポプリを撫で、広い青空を見上げながらわたしは言った。

「さいきんは、公園近くにならないと出ないんだよね」

「聞いてみたら、ああいう小型のタイプだと、バッテリーは十五分から二十分ぐらいしか保たないそうなんですよ。だから、ずっと見てれば必ず操縦者の元に戻るだろうって」

ふむ、とキドさんは思案するように言う。わたしは下請けの矜持とか言いつつも、他に戦略も練ってきてはいない。二人と一匹でとりあえず歩きだした。

ただ、防犯用のカラーボールだけは買ってきた。あまり付きまとうようならぶつけてやろう、追っかけてやろう、ぐらいな気持ちで来ている。

川沿いを離れ、公園へ向かう道すがらキドさんの近所の人らしき人にすれ違った。おはようございますと言うキドさんのとなりで会釈をしたが、こんな時間に、ふたまわりは若い、変なカメラをつけているわたしのような女性を連れていて、近所の人に不審がられはしないのだろうか。

「キドさん、わたしのこと外注業者だって紹介しなくてだいじょうぶなんですか」

だいじょうぶやろ、俺だってあの人のことよく知らんし、とキドさんは言い放って、すれ違う人のためにポプリのリードをたぐり寄せている。

「これからもさあ、こういう、わけのわからないデキゴトってあるんだろうなあ」

急にキドさんが言い出した。

わけのわからないデキゴト……？　クエスチョンマークいっぱいの目で見てしまったからか、キドさんはしゃがんで、ポプリのおしっこあとにペットボトルの水をかけつつ説明しだした。

「俺の小さいころ、うち、カレンダーだけはいっぱいあったんだよ」

「壁にかけるような？」

「そう。うち実家は商売しててさ、このぐらいの時期から年末にかけては、カレンダーっていーっぱいもらえたんだよ。つるつるぴかぴかの水着の女性、スポーツ選手、映画俳優、自然の風景、着物姿の美女、有名クリエイターのイラスト、人気のキャラクター、アイドルのグラビア風のやつ、観光地、世界遺産、庭園、宇宙、うちのすべての部屋に貼ってもあまって、あげてもあげてもあふれてる、みたいな、そんなイメージ。カレンダーってこう、無限の世界を扱ってて、無限に湧いて出てくるのが普通だと思ってたよね」

ああ、確かに実家ってカレンダーいちいち買ってませんでしたよねとわたしは言

った。キドさんは軽くうなずいて、

「でもさあ、俺が大学受験のとき、気づいたらカレンダーってうちに一つしか無かったの。母親がフミオの部屋に貼りなさい、ってくれたカレンダー。取引先の信金がお義理でくれた風景カレンダー。それでやっと俺にも、うちの商売傾いててとうとうヤバいんだなって気づけたんだけどね」

返事のしようがなくてキドさんを見ると、かれは苦笑いしながら立ち上がる。

「それが、わけのわからないデキゴトのさいしょだったよなあ。ま、それでオヤジが俺のこと連帯保証人にしてて、ヤバいとこからの借金と自己破産と、あとカネクラさんと出会ったところぐらいまでは怒濤でひとつづきの流れだから、それって地獄なのか天国なのか微妙なラインではあるけど」

カネクラさんは名前だけしか知らないけど、キドさんの芸能プロダクションの元CEOの人のことだろう。

「で、いまだってドローンに追いかけられるなんて近未来SFっぽいわけのわからないこと起こってるし、これからも想像のつかないようなことが……」

とまでかれが言ったとき、独特の飛翔音がしてドローンが視界に現れた。

「来た」

身構えた。小さくて白い。以前のドローンと同じタイプに見える。

公園の入口の方向で、まるでわたしたちを待っていたかのように上下に揺れている。いや、キドさんの話から先入観を持ってしまっただけで、別に待ってはいないんだろうけど。

わたしたちは公園に入った。

早朝の公園にはすがすがしい空気が流れている、のに、ドローンは気に障る飛翔音を出しながら、ひたすらわたしたちの後についてくる。

「ついてきてますね」

「いつもだよ」

「証拠固めに撮ってますんで、しばらくいつも通りさんぽしてみましょうよ」

芝生広場に出た。あちこちに古墳から出土した埴輪(はにわ)を模したらしき小型のモニュメントがある。

ポプリは人型埴輪の横をつんと通り過ぎ、馬の埴輪の足元の草の匂いはくんくんと嗅いで、二股に分かれている遊歩道の左の道、公園を出て帰るルートへ向かおうとする。すると、そのドローンは行く手を邪魔するように急にわたしたちの目の前に下りてきた。

「え、ちょ、あっぶない」

「ここんところいつもなんだよ。この場所で邪魔してきて」

キドさんがにがにがしく言う。ドローンは、視線の先の低空に下り、遮るように左右に振れたかと思うと、ふいっと上昇して、じいっとこちらを見ている、ように感じる。

「これ、迷惑行為だから、もうこれだけでNGだと思いますよ」

「しっかし、誰だかわかんないことには訴えようにも」

「追いかけてみます？」

わたしが言うと、おし、今日こそ柿崎ちゃんもいることだしなとキドさんも覚悟を決めたように言ってポプリを抱き上げた。ポプリの不満そうな鳴き声があがる。

「こっち、なんかあるんですか」

「いや、神社があるぐらい、だったかな？」

ドローンは、わたしたちがついてくるのを確認するように滞空したかと思うと、また先へ行く、という動きを繰り返した。ふらふらと飛ぶそれについていくと、神社の横を抜け、ほとんど公園を一周するようなかたちになった。

遊具がいくつかある開けた場所に出た。早足で歩くわたしたちの足元で落ち葉はがさがさと音を立てる。

「目撃してから十分経ちます。きっとそろそろ」

操縦者のところに戻りますよ、と言いかけたとき、ドローンは急に高度を上げた。

「あ」

「柿崎ちゃん」

追おうとした肩をキドさんのごつい手でつかまれ、つんのめりそうになる。振り返ると、キドさんは人差し指を唇の前で立てて、しーっ、というしぐさをしている。目で指示された通り動きを止めると、歌が聴こえていた。

立ち止まって、キドさんの目線の先、ななめ前方にある遊具を見た。

ちょうど光がさしてきている。かれが背筋を伸ばして見ている先には木でできたトンネルのような遊具があり、その付近にブレザーの制服を着た子たちが見えた。男の子が二人に女の子が一人。

女の子が、アカペラで歌っていた。

男の子二人が遊具の上に立ちあがってリズムをとっているのが見える。おかっぱ頭の女の子は、遊具の下でこちらに半分背を向けている。歌っている彼女の顔を見てみたい。以心伝心で、キドさんと足音をたてずに彼女の顔の見える位置まで回り込む。木々に視界が邪魔されはするものの、あまり近づいても怪しまれると思い、歌の聴こえる、少し離れた場所でわたしたちは足を止めた。曲が変わる。

まぶしい。

出だしの二フレーズほどを聴いただけで胸をつかれ、居ずまいを正した。

アップテンポの、たぶんオリジナル曲。駆けあがるみたいな音程を取って歌う女の子の、透明感のある、よく伸びる声が朝の空気を震わせている。いい曲だな、と思うと、ビジュアルまで良く見えてくる。

男の子たちは近づいてみたら二人とも丸刈りだし、女の子は切りっぱなしのこけしみたいなおかっぱだったけど……それぞれに個性の立った、好感の持てるたたずまいだ。

「……中学生？　高校生？」

キドさんがそう言ったのが聞こえたけど、返事ができなかった。

キドさんもわたしも、こういう仕事だから、分析しながら音楽を聴くクセというのは染みついていると思う。でも、今は。

この声を聴いていたい。

フレッシュ。気持ちいい。それに、透明感のある歌声で、どんな感じにも加工できそう。

そう思った。いい意味での素人っぽさとがむしゃらな感じはあるけど、緩急はきちんとついている。それは、こんなに幼く見えるこの子が、この一曲を聴かせるために、エモーショナルに響かせている部分と制御している部分があるということ。

まだ訓練されきってない声だ。でも、そんなものはどうにでもなる。

ちらりと横のキドさんを見るが、かれは彼らからひとときも目を離さない。

「オリジナル曲、だよな？」

「おそらく」

「音楽やって死ぬ気はあるかな？」

わたしは今度こそキドさんを見上げた。それは、かれが愛すべき新人を見つけたときの決まり文句なのだ。こんな時代に音楽で生きていけるはずがないんだよ。だから訊くけど、キミには、音楽やって死ぬ気はある？

ラップパートに入ったらしく、男の子が交互にラップする。そこまで来たら、もうキドさんはほとんど笑い出しそうな表情になって、ポプリちゃんを地面に下ろし、腕組みして彼らの歌に聴き入っていた。

「……ラッパー二人と、女性ボーカルと言えば？」

キドさんが耳元に顔を寄せて素早くささやく。

「globe、m-flo……」

新しいの出てこないの、とキドさんは鼻で笑うが、出てこない。

いや、それより、この曲がオリジナルじゃないとしても、ボーカルの女の子のこの声だけで素晴らしいし、ラップの男の子たちの、きちんとヒアリングしきれていないけど、この社会性を含んだリリック、もう一度きちんと通しで聴いてみたい。

もう一度、聴きたい。

久しぶりにわくわくしていた。そうだ、この気持ち。この子たちをもっと見ていたいし、もう一度聴きたいんだ。

曲が終わると、三人は遊具の横でしゃがみこみ、作戦会議みたいな様子でなにか話しこんでいる。なに話してるんだろう、と思っていると、キドさんが急にわたしの背を押した。

「柿崎ちゃん、声かけてきてよ。俺よりは警戒されないでしょ。早く早く」

「え、どう言って声かけるの」

「なんでもいいから、は・や・く！」

さっきから肩をつかまれ、背中を押されとひどい扱いだ。それに、なんでもいいから声をかけろよって、なに、そのナンパのパシリ的な扱い！

よろよろと三人の前に進み出ていた。あやしいお姉ちゃん寄ってキター、という三人の視線がいきなり刺さりまくる。

「あの……あなたたち、いつもここで歌ってるの？」

「なんすか。俺ら今から学校なんで。うるさかったらすぐ行きます」

丸刈りの、背の高い方の男の子が半分背を向けたまま吐き捨てるように言った。

「あなたたち、どこか、事務所とか入ってるのかな？」

「は？」

「今の曲はオリジナル？　とても素敵だなと思ったんだけど」

「……」

「音源、もしどこかにアップしてるなら教えてくれるかな」

答えない。三人はしらっとそっぽを向いていて、完全に怪しまれている。わからない……このぐらいの歳の子との話し方……キドさんがやっと前に出て、その答えたほうの男の子に名刺を差し出した。

「キドといいます。よければ、一度、ちゃんと歌聴かせてほしいんだけど。これ連絡先……ほら、柿崎ちゃんも」

急いでベルトポーチに入れていた財布から予備の名刺を取り出した。男の子はけげんな顔をしながらも、とにかく名刺を受け取ってくれた。

「わ、かわいいなコイツ」

気づくと、ポプリがもう一人の男の子に撫でられていた。もう彼らの懐に飛び込んでいる。わたしよりよっぽどいい仕事をしていないか。

「朝、いつもここで歌ってた？　気づかなかったよ」

キドさんが言うと、男の子たちは顔を見合わせた。

「いや、たまに？」

「主に、格闘してるの夕方だけど」

うわ、なんかいいな、と思ったけどこれ以上キモがられてもあれなので口には出さなかった。格闘。あれは格闘なのか。

「柿崎ちゃん、もう行こうか。時間ないでしょ」

もう口説きおわり？　と目で訊く。キドさんはこういうときはもっと熱くテンションを高く粘り強く口説き落とすのかと思っていた。よければ連絡ください、待ってる、とだけキドさんは言って、もう歩きだしている。

わたしは空を見上げた。真っ青な、雲ひとつ、ドローンひとつない青空だ。わたしたちをここまで連れてきたドローンは、いつのまにか消えている。

「友達に、ドローン飛ばす子いる？」

「は？」

三人ともがけげんな顔をしているのを確認してから、わたしはキドさんの後を追った。キドさんはポプリを抱き上げていて、黙ったまま公園の出口に向かっている。

「連絡、してきますかね」

小走りして追い付き、わたしは訊いた。

「柿崎ちゃんも俺も顔出しで仕事してっから、もしやる気あれば調べて、すぐ連絡してくるでしょ。あの格闘する夕方ちゃんたちはよ。それよか、きちんと撮れてる？　彼らの画面映りすぐ見てみたいから、あとで送ってくれる？　ＣＣに窪田ちゃんも入れて」

キドさんはわたしのウェアラブルカメラを指さす。

自分が身に付けていたカメラの存在をすっかり忘れていた。にやっと笑ったキドさんは、今ややんちゃな少年みたいな顔になっている。この若者の生き血をすって若返っていくエンタメ界の古ダヌキめ……！　と思ったけど、今さっき、ささやかにも片棒をかついでしまったのであった。

あきれて言った。

「かなり気に入っちゃいましたね？」

「もうファンついてるしな。あのドローン君はあの子らのファンなんだろ、たぶん。で、俺の素性も知ってて誘導したとか？　どう？　ありえる線だろ？」

どちらかに連絡が来たら速攻で連絡を取りあおう、と約束し、その場で解散になった。

まだ少し時間がある。このまま、ウェアラブルカメラで風景を撮りながら、川べりを歩いて駅まで戻ることにした。

歩いていても、まだ頭のなかで彼らの音楽が鳴る。

あの子たち、ちゃんと撮ってみたいな。

あの子たちには、どういうアートワークが似合うだろう？　それにしても、ジャンルは何系、みたいなカテゴライズが難しいな。一曲聴いただけだし、数分しか話してないし、気のせい、と言われればそれまでだけど、なんだろう、あの一曲が妙に刺さっている。わたしの、そしてたぶんキドさんの、音楽に対する批判的な部分、構えてみている部分を簡単に越境してきた。

連絡来なかったら淋しいけど……まあこんなの、ヤクザのナンパみたいなもんだし、連絡来ないほうが普通だし、プロで、音楽で勝負しようという世界に来ないほうがあの子たちは平和に生きられるとは思うけど……

などと物思いに沈みながら歩くそばを自転車はベルを鳴らしながら走る。このあたりは空気が澄んでるなと大きく深呼吸しながら歩いていたら、行きとは違うモノを見つけて、つい声が出てしまった。

「……なんでこっち岸にいるの？」

ヤギに問いかけても答えない。

ただ、むしゃむしゃとこちらの岸の草を食んでいる。

どうやってこちら岸に来たのだろう？　川を渡って？　まさかの橋を歩いて渡って？　よく見ればヤギには首輪とロープがついているのだが、そのロープっぽい紐は途中でちぎれているようだ。

白く、少しうす汚れたようにも見えるヤギの背中を見た。

ヤギ、こっちの岸の草も、食べたかったのかな。

冒険したかったのかな。もっともっと範囲を広げて、もっともっとたくさん食べたかったのかな。

向かいからやってきた犬のさんぽをしているおじさんが、また逃げとるで連絡したらなあかん、と慌てて携帯を取り出したのをさりげなく確認しつつ、わたしはそのヤギにエールを送った。

いいね。いっしょうけんめい生きているものは本当にうつくしいよね。

いい秋の朝だった。

すみずみまで晴れた秋の朝にはヤギは遠くまで行きがつがつと草を食み、キドさんのうしろにドローンが飛ぶこともある。世界の楽しさを疑ってごめんよ。世界のうつくしさを疑ってごめんよ。これからもがつがつといこうじゃないか。

すべての風景をなめるように撮りつつ青空を見上げると、きらりと空で反射するものが視界の端に見えた。わたしはその光を逃すまいと慌ててカメラを向ける。

魂疫(たまえやみ)

矢樹 純

一

必死に力を尽くしたところで、どうにもならないことはある。

一年前、大腸がんで闘病の末に亡くなった夫を看取った時に学んだことだ。農協に勤めていた頃は組合の負担で人間ドックを受けられたが、定年退職後は費用の安い保健所の健康診断を年に一回受けるだけとなっていた。申し込めばがん検診も追加できたのに、何年かに一度しか受けてこなかったことが悔やまれる。血便の症状が現れて受診した時には、すでにリンパ節に転移していた。

まだ七十歳を過ぎたばかりだった。田舎のことで通える範囲には大きな病院がなく、車で一時間以上の距離にある市の総合病院に入院した。がん診療の専門医が揃っているという評判を聞いて決めた病院だったが、手術後に肝臓にも転移があることが分かった。

抗がん剤治療に加え、最先端だという薬物療法を施されたが効果は薄かった。お酒と美味しいものが好きで、丸顔でずんぐりした体型だった夫が、この頃には骨が浮き出るほど痩せてしまっていた。

夫の希望で自宅へ戻ってからは、免疫力を高めるという漢方薬や民間療法まで試した。働いていた特養ホームに休職願いを出し、自分にできることはなんでもやった。夫が一日でも長く生きながらえてくれればと、それしか考えていなかった。

けれどその年の七夕の夜、介護用ベッドからかろうじて見える薄曇りの夜空を見上げるうち、夫は眠ったように目を閉じたまま、返事をしなくなった。一晩をかけてゆっくりと呼吸が浅くなっていき、翌朝、訪問医が死亡の確認をした。診断を受けてから、わずか九か月のことだった。

二十四歳の時に見合い結婚をしてから三十七年。夫は穏やかな性格で、また十歳近く年が上だったこともあって、あまり大きな喧嘩をしたことはなかった。結婚して三年目に娘が生まれ、短大を卒業するまで夫婦共働きで育て上げた。東京で就職した娘は同僚の男性と結婚し、都内のマンションで暮らしている。

子供も独立し、これからは二人で国内のあちこちを旅行して回ろうと話し合った。年に一度、北海道、長野、沖縄と、贅沢な旅ではないが夫と一緒にその土地の美味しいものを食べ、知らない街を歩くのを楽しみにしてきた。

夫はカメラが唯一の趣味で、旅行の際にはいつも、年金をやりくりして購入したミラーレス一眼のカメラを持ってきた。液晶モニターよりも慣れているからと片目をつむってファインダーを覗く、いつになく精悍に感じられる夫の横顔を見るのが好きだった。ラベンダー畑、真っ白な砂浜とその向こうに広がる明るい海と、年を重ねるごとに新しい写真の額が増えていった。

「手ブレ防止機能が付いているから、芳枝(よしえ)にだって上手く撮れるよ」

使い方を教えながら、時々は私にもカメラを触らせてくれた。そうして松本城を背景に夫を撮った写真を引き伸ばしたものが、遺影となった。旦那さんらしい、とてもいい笑顔に撮れているね、と、みんなが褒めてくれた。

人生の半分以上をともに生きてきた夫を失って以来、私は何に対しても、抗(あらが)うことをしなくなった。理不尽や悲しみを感じることはある。だがどうしても、立ち向かう力が湧いてこないのだ。

だから夫の一周忌の法要のあと、際限なくビールをお代わりしながら居座り続ける五歳上の義理の妹の勝子(かつこ)に、帰ってほしいとは言えなかった。

「芳枝さん、片づけなんていいから。座って一緒に飲みましょうよ」

最後まで勝子に付き合っていた夫の従兄が帰ってしまうと、話し相手がいなくなった勝子は台所で洗い物をしていた私を呼びつけた。参列したのは身内だけで、そう広くもない自宅で執り行ったため、僧侶が帰ったあとに御斎(おとき)に残ったのはほんの数人だった。

「寂しい一周忌だったわねえ、兄さん。孫にも会えないなんて」

夫の遺影に語りかけながら、手酌でグラスにビールを注ぐ。東京に暮らす娘は二か月前に二人目の男の子を出産したばかりで、無理に来なくていいと私が言ったのだ。黒い唐木の座卓の向かいに座ると、勝子に倣って隣の和室に設えた祭壇に目をやった。仏壇の脇に置いた盆棚に白布をかけ、遺影と供物と花を飾っただけの簡素なものだ。

「お義兄さんも、来られなくて残念だったわね。四十九日の時は車椅子で来てくれたけれど、この頃は体調悪くされてるの？」

勝子の嫌味を聞き流し、今日の法要に参列できなかった義兄のことを尋ねた。夫は三人兄妹の次男で、四歳下の妹の勝子と、三歳上の兄がいる。夫の父は六十代のうちに胃がんで亡くなり、残された義母も数年前に他界していた。

「晶代（まさよ）さんの話だと、ほとんど布団から出ずに過ごしているみたい。あんな大きな家に住んでいて、もったいないよね。ああなるともう、長くはないかもよ」

夫の兄は地元の有名企業に定年まで勤め、市の郊外に広い庭のある立派な家を建てて夫婦で暮らしていた。だが二年前に脳梗塞を患い、後遺症で左半身麻痺となった。二人いる息子は県外に住んでおり、義兄の嫁の晶代が一人で面倒を見ている。

「うちの家系、男は短命なのかもね。芳枝さんとこも、孫は二人とも男の子でしょう。大丈夫かしら」

そう言って勝子は何がおかしいのか、ひひっと妙に甲高い、調子外れな声を立てて笑った。落ちくぼんだ小さな目が細められ、目尻に砂紋のような皺が寄る。勝子は節の目立つ骨張った手を伸ばすと、仕出しの御膳に残っていたわらび餅を箸を使わずにつまんだ。

一口で頰張ると、きな粉のついた指先と、ぼってりと厚い唇を白っぽい舌で舐める。そうしてグラスのビールを飲み干したところで、前から聞きたかったんだけどさ、と唐突に尋ねてきた。

「芳枝さんって、霊とか見える人？」

自分より五つも上の勝子が、このような幼稚な話をすることに最初は戸惑った。だが法事や年始の挨拶で顔を合わせるたびに、嬉々として気味の悪い話を聞かせてくるのにも、すでに慣れていた。勝子はいい年をして、幽霊だのお化けだのといった怖い話が好きなのだった。

「兄さんが亡くなってから、今はまた老人ホームで働いてるんでしょう。年寄りばかりだし、しょっちゅう人が死んでいるんじゃない。何か怖いもの、見たことないの？」

自分の職場をそんなふうに言われて不愉快だったが、顔に出さないように堪えて首を振る。

「私はそういうの、生まれてから一度も見たことないの」

答えると、勝子は気の毒そうに眉を寄せ、やっぱりね、とつぶやいた。なぜそんな顔をされなくてはいけないのか。それがどうかしたのと逆に尋ねた私に、勝子は身を乗り出し、大切な秘密を打ち明けるようにささやいた。

「実はね、兄さんの霊が、私のところに出てくるの」

酒臭い息が鼻にかかり、思わず身を引いた。すぐには言葉が出ず、座卓の上に視線をさまよわせる。誰かのグラスの跡と思しき水滴の輪を布巾で拭うと、そうなの、とだけ答えて勝子の顔を見返した。

《兄さんの霊》——夫の霊を見たという勝子は、得意げに鼻の穴を膨らませている。そして、おかげで今日も寝不足なのよ、とわざとらしくため息をついた。

「最初に見たのは、兄さんが死んで半年くらいの時ね。夜中になんだか寝苦しくて目が覚めちゃって。そうしたら部屋の中で、畳を擦るような音がしたの。その時は、ミイだと思ったんだけど」

勝子は元々は夫の実家だった古い一軒家に住み、ミイという白い猫を飼っていた。四十代の頃に離婚した勝子には子供がおらず、長く独り身だった。それで十年前、義母がグループホームに入所するタイミングで、当時アパート暮らしをしていた勝子が移り住んだのだ。

「音のする方を向いたらね、ミイじゃなかった。もっと大きい影。誰かが四つん這いで、こっちに向かってくるの。うつむいていて顔は見えないけど、白い着物を着ていて、髪の毛が抜けちゃってたから、ああ、兄さんだって分かった。それで兄さんは私の枕元まで這ってきて、冷たい手で私の顔に触れたのよ」

その時のことを思い出すように、勝子が自分の頬を撫でる。厚くファンデーションが塗られた肌は、蛍光灯の光の下で、どこか作り物のように感じられた。

「そこで私は気を失っちゃって、気づいたら朝だったの。次に見たのは、その二か月後くらいかな」

再び夜中に目が覚め、気配を感じてそちらを向くと、また白い着物を着た夫が這ってきて、勝子の顔に触れたのだという。

「兄さん、どうしたのって、声をかけたの。そうしたら、指で私の唇をなぞって、でもそのまま消えちゃった」

勝子が言うには、夫の幽霊が寝室に現れる頻度が徐々に増えていき、近頃は週に一度は勝子のもとにやってくるのだそうだ。

「なんだか伝えたいことがあるみたいに、やたらと唇に触ってくるの。だけど兄さんが何を言いたいのか分からなくて。芳枝さん、心当たりない？」

私は首を振ったが、心の中ではある確信をしていた。

その夜、八時近くになってようやく勝子が帰ったあと、私は義兄の嫁の晶代に電話をした。無事に一周忌の法要を終えたことを報告し、香典とお供えのお菓子を送ってもらったお礼を述べた。そして、勝子さんのことで気になることがあって、と切り出した。

「勝子さん、もしかして認知症じゃないでしょうか。亡くなったうちの人が、幽霊になって出てくるっていうんです。それが最近、しょっちゅうなんだと言っていて——でも私、この話を聞くの、ここ一か月でもう四度目なんですよ」

仕事柄、そうした相手の言動の変化には気づきやすかった。勝子は毎週のように電話をかけてきて、同じ話を繰り返していた。受話器の向こうで、晶代がため息をついたのが分かった。

「ごめんなさいね。芳枝さんにも相談しなきゃと思いながら、なかなか決心がつかなくて。実は勝子さん、つい先週、小火(ぼや)を起こしたの。お料理をしている途中でお醬油がないのに気づいて買いに出たら、怖い女の人が道に立っていて、その人に邪魔されて家に帰れなかった、なんて言うのよ。話すこともなんだかおかしいし、やっぱり一度、病院で診てもらった方がいいわよね」

二

晶代は義兄の介護で動くことができないため、勝子の診察には私が付き添った。精神科に連れて行くとなると抵抗がありそうだったので、市立病院の脳神経外科を受診した。

「六十五歳を過ぎたら、一度受けておいた方が安心ですよ」

若い男性医師にそう言ってもらうと、勝子は素直に記憶と認知機能の検査を受けた。その後、再検査の必要があると言われて画像検査などの精密検査を受け、軽度認知障害と診断された。

「今の状態なら、投薬を始めて定期的に通院してくだされば、ご自宅で一人で生活することも可能だと思います。ですが何日かに一度は家族の方に見に行っていただいた方が良いでしょうね」

必然的に、私が週に二日ほど、勝子の家に通うことになった。勝子の暮らす家は、私の自宅からは車で三十分ほどの距離にある。大変ではあるが、幸い職場と方向が同じなので、仕事の帰りに寄ることができた。毎週、水曜日と土曜日に顔を出すと決めて、勝子の家を訪問した。

認知症の診断を受けてから、勝子は仕事を辞め、年金と義兄からの援助で暮らすようになった。晶代は私一人に勝子の世話をさせることを詫び、金銭的な援助の他にも食材を送ってくれたり、時々は自身も顔を出してくれたりと、何かと気をつかってくれた。勝子も私に面倒をかけているという自覚からか、以前よりも遠慮がちになり、週に二度の訪問は慣れればそれほど負担ではなくなっていた。

だが、どうしても受け入れられなかったことがある。それは勝子の家の不潔さだった。

勝子の住む一軒家は十五年以上も前に外壁と屋根の補修をしたきりで、元々赤かった屋根は色褪せ、縁の部分が苔で黒ずんでいた。クリーム色の外壁はひび割れが目立ち、窓の下には汚れとカビが雨垂れの筋を作っていた。

玄関前の敷石にはいつも砂が溜まってざらついていて、歩くと耳障りな音を立てるし、靴の中に入り込むこともあった。狭くて日当たりの悪い庭では、まったく手入れをしていない枇杷の木が実を腐らせている。その下の地面を覆うドクダミの白い花が、独特の鼻につく臭いを漂わせていた。

インターホンはかなり以前から壊れたままとなっており、何度かノックをして声をかけた上で、結局は渡されている合鍵で入るのが常だった。玄関を上がるとすぐ左手が仏間、その隣が居間と台所となっている。廊下を挟んだ仏間の向かいが客間で、その奥にトイレと洗面所と風呂場が続いた。階段を昇った二階には元は子供部屋だった六帖の洋室が三つあったが、それらの部屋と一階のほとんどのスペースが、勝子の荷物で埋め尽くされていた。

勝子は昔から、物を捨てられない性質だったようだ。若い頃に買ってもう着られなくなった服や壊れた鞄、大量の本や雑誌やゲームセンターの景品のぬいぐるみなども、一度も捨てたことがないという。

その上、勝子は通信販売が大好きで、健康食品や化粧品、洗剤、サプリメントや健康器具など、テレビや広告で見て気になったものや人から勧められたものをしょっちゅう買い込んでいた。私と夫のところへも、これは体に良いだとか、肌がきれいになるなどと言って、何かと勧めにきたものだった。

夫の闘病中に、がんが消えるという漢方薬を持ってきたこともあった。

「これはね、天然のワクチンなの。体に優しいし、免疫力がつくから飲んだらいいわ。私もミィも、毎日飲んでるんだから」

今思えば相当怪しげな代物だったが、あの頃の私は日に日に衰弱していく夫の介護で疲弊し、物事を深く考えられなくなっていた。勝子に言われるがままに不純物のような茶色い粒の混ざった黄色の粉薬を夫に飲ませ続けたのだった。

そんなふうだったので、勝子の家の廊下には部屋に入りきらない段ボール箱があふれ、埃を被って山積みになっていた。仏間と客間だけは晶代が注意してくれたこともあっていくぶん片づいていたが、勝子が普段過ごす居間も、壁際には段ボール箱が積まれていた。何が入っているのか、黒くて甘い匂いのする汁が染みているものもあった。勝子は段ボール箱を収納代わりに使っているらしく、お茶菓子や猫の餌、よく着る服や病院の薬などを、それらの段ボール箱の中に無造作に放り込んでいた。

居間の中央には、こたつが年中出しっぱなしになっていた。

「近頃は熱中症にならないように、エアコンをつけなきゃいけないでしょう。部屋が冷えすぎるから、こたつはミィの避難場所なの。暑いんじゃないかと思ったけど、逆にここはいつもちょうどいい温度なのよね。猫って、本能で分かるのよ。自分の身を守る方法が」

ミィは元々野良猫として庭先に入り込んでいたのが、いつしか飼い猫となったらしい。勝子はミィを可愛がるわりにはミィの健康を保つことに頓着せず、人間の食べるものを普通に与えたり、外で喧嘩をして怪我をしてきても、病院に連れて行くこともしなかった。大して生活に余裕があるわけではないので、単にお金がかかることが嫌だったのかもしれない。なんだか可哀想で、それほど動物好きではないのだが、ミィへの手土産として猫用の餌やおやつを持って行くようにした。ミィは特にチューブに入ったペーストタイプのおやつが気に入ったようで、私が来ると足にまとわりついてくるようになった。

仕事を終えたあと、スーパーに寄って二人分の夕飯の食材と猫の餌などを買い込んで勝子の家に向かい、一緒に台所に立つというのがいつもの流れだった。

「芳枝さん、もったいないことするのねえ。人参は皮を剝かない方が美味しくて栄養があるのよ」

掃除や片づけは苦手だが料理好きな勝子は私にあれこれ教えるのが楽しいらしく、時々ぼんやりして味つけを忘れるなどの失敗をしながらも、色んな料理を作ってくれた。とりわけ魚料理が得意で、彼女の赤魚の煮つけや鰯の梅煮は絶品だった。

「私ね、子供の頃にしょっちゅう、金縛りにあってたの」

夕食の後片づけを終え、お茶の時間になると、勝子は大抵そんな話を始めた。

「体の上に誰かが乗ってて、押さえつけられたみたいに息ができなくなるの。隣で寝ている母親に助けてって言おうとするんだけど、声が出なくて。目を閉じているはずなのに、胸の上にお地蔵さんの顔が見えて、そのお地蔵さんの唇が、石なのに何か言おうとしているみたいにモゴモゴ動いてるのよ」

また始まったと内心顔をしかめながらも、怖いわねと相槌を打つ。勝子が何かを見たという話は大体が布団の中の寝入りばなのことで、おそらく夢と現実を混同しているのだと思われた。その上、思考が散漫になるせいか、話が途中であっちこっちに飛んでしまう。それに付き合わされるのには辟易したが、そうして過去の体験を語らせることで脳に刺激を与え、認知症の進行を防ぐのに役立つと思えば我慢できた。

「祖母も私と同じ見える人でね、寝る前によく色んな話をしてくれたのよ」

言いながら、勝子は懐かしそうな顔で隣の仏間に目をやる。私が嫁いできた時にはすでに亡くなっていたが、鴨居の上にかけられた遺影の義祖母は、勝子によく似ていた。

「亡くなった友達が家に訪ねてくる話とか、若い頃に列車に飛び込む人を見たって話とか、どれも凄く怖かったわ。あと、死んだ人の顔が変わってしまう話とか」

勝子は私が訪れるたびに自分が見たという話や義祖母から教わった怪談を聞かせてくるのだが、あまりまともに聞いていなかったので、内容はよく覚えていない。ただ、死人の顔が変わるという話は、妙に気味が悪くて記憶に残っていた。

「魂に障りが起こると、そうなるんだって。障りが出た魂を鬼が引っ張っていくから、そのせいで顔が変わるらしいの。私も芳枝さんも、気をつけなきゃね」

話の前半を聞き逃したのか、いつものように話が飛んだのか、その時にどうして勝子が脅すようなことを言ったのかが分からなかった。魂に障りが起こるとは、どういうことなのか。少し気にはなったが、わざわざ意味を聞こうとは思わなかった。

そうして夕飯のあとにしばらく話をして、夜の八時頃には勝子が風呂に入るので、火の元を確認して帰るようにしていた。不潔で散らかり放題の勝子の家に通わなければならないのはストレスではあった。だが夫を亡くしてからずっと一人で食事をし、職場以外で誰とも話さない日々が続いていた私には、この生活の変化は実のところ、ありがたくもあった。

三

勝子の家を訪問するようになって二か月が過ぎた頃だった。九月に入り、残暑が続いていたところに急に寒気がきて、なんとなく関節が痛むと感じていたら翌日に熱が出てしまった。病院を受診したところ、インフルエンザではなかったが扁桃腺が真っ赤になっていると言われた。勝子に電話をして事情を説明し、しばらく家に行けないと伝えた。

「そうね。確かにうつされても困るし、私の方は一人でも大丈夫だから」

あっけらかんと言いながらも、「もしあんまり具合が悪いようだったら、様子見に行くから電話ちょうだいね」と少しだけ心配そうに言い添えた。憎らしく感じることの多い小姑であっても、いざという時に頼れる相手がいると思うと心強かった。

翌朝になっても熱は下がらず、病院の帰りに買った栄養補助ゼリーだけを口にして寝込んでいた。すると昼過ぎになって、突然インターホンがなった。モニターを覗くと、勝子が立っている。寝巻きの上にカーディガンを羽織り、マスクをして玄関先に出た。

「どうしたの？　うつしちゃ悪いからって言ったじゃない」

「あら、そうだった？　熱を出したって聞いたから、看病してあげなくちゃと思って、色々買ってきたのよ」

手には食料品らしきものが詰まったエコバッグを提げている。自分で昨日言ったことを忘れているようだった。

「いつもお世話になってるんだし、これくらいはさせてちょうだいよ。芳枝さんはゆっくり寝ていていいから」

うつったらいけないと断ったのだが、勝子は強引に上がり込むと、換気をしなきゃと窓を開けたり、風邪に効くお茶を飲ませたいからとお湯を沸かし始めたりで、ゆっくり寝ているどころではなくなってしまった。それでも少しでも休もうと、勝子がおかゆを炊いてくれている間、二階の寝室で眠ることにした。忙しなく歩き回る足音や物音に耳を塞ぎ、頭痛に耐えながら、ようやくうとうとしかけた時、ノックもなくドアが開けられた。

「芳枝さん、ちょっといい？　忘れないうちに、伝えておきたいことがあって」

いつになく切迫した様子で言うと、ずかずかと寝室に入ってくる。ため息をつきつつも体を起こすと、勝子はまだ置かれたままとなっている隣の夫のベッドに腰を下ろした。

「昨日ね、兄さんが来たの」

具合の悪い時に、またその話かと、こめかみを押さえる。勝子は私の様子など気にしていないふうで、早口で先を続けた。

「どうしよう。兄さんの顔、見ちゃったの。私、とんでもないことをしてしまった。あの薬が悪かったのよ。おばあちゃんも言ってたもの。人の体を使ったものは、良くないって。どんな人だか、分からないから」

いったい、勝子は何を言っているのか。頭痛が酷くなってきた。

「ねえ、落ち着いて。なんの話をしているの」

「ずっと飲んでいた、あの薬のこと。あれのせいで、兄さんの魂に障りが起きてしまったの。顔があんなふうに変わっていたんだもの。私も、ミイも、もう駄目だわ。ごめんね。でも、良いものだと思ったから」

その薬とは、がんが消えると言って持ってきた、あの漢方薬のことだろうか。茶色い何かの粒が混ざった黄色い粉の薬。一包ずつ薄手の紙でくるまれていた。

思い起こしながら、先ほど勝子が放った言葉が気になり始めた。

「人の体を使ったって、どういう意味？」

問いかけると、勝子は言うのをためらうように目を伏せた。ややあって、観念した様子で口を開く。

「――あれね、材料は、人の胎盤なの」

胃の底から何かがせり上がってきて、口元を覆う。酸っぱい唾液を飲み込みながら、強く目を閉じた。

「人間の胎盤を使った薬は、珍しくないのよ。化粧品とか、料理にだってなるんだから。でもいい加減なメーカーだと、変なものを使っていることがあって、私が仕入れてた会社も問題になったの。出産の時に死んだ母子の胎盤を使ったとか」

勝子の言葉が、締めつけるように痛む頭に響く。そんなものを私は、夫に飲ませていたのか。がんが消えると信じて。

あの頃、私は当たり前の判断ができなかった。勝子に勧められた薬だけではない。他にもがんに効くと謳った食事療法やら民間療法に片っ端から手を出した。自分が取り返しのつかないことをしたのだと気づいたのは、夫が亡くなったあとだった。退院して自宅に戻って、夫は穏やかに最後の時間を過ごしたかったのに違いない。

なのに私はなんの効果もないものを夫に食べさせたり、飲ませたりといったことに力を尽くし、二人で過ごすことのできた大切な日々を台無しにした。挙げ句に死人の胎盤などという気味の悪いものを口にさせていたのだ。

本当にごめんなさい、と絞り出すような声がして、我に返る。勝子は夫のベッドに腰掛けたまま憔悴したようにうなだれていた。

「いいのよ。勝子さんは、その時は良いものだと思って勧めてくれたんでしょう」

責められるべきなのは勝子よりも、自分を見失っていた私だった。夫の幽霊が現れたとか、その顔が変わっていたというのは、ただの夢か認知症による幻視の症状だ。そんな薬だったと知って気分は悪いが、勝子がそこまで罪悪感を抱く必要はない。魂に障るとかいう話も信じてはいなかった。気にしないで、と声をかけようとした時だった。

「勝子さん。どうしたの、その手」

夫のベッドに置かれた勝子の手が、煤(すす)のようなもので黒く汚れているのに気づいた。生成(きな)りのベッドカバーに擦れたように黒い跡がついている。

「ああ、これ――そうだ。それも言わなきゃと思ったんだけど、忘れてた。おかゆの鍋、焦がしちゃったの。洗うのに一苦労だったわ」

そう言って勝子は、ひひっと例の甲高い声で笑った。

「それで、兄さんの話の続きなんだけど、昨日は兄さん、いつもみたいに唇に触るだけじゃなかったの。私の口を開けさせて、冷たい、細い指を入れてきた。いったい何がしたかったのかしら。ねえ、兄さんは何を言いたいんだと思う？」

頬を上気させながら勝子が急くように尋ねる。その目はきらきらと異様な輝きを帯びていた。再び吐き気が込み上げてくる。

思考があちこちに飛ぶのか、勝子は今話していたことなど忘れたふうで、まだ兄さんのベッド捨てていないんだ、と汚れた手で夫の枕を撫でる。胸の奥がちりちりと熱くなり、息が苦しかった。私はなぜ、こんなにも苛立っているのか。自分でも分からず戸惑っていると、勝子がベッドサイドの棚に手を伸ばした。

「これって、なんとかって俳優がＣＭやってたわよね。高いんでしょう。こういうの」

「汚い手でいじらないで！」

夫の形見のカメラに触ろうとした勝子を、思わず怒鳴りつけた。自分にこんな声が出せるとは思わなかった。勝子はびっくりした様子で目を丸くすると、強ばった顔でごめんなさいとつぶやき、逃げるように寝室を出て行った。

なぜだか涙が止まらなくなり、熱に浮かされたまま、枕に顔を押しつけて泣いた。いつしかそのまま眠ってしまったようで、気づけば周囲は暗くなっていた。

まだ熱は下がらず、ふらつきながらリビングに降りると、勝子はすでに帰ったあとだった。ダイニングテーブルに手紙が残されていた。具合の悪い時に急に訪問したことへの詫びと、鍋におかゆを作ってあること、冷蔵庫に食べられそうなものを入れていく旨が書かれていた。

キッチンを覗くと、ガステーブルもシンクもきちんと掃除され、焦げを落とした鍋には香りの良いおかゆがまだほのかな温かさを保っていた。冷蔵庫を開けると、プリンやゼリーの他に地元の人気菓子店のシュークリームと、栄養ドリンクが入っていた。

おかゆを食べて処方された薬を飲むと、再びベッドへと戻った。体調が回復したら、勝子に謝らなければと思いながら再び眠りに落ちた。

二日後にようやく熱は下がったものの、勝子の家を訪ねたのは彼女が看病に来てくれてから五日後のことだった。声を出そうとすると咳が止まらなくなるので電話もできず、二度ほどメールはしたのだが返事はなかった。勝子は携帯電話は持っているものの、操作が苦手なのかメールの返事を寄越さないことが多かった。

久しぶりに仕事に出て、いつものようにスーパーで買い物をしてから勝子の家に向かった。時刻は夕方の六時を過ぎ、辺りはもうだいぶ暗くなっていた。

家の中に灯りはなく、出かけているのかと思ったが、玄関の鍵は開いていた。

「ごめんください。勝子さん？　寝てるの？」

呼びかけたあと、耳をすましたが返事はない。だが居間の方から、何かが動いているような微かな音がした。お邪魔します、と声をかけ、靴を脱いで上がる。居間の襖を開けると、室内を見回した。

庭に面した掃き出し窓のカーテンは閉じられており、部屋はほとんど真っ暗だった。何かにつまずいて転ばないよう、注意して歩を進める。どこからか、魚の腸が腐ったような臭いと、鉄錆のような臭いが漂ってくる。台所の方だろうか。

ようやく部屋の中央に行きつき、蛍光灯の紐を引いた。瞬きのあと、部屋が仄白く明るくなった。こたつの上に黒くて丸いものが置かれている。どくんと心臓が跳ねた。それは天板にうつ伏せとなった、勝子の後頭部だった。

勝子さん、と名前を呼び、その場にひざまずく。ぴくりとも動かない。先ほどからの嫌な臭いは勝子からしていた。こたつ布団の上にだらりと落ちた手は蠟燭のように白く、手のひらには死斑というのだろうか。青黒い痣のようなものが見えた。

死んでいる。

だが、なぜ――。

勝子の顔はこたつの天板の上に伏せられていて見えない。ざっと眺めたところ、怪我をしている様子はなかった。おかしい。この錆のような臭いは、おそらく血の臭いだ。どこに傷があるのか。背中の方を確認しようと回り込んだ時、こたつ布団がもぞもぞと動いた。胸がぎゅっと縮み、喉の奥で悲鳴が漏れそうになる。動悸を抑えるように胸に手を当てて深呼吸をした。それから腰をかがめ、こたつ布団をそろそろとめくり、中を覗き込んだ。暗闇の中に、緑色の二つの光があった。はっと息を飲む。驚かせないように、ゆっくりと手を差し入れた。

「ミイ、出ておいで」

こたつの中にいたのは、勝子の飼い猫のミイだった。ミイはこちらへ歩み寄ると、差し出した私の手に顔を擦りつけた。ミイの毛は妙にべたべたしていた。ミイを外へ出そうとさらに布団をめくり上げた時、恐ろしい光景が目に入った。

勝子の右足のふくらはぎの肉がごっそりと削げ、断面から神経や血管らしい糸状のものが飛び出ていた。その奥に象牙のような質感の、黒ずんだ血にまみれた骨が覗いている。口の周りを赤茶色に染めた白猫のミイは、小さく尖った牙を剝き出して、ああお、と人の赤ん坊のような声で鳴いた。

私は絶叫した。

四

「芳枝さん、何から何まで、本当にごめんなさいね」

通夜のあとに勝子の家に泊まることになったのは、私一人だった。晶代は義兄の世話をしなければならず、他に身寄りはないのだから仕方がない。玄関先で何度も詫びて帰っていった晶代を見送ったあと、喪服の上に持ってきたエプロンをつけ、風呂場の掃除を始めた。浴槽を洗い、お湯を溜めている間に洗い物を片づける。

あの日、どうにか平静を取り戻して警察に通報すると、まずは近所の交番の制服警官がやってきて、勝子の遺体を発見した時の状況を聞かれた。説明を終えると今度はスーツ姿の刑事が到着し、同じことをもう一度話さなければならなかった。

変死ということで遺体は警察署に運ばれた。検視の結果、ふくらはぎの傷は死後に猫によってつけられたもので他に外傷や不審な点はなく、何らかの理由で心不全を起こしたことによる病死であると結論が出た。

警察署から遺体が戻ったのはそれから二日後のことで、慌ただしく通夜と葬儀の日程が決まった。今日の通夜に訪れたのは親族と近所の人のみで、勝子には親しい友人などはいないようだった。

「勝子さん、ずっとマルチ商法みたいなのにはまってたでしょう。あれでみんな離れていっちゃったのよ」

通夜に訪れた晶代の妹がそんなことを言っていた。化粧品や健康食品など、やたらと色んなものを勧めてくるとは思ったが、勝子がマルチ商法に手を染めていたとは知らなかった。だが暮らしぶりからするとおそらく、人に売りつけるというより、自分が買わされる側だったのだろう。

洗い物を終えると、タオルと着替えを持って廊下に出た。玄関に置いたケージに入れられたミィは大人しく寝ていたが、私の気配に気づいたのか、頭だけをこちらに向け、ごろごろと喉を鳴らした。ケージの中の餌入れにはまだ半分ほど固形の餌が残っている。

遺留品として一旦は警察署に預けられたミィは、勝子の遺体とともにこの家に返された。連れて行かれた先で洗ってくれたのか、口の周りの血の跡はもうきれいになっていたが、なんとなく近寄りがたくて、様子を確認しただけで背を向けた。

廊下を奥へ進み、洗面所の引き戸を開けた。照明のスイッチを入れると洗面台の鏡の中に、疲れた自分の顔が映し出された。

洗面所の壁紙は湿気によるものか、あちこちにカビが生えている。床のクロスも浮き上がっているように見えた。手早く服を脱ぐと灯りを点け、ガラスの引き戸を開ける。電球が一つ切れたままになっているようで浴室は薄暗かった。シャワーを浴槽に向けて出しっぱなしにして、お湯になるのを待つ。

発見された時、勝子は死後三日が経過していたという。私の訪問が早ければ助かったのだろうか。考えても仕方のないことだし、私を責める人はいなかった。心臓に疾患があるという話は親族の誰も聞いておらず、こんなふうに突然、勝子の命が失われたことに、ただただ呆然としていた。

思い込みが激しく、気づかいが苦手な人ではあった。だが決して悪い人ではなかった。マルチ商法というのも、勝子はそれで儲けようというのではなく、本当に良いものだと信じて周囲に勧めていたのだと思う。例の薬も、一度も代金を払えとは言わなかった。

シャワーを浴び、化粧を落とすうちに鼻の奥がつんと痛んだ。温かいお湯に、泡とともに涙が流されていく。せめて明日の葬儀まで、きちんと面倒を見よう。これまで勝子と過ごした時間を思い出しながら、ゆっくりと湯船に浸かった。

深夜、ふと目を覚まし、暗い客間の室内を見回した。何か物音を聞いたような感触が、耳の底に残っていた。

しばらく様子を窺うが、家の中はしんとしたままだった。けれど妙に胸騒ぎがした。そっと布団から起き上がり、襖を開ける。廊下の照明のスイッチは少し離れた玄関の方向にある。積まれた段ボール箱を避けて床を軋ませながらそちらの方へ足を踏み出した時、違和感を覚えた。目を凝らして気づいた。玄関に置いていた猫用のケージの扉が、大きく開いている。

小走りで廊下を進み、照明を点けた。ケージの中にミイの姿はない。だが玄関の戸は閉まっている。ということは外に逃げ出したわけではないのだと、ほっとした。先ほど何か聞こえた気がしたのは、ミイの立てた物音なのだろう。倒れたものなどないかと周囲を見回すが、居間も仏間も襖はきちんと閉じられていた。

いったいミイはどこへ行ってしまったのか。トイレや洗面所のある方へと首を回した時だった。勝子の遺体が安置されている仏間から、みちみち、という水気を含んだ繊維が切れるような音がした。

息が詰まり、内側から叩かれるように心臓の鼓動が激しくなる。ミイが何かしているのだろうか。だが襖は間違いなく閉じている。みち、とまたあの音がした。最後に仏間を出る前に窓もしっかり閉めた。風が入ることはない。この部屋に動くものなどない。

血も凍る思いで襖の引き手に指をかける。音の正体がなんなのか、見当もつかなかった。身を押し潰すような恐怖に、かちかちと歯が鳴った。開けたくない。けれど確かめないわけにいかない。

細く開けた襖の隙間から、真っ暗な室内を覗き込んだ。和室の中央に置かれた棺を、廊下から射した電灯の光が筋となって照らす。部屋の左手から右手へ、奥から手前へと視線を走らせる。動くものも、不審なものもない。危険はないと確認できたところで襖を大きく引き開けた。棺のそばへと歩を進め、天井から下がる蛍光灯を点ける。

急に明るくなったために目の奥が痛んだ。瞬きしながら、もう一度注意して室内を見回す。この部屋に押し入れはなく、仏壇の扉は開いている。人が隠れられるような場所はない。祭壇も、夕方に見た時と何も変わりはない。ミィの姿もない。

あの音は、聞き間違いだったのだろうか。そうでなければ勝子がおかしなものを見たのと同じように、幻聴でも聞いたのか。きっと自覚している以上に疲れているのだと、灯りを消して立ち去ろうとした時だった。

この部屋に一箇所だけ、人が隠れられる場所があったことに気づいた。

勝子の棺の中に、遺体とともに横たわるという方法で。

再び心臓が強く打ち始めた。棺の蓋は、ずれた様子もなくぴったりと閉じている。

自分の考えがどうかしていることは分かっていた。狭い棺の中に、誰が遺体と一緒に隠れたりなどするものか。分かっているのに、棺に顔を近づけ、耳をすました。

誰かが潜んでいれば、息づかいが聞こえるかもしれない。だがなんの音も聞こえず、気配も感じなかった。棺の載せられた台の足元に目をやる。二人分の重みがかかれば、もっと畳は凹んでいるはずだが、その様子はない。

やはりそんなことはありえないのだと安堵する。そうして念のため、棺の蓋の覗き窓を開けた。

自分の見ているものがなんなのか、分からなかった。

紫色の、太くて長い、ナメクジのようなもの。

それが白い歯の粒と、死化粧を施されたピンク色の唇を割り、屹立(きつりつ)していた。

何かが勝子の口に入り込んでいるのかと思った。だが目を凝らして見て、逆だと分かった。唇から離れるほど先が細くなり、裏側にはぶつぶつと細かな突起と、血管のようなものが走っている。これは舌だ。勝子の舌が、口から飛び出し、高く突き出されているのだ。

閉じていたはずの勝子の目が開いていた。だがその眼球は水分が抜け、白く乾いて萎(しぼ)んでいた。

勝子は動かない。確かに死んでいる。死んだあとに、その形相が変わっている。

魂に障りが起きたのだ。その魂を鬼が引きずり出したから、勝子はこんなことになったのだ——と、まるで当然のことのように私は受け入れていた。

現実から乖離したこの感覚には経験がある。これは、夢だ。

夢だと気づいた瞬間、目を覚ました。心臓が激しく脈打っている。息を整えながら、目だけを動かして周囲を見回した。古い板張りの天井と小さな丸い笠の蛍光灯。布団を敷くために部屋の壁際に寄せた座卓が見えた。強ばっていた体から力が抜ける。ここは勝子の家の客間だ。

自分が現実にいることを確かめるように、布団の中で手を動かし、寝巻きの上から腿(もも)に触れた。温かく、汗ばんでいる。もう一度大きく息をした。

首を動かす。部屋はまだ暗いが、レースカーテン越しの青白い光で、夜明けが近いことが分かった。ゆっくりと上体を起こす。布団から出ると、少しのためらいのあと、襖を開けた。玄関の方へと目を向ける。ミイのケージの扉は閉じていて、細い金属の柵越しに白い体を丸めているのが見えた。力が抜け、その場にしゃがみ込んだ。

枕元に置いた携帯電話を見ると、まだ四時を過ぎたばかりで起きるには早かった。布団に潜り込んだが、眠れそうにない。目を閉じると、勝子のあの形相が瞼(まぶた)の裏に浮かんだ。

私が見たものは単なる夢だ。けれど勝子が生前語っていたこととの符号が気になった。死後に人の顔が変わるという怪談。勝子の前に現れて唇に触れながら、ついには口の中に指を入れたという夫の幽霊のこと。

夫はそうすることで、魂に障りが起きたと勝子に警告していたのだろうか。そんなわけはないと荒唐無稽な考えを否定する。あれは勝子の夢か幻視だ。

だが、もし夫が現れたのが、勝子のためではなかったとしたらどうだろう。勝子は死人の顔が変わるという話を語った時、こう言っていた。

私も芳枝さんも、気をつけなきゃね。

夫が助けたかったのは勝子ではない。私だ。私も夫とともに、あの薬を飲んでいた。勝子とミィも毎日飲んでいる、免疫力がつく薬だからと勧められて。

私には夫の姿を見ることができない。だから夫は勝子に訴えるしかなかったのではないか——。

そこまで考えて、またもやそんな馬鹿げた思考をしている自分が恐ろしくなる。霊だとか魂がどうしたとか、まともな大人の言うことではない。正気を保たなければいけない。

夫を介護していた時の、我を失った自分には戻りたくなかった。おかしな考えに取り憑かれ、自分が自分でなくなるのだけは嫌だった。

朝八時になって晶代が義兄を連れてきた。仏間に運んだ椅子に義兄を座らせて休ませると、それから間もなく葬儀会社の担当者がやってきた。今日の段取りの説明を聞き、教えられたとおりに祭壇を整える。九時前には僧侶が到着したので客間に通してお茶を出し、ほどなく近しい人だけが参列する葬儀が始まった。

読経のあとに喪主である義兄が短い挨拶を述べ、棺の蓋に釘を打つ前に最後のお別れとなる。蓋を外し、棺の中にみんなで花を差し入れていった。昨日と同じように静かに目を閉じている勝子の顔を見下ろす。そして思わず口元を押さえた。

悲しみが込み上げたためではない。昨日と同じではないことに気づいたからだ。きれいに塗られていたはずのピンク色の口紅が、上唇の部分だけ、何かで擦れたように剝げていた。

五

きっと誰かが花を入れた時に、勝子の唇に触れてしまったのだ。

葬儀会社のワゴン車で晶代たちとともに火葬場に向かいながら、私は湧き上がる妄想じみた考えを必死で抑え込んだ。最後の読経が終わり、勝子の亡骸が納められた棺が火葬炉の扉の向こうに消えた時は、涙する親族たちの後ろでうつむきながら、これでもうおかしなことを考えずに済むと救われた思いがした。

お骨を拾い、勝子の家に戻ってきたのはお昼頃だった。精進落としの会食を終え、参列者たちは小一時間ほど話をして帰っていった。義兄は体力の限界だったようで、晶代は片づけもせずに申しわけないと詫びながら、義兄を連れて帰った。

一人で後片づけを終えたあと、何かやり忘れていることはないかと考えて、ミイのことを思い出した。朝に餌と水をやったきりで、ずっとケージに入れたままだった。様子を見に玄関へと向かう。もう参列者は帰ってしまったし、片づけは済んだのでいたずらされて困るものもない。

ミイはケージの中で四本の足をぴんと伸ばして寝ていたが、足音が聞こえたのか私が近づくと頭を起こした。扉を開けてやると、ゆっくりした動作で立ち上がり、遠慮がちに外へと出てくる。そして私の手の甲に顔を擦りつけた。

顎の辺りを撫でてやりながら、この子の引き取り手のことも考えなければと改めて思い悩む。しばらくは私が世話をすることになるのだろうが、そもそもが動物好きではない。しかし飼い主を食べた猫をもらってくれる人などいるだろうか。かと言ってそのことを隠して譲るわけにもいかない。

甘えるように体を擦りつけてくるのを見て、そう言えばこの数日、おやつをあげていなかったのに気がついた。確か居間にあったはずだと立ち上がる。居間の襖を開けると、ミイが先にするりと滑り込んだ。

こたつと、その下に敷いていたカーペットは片づけてあったが、畳には茶色い染みが残されていた。そちらを見ないように、壁際に積まれた段ボール箱の一つを開ける。勝子はこの中に猫用の餌やおやつと、自分のお茶菓子を仕舞っていた。

ペースト状のおやつの封を開け、ミイに食べさせてやりながら、ふと違和感を覚えた。おやつの入っている袋も餌の袋も、猫の爪や牙で引き裂くことができるようなポリエチレン製だ。段ボール箱だって、テープなどで封はしていないから容易に開けられたはずだ。

私が勝子の遺体を発見した時には、死後三日が経過していた。餌をもらえず空腹だったとしても、この部屋には他に食料があった。なのにミイは、なぜ飼い主の肉を食べたのか。

チューブから押し出されたおやつをぺろぺろと舐めるミイの口元をじっと見つめる。そうして勝子が以前語った言葉を思い出していた。

猫って、本能で分かるのよ。自分の身を守る方法が。

その時、頭の奥で閃光が弾けた。血の気が引いていき、二の腕にぷつぷつと鳥肌が立つ。

私の唇に夫が触れる。その痩せ細った冷たい指を、口の中へと差し入れる。幻のような光景が、生々しい感触をともなって脳裏に映し出された。

夫が勝子を通じて私に伝えたかったこと。魂に障りが起きた者が《鬼》から逃れる方法――。

魂に障りが起きた者の体を、食べればいいのだ。

出所の分からない胎盤を原料とした薬を飲んだために、私たち全員の魂に障りが起きた。夫が勝子の唇に自身の指を差し入れたのは、それを食べれば助かると私に知らせたかったに違いない。餌はあったのにも拘わらずミィが勝子のふくらはぎを食べたのは、そうすれば障りを免れることができると本能で知っていたからなのだ。

気づけばミィを居間に残し、一人仏間に向かっていた。祭壇に置かれた箱の布の覆いを外し、蓋を開ける。小さな白い壺が覗いた。丸い陶器の蓋を持ち上げると、一番上に置かれた喉仏の骨が、かさりと乾いた音を立てた。

正気でいることができなかった。分かっていたが、もうどうにもならなかった。

まだ温もりの残る白い骨の欠片(かけら)をつまみ、夫といつか眺めた白い砂浜を思い起こす。仏が合掌している姿のようだというそれは、あの時、指輪みたいだと言って夫が拾い上げた珊瑚の欠片に似ていた。

小さく噛ると、わずかな苦味を感じながら飲み下した。どこからか、調子の外れた笑い声が聞こえた気がした。

解説

杉江松恋

息詰まるような現実を、誰かなんとかしてくれ。

二〇二一年の日本を支配した空気を一口で表すなら、そういうことになるのではないだろうか。二〇二〇年に始まった新型コロナ・ウィルスの爆発的な流行は、少し曙光が見え始めてもすぐに次の感染拡大がやってくるといった状態で、気の休まる日がほとんどなかったというのが実感である。首都圏では一年の大半に緊急事態宣言、あるいはまん延防止等重点措置が発令されている状態であり、何もない日のほうが珍しいほどであった。

気の休まらない要素は他にもあり、この十年で進んできた社会の分断がいよいよ顕著になったことも挙げられる。毎年末に日本漢字能力検定協会が発表する「今年の漢字」は、二〇二一年には「金」であった。前年から延期になった東京五輪が開催されて日本国籍選手が多数のメダルを獲得したことに由来するのかもしれないが、この一年で自分の生活が金のように光り輝いていたという人はどれだけいたのだろうか。閉塞の「閉」、窒息の「息」のほうがよほどふさわしかったと感じる。このように、一般感情と乖離したところで社会が動いていることに起因する不満も蓄積し続けた一年であった。

一年間に発表された現代エンターテインメント小説の短篇から特に秀でた作品を集めたのが本アンソロジーである。二〇二一年にはこうした世情に敏感な作品が多く発表された。新型コロナ・ウイルス蔓延や長引く不況によって否応なしに味わわされている不全感が多くの作品の基調になっているように感じる。やはり小説は時代を映す鏡なのだ。

鏡であり、同時に光源でもある。小説はやはり、読者の心を賦活(ふかつ)するものであってもらいたい。本作にも、明日に向かう力を与えてくれる作品を選んだつもりだ。人生の暗い面を描いた短篇であっても、そこを通じて得られた人間理解がやはり読者の背中を押してくれるはずである。息苦しい日々はまだ続くかもしれないが、せめて物語の世界だけでも肩の力を抜いて楽しめるものであればと願う。

今回収録した十一人の作家のうち、半数近い五人が初収録となる。不振を伝えられる出版界だが、その中にも新しい才能は育ってきているのだ。確かに以前に比べると短篇が発表できる場は減ってきている。二回の合併号を出して年十回の刊行体制になった月刊誌も多いし、電子に完全移行した媒体もある。新人作家にとって短篇は貴重な修業の機会でもある。本書で出逢った作家を応援していただければ、編者としては幸いである。

以下に各篇の解題を簡単にご紹介する。最初から読むもよし、こちらを見て気になった作品のページから楽しむもよし。どうぞ佳い時間をお過ごしください。

井上荒野「何ひとつ間違っていない」（初出『オール讀物』八月号）

自らの人生に違和を感じている者の思いを書かせたら、特にそれを一筆書きで行わせたら、現在は井上荒野の右に出る者はいないのではないか。小説家のその関係者を登場人物とする作品を井上は散発的に書き続けており、これまでにも「好好軒（はおはおけん）の犬」（『オール讀物』二〇一八年三月号）など、印象的な作品がある。本篇もその系統に含まれる作品だ。

編集者の柚奈はある日、自分が担当して初めての著書を準備してきた作家・白川沙穂に対し、本が出せなくなったと告げなければならなくなる。採算が取れないという判断を社が下したためだ。出版社の世知辛い状況が描かれる中で、令和の時代を覆う閉塞感が見事に描き出される。題名の意味がわかったとき、苦い笑いがこみあげてくるだろう。ツイッター投稿など、小道具の使い方が抜群に上手い点にも注目していただきたい。人間心理を描く名手は、風俗をくみ上げるのもやはり巧みなのだ。

荻原浩「マスク・オブ・モンスターズ」（初出『オール讀物』八月号）

陰謀論者はいつの時代にも現れるものだが、二〇二一年にはコロナは存在しない、マスクを外せ、と唱える団体が出現して世情を騒がせた。何もなければマスクをしたい人間などいるはずがない。感染予防のために仕方がないのだが、そうした不満を蓄積させた結果、奇妙な方向に怒りを噴出させる者がいたということだ。時代の空気を一つの揉め事の中に凝縮して書いた短篇で、いつもながら荻原の喜劇作家としての腕前に唸らされてしまう。

二児の母である琴を悩ませる者が二人いる。一人は勤務先のレストランに現れる大男で、いくら注意してもコロナは陰謀による捏造だと言ってマスクをしてくれないのだ。もう一人はこどもを遊ばせる公園に現れる女性だ。こちらは逆にマスク着用に関して執拗なまでの注意をしてくる。迷惑行為に悩まされた琴が奇策に出るところから喜劇小説の展開になる。二段構えの結末を準備して家族小説の枠組みに回収するあたりが手練れの技である。

小田雅久仁「裸婦と裸夫」（初出『小説新潮』十二月号）

二〇〇九年のデビューから十二年間で著作三冊という稀に見る遅筆ぶりの小田は、その最新作『残月記』で二〇二二年にめでたく第四十三回吉川英治文学新人賞を射止めた。同作は一年を代表する幻想小説の傑作であった。

遅筆といってもまったく作品がなかったわけではなく、『小説新潮』二〇一八年二〜三月号に発表した「ミカラダ」、本アンソロジーにも収録された「髪禍」(『小説新潮』二〇一七年六月号)など中・短篇は定期的に発表していた。それらの作品の特徴は、ただならぬ眺めの異世界へと読者を連れ去ってしまうことである。誰も見たことがない光景を読者に見せることに、小田ほど熱心な作家はいない。この「裸婦と裸夫」もそうした作品だ。電車の中という閉じた場所が初めの舞台になるのだが、そこからカメラが宙に飛びあがるようにして視界が開け、最後は壮大な物語が現出する。驚きに浸ってもらいたい。

黒木あるじ「春と殺し屋と七不思議」(初出『小説宝石』七月号)

本アンソロジーには初登場となる黒木あるじは、実話怪談の分野では十年以上の活動実績がある作家である。広く名が知られるきっかけになったのは二〇一九年に発表した『掃除屋　プロレス始末伝』(集英社文庫)で、実力はありながら観客には見えない裏仕事の専門家に徹するプロレスラーを主人公にした連作小説である。これによって広くエンターテインメントを書ける作家であることが知れ渡り、注目される存在になったのだ。

本作は、とある村に住む小学五年生の視点から描かれる。ある日村に怪しい女性がやってきた。〈ぼく〉の友人であるヨッチンは、彼女が誰かを始末しにやってきた「殺し屋」だと言うのである。学校の七不思議をテーマに使った怪奇小説なのだが、素材の用い方に工夫がある。使い古された素材でも、まだまだ可能性があるものだ。本作が発表された『小説宝石』は〈擬人小説〉特集が組まれていた。人ならぬ者の正体はいったい何なのだろうか。

小池真理子「ミソサザイ」（初出『オール讀物』九・十月号）

長年の功績が評価され、第二十五回日本ミステリー文学大賞が贈られることが二〇二一年十月に決定した。ミステリーのプロットを普通小説に組み入れる技巧を最も使いこなしたのがこの作家であり、同ジャンルの拡大深化に貢献したといえる。小池は怪奇幻想短篇の名手でもあり、純和風の素材、日本語ならではの質感を用いて生理的な恐怖を読者に味わわせる点においては皆川博子と並ぶ当代の第一人者である。

本作は幻想怪奇短篇ではないが、作品が持つぞわりとした肌触り、梅雨の空気を思わせる水気の多い文体はこの作家唯一無二のものである。視点人物の石田武夫がミソサザイの鳴き声から亡くなった叔母・左知子について回想することから物語は始まる。左知子の肉体が醸し出す性的な魅力、それに惹きつけられる少年期の武夫の心情が描かれ、ぐいぐいと物語に惹きつけられていく。気が付くと息を止めて文章に読み耽っている自分に気づくはずだ。

佐々木愛「加賀はとっても頭がいい」（初出『オール讀物』十一月号）

可笑しいけどちょっぴり哀しい恋愛小説の名手である。片思いはどんな作家が書いても切ないものだが、佐々木の描く人間関係は切ないだけではなく、どこか間が抜けた味わいがある。くすっと笑えるのに、その心情に思いが至ると、とたんに物哀しさがこみあげてくるのだ。笑いと涙を自在に操る、末恐ろしい才能をこの人は秘めている。

「加賀はとっても頭がいい」という奇妙な題名は大槻ケンヂ率いるロックバンド、筋肉少女帯の「香奈、頭をよくしてあげよう」から取られている。描かれるのは三角関係だ。染井さんという男性に〈わたし〉と加賀の二人が一方的に恋をしていて、その秘密を共有する二人は同盟関係を結んでいる。染井さんがSNSに書いたその日の体温と同じ36・7度の湯に二人がつかる、という出だしからもう気になって仕方がないし、彼らの思いを知れば知るほど愛しくて仕方なくなる。佐々木愛の描くいびつな人間関係をどうぞご賞味あれ。

新川帆立「接待麻雀士」（初出『小説すばる』九月号）

二〇二〇年に第十九回「このミステリーがすごい！」大賞に輝いた『元彼の遺言状』（宝島社）がデビュー作である。頭脳明晰だが突飛な性格の弁護士が活躍する物語で、これは売れるだろうな、と読みながら感じたことを覚えている。作者も現役の弁護士である、などの情報が流れてきて、なるほどそういう人か、となんとなくイメージが形成されていたので、初の短篇と思われる本作を読んで仰天した。麻雀小説だったのである。しかも賭け麻雀がひとひねりある設定で書かれている。後から知ったのだが、作者は司法試験合格後に一年間だけプロ雀士として活動していたことがあるのだという。

本作は賭け麻雀が合法化された世界の物語だ。故意に負けて相手に現金を渡すことが目的の接待麻雀に臨んだ主人公が奇妙な局面に出くわして困惑させられる。その謎がどう発展するかが読みどころである。作者にはこの設定でぜひ書き続けてもらいたい。

中島京子「オリーブの実るころ」（初出『小説現代』九月号）

直木賞受賞作の『小さいおうち』（二〇一〇年。文春文庫）を始めとする中島京子の年代記小説ほど文句なしにおもしろいものはない。本作は老男性が庭に植えたオリーブの樹が紡ぎ出す記憶の物語で、彼の語りが過去の情景を蘇らせていく点に読みどころの一つがある。奇譚小説でもあり、穏やかな語り口も相まって、二人の男女がどんな運命を辿ったか、という興味にどんどん引き込まれていくのである。狡いほどに巧い。

二〇二一年の短篇ではもう一作、「本校規定により」も素晴らしい年代記小説だった。スカート丈の変遷によって昭和から令和に至る時代を語るという中島にしか書けない小説で、朝倉かすみ選『スカートのアンソロジー』（二〇二一年。光文社）に収録されている。中島は現代を鋭く切り取る作家でもあり、入管問題を扱った『やさしい猫』（中央公論新社）を二〇二一年には発表、同作を含む功績で第七十二回芸術選奨文部科学大臣賞を受賞した。

パリュスあや子「呼ぶ骨」（初出『小説現代』三月号）

現代を描く作家が常に配慮していることは、時代の空気を可能な限り保存して作品に取り入れることだろう。パリュスあや子のデビュー作は第十四回小説現代長編新人賞を獲得した『隣人X』（二〇二〇年。講談社）で、SF的な「もし」の設定を使って、人間の存在が労働単位としてのみ評価される冷たい世界のありようが描かれた意欲的な内容だった。

本作の主人公は窃盗症（クレプトマニア）に悩まされる大学生・真白で、何かに「呼ばれる」とそれを持ち去りたいという衝動に勝てなくなってしまう。ある日「呼ばれ」たのは電車の網棚に置かれた骨壺だった。捨てるに捨てられない彼女は、名も知らない誰かの遺骨と同居することになってしまう。真白の心理状態は人間関係にも一因があるのだろうな、ということが読んでいるうちにわかる。周囲からそう思われている自分像を裏切れないという意識に縛られているのだ。その不自由さが息詰まる筆致で描かれていく。

湊ナオ「キドさんとドローン」（初出『小説すばる』三月号）

時代を断面で切り取る短篇小説には、最先端の風俗や事物が取り上げられることがある。新味だけで感心させられる作品はなかなかないのだが、「キドさんとドローン」は珍しい例外だった。何者かが操るドローンがいつも後を尾けてくる、というのはなかなか気を惹く設定ではないか。弱小映像制作会社代表の〈わたし〉は芸能プロダクションの幹部であるキドさんの頼みを聞いて、彼を尾行してくるドローンの目的と持ち主を捜し始める。

着想だけで勝負するのではなく、いわゆるお仕事小説の味を加えたところが本作の美点だろう。業界の苦労話や、その中でも夢を失わずにありたいと願う純粋な思いなどが、厭味のない筆致で盛り込まれていく。前を向こうという気持ちにさせられる小説というのはやはり気持ちのいいものである。湊のデビュー作は第十一回日経小説大賞を受賞した『東京普請日和』(二〇二〇年。日経新聞出版)。やはり一風変わったお仕事小説だった。

矢樹純「魂疫」(初出『小説新潮』八月号)

矢樹純は漫画原作者として実績を残した後にミステリー長篇で小説家デビューを果たした。注目されたきっかけは電子書籍として刊行した短篇集『夫の骨』が祥伝社文庫から二〇一九年に刊行されたことで、同書で第七十三回日本推理作家協会賞短編部門を受賞した。二転三転して先を読ませない物語の書き手として今最も期待されている短篇作家である。その作品が本アンソロジーにこれまで収録されてこなかったというのは意外な気がする。これからの作家として、他の新鋭とともにぜひ名前を憶えてもらいたい。

怪奇小説風の味わいがあるのは矢樹作品としては珍しい。発表されたのが〈ずっとこわいはなし〉という恐怖小説の特集だったこともあるだろう。大腸がんで夫を亡くした芳枝に義理の妹の勝子が近づいてくる。違和感のある言動の彼女が、やがて意外な事態を引き起こすのである。背中を伝うぞわぞわとした寒気は最後まで途絶えることがない。

本書のプロフィール

本書は２０２１年に文芸誌等で発表された短篇の中から、日本文藝家協会の編纂委員がセレクトした、小学館文庫オリジナル版です。

小学館文庫

現代の小説2022 短篇ベストコレクション

編者　日本文藝家協会

二〇二二年八月十日　初版第一刷発行

発行人　石川和男
発行所　株式会社 小学館
〒一〇一-八〇〇一
東京都千代田区一ツ橋二-三-一
電話　編集〇三-三二三〇-九三五五
販売〇三-五二八一-三五五五
印刷所――凸版印刷株式会社

この文庫の詳しい内容はインターネットで24時間ご覧になれます。
小学館公式ホームページ　https://www.shogakukan.co.jp

Printed in Japan
ISBN978-4-09-407173-3